d

Georges Simenon

Maigret gerät in Wut

Maigret verteidigt sich

Zwei Maigret-Romane
in einem Band
Deutsch von Wolfram Schäfer

Diogenes

Die Titel der Originalausgaben lauten:
›La colère de Maigret‹, ›Maigret se défend‹

Die deutschen Erstausgaben erschienen 1964, 1967
unter den Titeln ›Maigret ist wütend‹ und
›Maigret verteidigt sich‹.
Die Schrift wurde aus der Garamond-Antiqua
in Blei gegossen

100/79/24/1
ISBN 3 257 00978 X

Inhalt

Maigret gerät in Wut

1

Es war Viertel nach zwölf, als Maigret durch die stets kühle Toreinfahrt schritt, deren Portal zwei uniformierte Polizisten flankierten, die dicht an der Mauer standen, um ein wenig von dem Schatten zu erhaschen. Er grüßte sie mit der Hand, blieb einen Augenblick unentschlossen stehen, blickte in den Hof zurück, dann zur Place Dauphine und erneut in den Hof.

Oben im Flur und anschließend auf der staubigen Treppe hatte er zwei- oder dreimal innegehalten und so getan, als wollte er seine Pfeife wieder anzünden, denn er hoffte, einen seiner Kollegen oder seiner Inspektoren auftauchen zu sehen. Zu dieser Stunde lag die Treppe selten so verlassen da, doch in diesem Jahr herrschte bei der Kriminalpolizei am 12. Juni bereits Urlaubsstimmung.

Um dem Ferienandrang im Juli und August zu entgehen, waren einige Beamte schon Anfang des Monats abgereist, andere rüsteten sich gerade zur alljährlichen Flucht aus der Stadt. An diesem Morgen war es nach einem verregneten Frühling plötzlich heiß geworden, und Maigret hatte mit aufgekrempelten Ärmeln bei offenen Fenstern gearbeitet.

Bis auf den Rapport beim Direktor und einen oder zwei Besuche im Büro der Inspektoren war er in seinem Zimmer allein geblieben und hatte an einer unangenehmen Verwaltungsaufgabe weitergearbeitet, die er vor mehreren Tagen in Angriff genommen hatte.

Die Akten stapelten sich vor ihm, und von Zeit zu Zeit hob er wie ein Schüler den Kopf, schaute zu dem reglosen Laub der Bäume hinaus und lauschte dem Summen von Paris, das seinen besonderen, dumpfen Klang wie an heißen Sommertagen angenommen hatte.

Seit zwei Wochen hatte er täglich am Boulevard Richard-Lenoir zu Mittag gegessen, und kein einziges Mal war er im Verlauf des Abends oder der Nacht gestört worden.

Eigentlich hätte er links den Quai zum Pont Saint-Michel hinuntergehen müssen, um dort einen Autobus oder ein Taxi zu nehmen. Der Hof blieb leer. Niemand gesellte sich zu ihm.

Darauf wendete er sich mit einem leichten Schulterzucken dennoch nach rechts und erreichte die Place Dauphine, die er schräg überquerte. Als er sein Büro verließ, hatte er plötzlich Lust verspürt, in die Brasserie Dauphine zu gehen und einen Aperitif zu trinken, obwohl ihm sein Freund Pardon, der Arzt aus der Rue Picpus, bei dem er mit seiner Frau in der vergangenen Woche zu Abend gegessen hatte, stets davon abriet.

Seit Wochen schon war er vernünftig, beschränkte sich auf ein Glas Wein zu den Mahlzeiten und trank nur gelegentlich, wenn sie abends ausgingen, ein Glas Bier zusammen mit seiner Frau.

Der Geruch des Bistros an der Place Dauphine, der Anisgeschmack der Aperitifs, der so gut zu der Atmosphäre dieses Tages paßte, fehlten ihm auf einmal. Vergeblich hatte er gehofft, jemandem zu begegnen, der ihn verführt hätte, und er hatte ein schlechtes Gewissen, als er die drei Stufen zu der Brasserie hinaufstieg, vor der ein langes, niedriges rotes Auto parkte, das er neugierig musterte.

Wenn schon! Pardon hatte ihn zwar ermahnt, seine Leber zu schonen, aber er hatte ihm nicht verboten, nach wochenlanger, fast völliger Enthaltsamkeit wenigstens einen einzigen Aperitif zu trinken.

An der Theke fand er die vertrauten Gesichter, mindestens ein Dutzend Leute der Kriminalpolizei, die kaum mehr Arbeit hatten als er und die ihre Büros schon zeitig verlassen hatten. Das kommt hin und wieder vor: ein paar Tage lang geschieht nichts, Windstille, nur die sogenannten laufenden Angelegenheiten, dann plötzlich prasseln die dramatischen Ereignisse herein und lassen niemandem Zeit zum Atmen.

Man begrüßte ihn mit einem Wink und rückte zusammen, um ihm am Tresen Platz zu machen; er deutete auf die Gläser mit der opalfarbenen Flüssigkeit und murmelte:

»Das gleiche…«

Der Wirt war schon vor dreißig Jahren da, als der Kommissar am Quai des Orfèvres angefangen hatte, damals war er jedoch noch der Sohn des Hauses. Jetzt hatte er selbst einen Sohn, der ebenso aussah wie er einst und mit einer weißen Mütze in der Küche stand.

»Wie geht's, Chef?«

»Ganz gut.«

Der Geruch hatte sich nicht verändert. Jedes kleine Restaurant in Paris hat seinen eigenen Geruch, und hier zum Beispiel hätte ein Kenner auf dem Hintergrund von

Aperitifs und Schnaps die leicht säuerliche Blume des Landweins von der Loire herausriechen können. In der Küche überwog der Duft nach Estragon und Schnittlauch.

Maigret las automatisch das auf der Schiefertafel angekündigte Menü: kleine bretonische Merlans und gebackene Kalbsleber. Gleichzeitig bemerkte er im Speisesaal mit den Papiertischtüchern seinen Mitarbeiter Lucas, der sich nicht wegen des Essens hierher geflüchtet zu haben schien, sondern um ungestört mit einem Unbekannten plaudern zu können, denn um diese Zeit ging noch niemand zu Tisch.

Lucas erblickte ihn, zögerte, erhob sich und kam zu ihm.

»Haben Sie einen Augenblick Zeit, Chef? Ich glaube, das könnte Sie interessieren...«

Der Kommissar folgte ihm mit seinem Glas in der Hand. Der Unbekannte erhob sich. Lucas stellte vor:

»Antonio Farano... Kennen Sie ihn?...«

Der Name sagte dem Kommissar nichts, aber er hatte den Eindruck, dieses Gesicht eines hübschen Italieners schon einmal gesehen zu haben, der die Rollen jugendlicher Liebhaber im Film spielen könnte. Der rote Sportwagen gehörte zweifellos ihm. Er paßte zu seinem Auftreten, zu seinem hocheleganten hellen Anzug und dem schweren Siegelring, den er am Finger trug.

Während die drei Männer sich setzten, fuhr Lucas fort:

»Ich war gerade gegangen, als er am Quai eintraf, um mich zu sprechen. Lapointe hat ihm gesagt, daß er mich vielleicht hier finden könnte...«

Maigret bemerkte, daß Lucas den gleichen Aperitif trank wie er, während Farano sich mit einem Fruchtsaft begnügte.

»Er ist der Schwager von Emile Boulay... Er leitet eines seiner Nachtlokale, das Paris-Strip in der Rue de Berri...«

Lucas zwinkerte seinem Chef verstohlen zu.

»Wiederholen Sie, was Sie mir eben gesagt haben, Farano...«

»Also, mein Schwager ist verschwunden...«

Er hatte noch den Akzent seiner Muttersprache.

»Wann?« fragte Lucas.

»Letzte Nacht wahrscheinlich... Man weiß es nicht genau...«

Maigret beeindruckte ihn, und um seine Haltung nicht zu verlieren, zog er ein Zigarettenetui aus der Tasche.

»Gestatten Sie?«

»Bitte sehr...«

Zum Kommissar gewandt, erklärte Lucas:

»Sie kennen Boulay, Chef. Das ist der kleine Mann, der vor vier oder fünf Jahren aus Le Havre gekommen ist...«

»Vor sieben Jahren«, verbesserte ihn der Italiener.

»Schön, vor sieben Jahren... Er hat zuerst ein Nachtlokal in der Rue Pigalle gekauft, das Lotus, jetzt besitzt er vier...«

Maigret fragte sich, warum Lucas ihn in diese Geschichte hineinziehen wollte. Seit er die Kriminalabteilung leitete, befaßte er sich selten mit diesem Milieu, in dem er sich einst gut ausgekannt hatte, das dann aber ein wenig aus seinem Blickfeld geraten war. Mindestens zwei

Jahre lang hatte er keinen Nachtklub mehr betreten. Und von den üblen Burschen der Pigalle kannte er nur noch wenige, vor allem ältere, denn das ist eine kleine Welt für sich, die sich ständig verändert.

»Ich frage mich«, warf Lucas ein, »ob da nicht ein Zusammenhang mit der Affäre Mazotti besteht...«

Da begann Maigret zu begreifen. Wann war das noch, als Mazotti sich beim Verlassen einer Bar in der Rue Fontaine morgens gegen drei abknallen ließ? Das war fast einen Monat her. Das war etwa Mitte Mai passiert. Er erinnerte sich an einen Polizeibericht des 9. Arrondissements, den er mit den Worten an Lucas weitergegeben hatte:

»Wahrscheinlich eine Abrechnung... Tu, was du kannst...«

Mazotti war kein Italiener wie Farano, sondern Korse, der an der Côte d'Azur angefangen hatte, ehe er mit einer eigenen kleinen Bande nach Paris heraufgekommen war.

»Mein Schwager hat Mazotti nicht getötet...«, sagte Farano mit dem Brustton der Überzeugung. »Sie wissen genau, Monsieur Lucas, daß das nicht seine Art ist... Überdies haben Sie ihn zweimal in Ihrem Büro verhört...«

»Ich habe ihn nie bezichtigt, Mazotti getötet zu haben. Ich habe ihn verhört wie alle anderen, mit denen Mazotti zu tun hatte. Und das waren eine ganze Menge Leute...«

Und zu Maigret:

»Ich hatte ihm gerade eine Vorladung für heute elf Uhr geschickt, doch zu meiner Überraschung ist er nicht erschienen...«

»Übernachtet er nie mal woanders?« fragte der Kommissar offen.

»Niemals! Man merkt, daß Sie ihn nicht kennen… Das ist nicht seine Art… Er liebt meine Schwester… Und das Familienleben… Er ist nie später als vier Uhr morgens nach Hause gekommen.«

»Und letzte Nacht ist er nicht nach Hause gekommen? Ist es so?«

»So ist es…«

»Wo waren Sie?«

»Im Paris-Strip… Wir haben erst um fünf geschlossen… Für uns ist jetzt Hochsaison, denn Paris wimmelt bereits von Touristen. Als ich gerade Kasse machte, hat Marina mich angerufen und gefragt, ob ich Emile gesehen hätte… Marina ist meine Schwester… Ich hatte meinen Schwager den ganzen Abend nicht gesehen. Er kommt selten in die Champs-Elysées runter…«

»Wo liegen seine anderen Nachtlokale?«

»Alle am Montmartre, wenige hundert Meter voneinander entfernt. Das war seine Idee, und sie hatte Erfolg… Wenn die Lokale sozusagen Tür an Tür liegen, kann man die Künstlerinnen im Verlauf des Abends von einem ins andere schicken und damit die Allgemeinkosten verringern.

Das Lotus befindet sich ganz oben in der Rue Pigalle, das Train Bleu wenige Schritte davon entfernt in der Rue Victor-Massé und das Saint-Trop etwas weiter unten in der Rue Notre-Dame-de-Lorette…

Emile hat lange gezögert, ein Lokal in einem anderen Viertel zu eröffnen, und es ist das einzige, um das er sich praktisch nicht kümmert. Er hat mir die Leitung übertragen...«

»Ihre Schwester hat Sie also kurz nach fünf angerufen?«

»Ja. Sie ist so daran gewöhnt, von ihrem Mann geweckt zu werden...«

»Was haben Sie darauf getan?«

»Ich habe zuerst im Lotus angerufen, wo man mir gesagt hat, daß er gegen elf Uhr abends weggegangen sei... Er ist auch im Train Bleu gewesen, aber die Kassiererin kann nicht genau sagen, wann... Und das Saint-Trop hatte bereits geschlossen, als ich ihn dort zu erreichen versuchte...«

»Hat Ihres Wissens Ihr Schwager in der letzten Nacht irgendeine Verabredung gehabt?«

»Keine einzige... Ich sagte Ihnen doch: er war ein ruhiger Mensch, der an seinen Gewohnheiten hing... Wenn er im Familienkreis zu Abend gegessen hatte...«

»Wo wohnt er?«

»In der Rue Victor-Massé...«

»Im selben Haus, in dem das Train Bleu ist?«

»Nein. Drei Häuser weiter... Nach dem Abendessen also ging er zuerst ins Lotus, um die Vorbereitungen zu überwachen. Es ist das wichtigste Lokal, und er hat sich selbst darum gekümmert. Dann begab er sich hinunter ins Saint-Trop, wo er eine Weile blieb, und schließlich ins Train Bleu, darauf begann die Runde von vorn... Er machte sie zwei- oder dreimal im Verlauf der Nacht, denn er hatte auf alles ein Auge...«

»War er im Smoking?«

»Nein... Er trug einen dunklen, nachtblauen Anzug,

aber nie einen Smoking... Auf Eleganz legte er nur wenig Wert.«

»Sie sprechen von ihm in der Vergangenheit...«

»Weil ihm bestimmt etwas zugestoßen ist...«

An mehreren Tischen begann man zu essen, und Maigret schielte hin und wieder zu den Tellern und Weinkaraffen hin. Obwohl sein Glas leer war, widerstand er dem Verlangen, ein zweites zu bestellen.

»Was haben Sie dann gemacht?«

»Ich bin schlafen gegangen, nachdem ich meine Schwester gebeten hatte, mich anzurufen, wenn es etwas Neues gab.«

»Hat sie Sie noch einmal angerufen?«

»Gegen acht...«

»Wo wohnen Sie?«

»In der Rue de Ponthieu.«

»Sind Sie verheiratet?«

»Ja. Mit einer Landsmännin. Ich habe den ganzen Vormittag mit den Angestellten der drei Nachtlokale telefoniert... Ich suchte herauszubekommen, wo und wann er zuletzt gesehen worden war. Das ist nicht einfach. Einen guten Teil der Nacht sind die Lokale brechend voll, und jeder ist mit seiner eigenen Arbeit beschäftigt... Außerdem fiel Emile nicht auf. Er ist ein kleiner dürrer Mann, den keiner der Gäste für den Besitzer halten würde, und manchmal stand er lange mit dem Anreißer vor dem Eingang...«

Lucas bedeutete durch eine Geste, daß das alles stimmte.

»Niemand schien ihn nach elf Uhr dreißig an diesem Abend gesehen zu haben...«

»Wer hat ihn zuletzt gesehen?«

»Ich habe nicht alle fragen können. Einige der Kellner, Barmixer oder Musiker haben kein Telefon. Und von den meisten Mädchen weiß ich die Adresse nicht. Erst in der kommenden Nacht, wenn jeder auf seinem Posten ist, werde ich mich genauer erkundigen können...

Bisher ist der letzte, der mit ihm gesprochen hat, der Anreißer vom Lotus, Louis Boubée, ein Mann, der nicht viel größer und nicht schwerer als ein Jockey ist und den man am Montmartre vor allem unter dem Spitznamen Mickey kennt...

Zwischen elf und halb zwölf also ist Emile aus dem Lotus herausgekommen und ein Weilchen auf dem Bürgersteig bei Mickey stehen geblieben, der jedesmal, wenn ein Wagen hielt, hinrannte, um die Tür zu öffnen...«

»Haben sie sich unterhalten?«

»Emile hat nicht viel gesagt. Er scheint mehrmals zur Uhr geschaut zu haben, bevor er die Straße hinunterging. Mickey hat angenommen, er begebe sich ins Saint-Trop.«

»Hatte Ihr Schwager ein Auto?«

»Nein. Seit dem Unfall nicht mehr...«

»Welchem Unfall?«

»Das ist schon sieben Jahre her... Da lebte er noch in Le Havre, wo er ein kleines Nachtlokal besaß, das Monaco. Als er eines Tages mit seiner Frau nach Rouen fuhr...«

»War er damals bereits mit Ihrer Schwester verheiratet?«

»Ich spreche von seiner ersten Frau, einer Französin aus der Gegend von Le Havre, Marie Pirouet... Sie erwartete ein Baby... Sie waren gerade auf dem Weg nach Rouen, um einen Spezialisten aufzusuchen... In einer Kurve geriet der Wagen ins Schleudern und raste gegen einen Baum. Emiles Frau war sofort tot...«

»Und er?«

»Er ist mit einer Verletzung an der Wange davongekommen, man kann die Narbe noch sehen. In Montmartre glauben die meisten Leute, das sei die Spur eines Messerstichs.«

»Liebte er seine Frau?«

»Sehr... Er kannte sie von Kindheit an...«

»Ist er in Le Havre geboren?«

»In einem Dorf der Umgebung, den Namen weiß ich nicht mehr... Sie stammte aus demselben Ort. Seit sie tot ist, hat er sich nicht wieder ans Steuer gesetzt, und er vermeidet es auch, soweit wie möglich, in ein Auto zu steigen. Darum nahm er in Paris selten ein Taxi. Er ging viel zu Fuß, und wenn es sein mußte, benutzte er die Metro. Übrigens verließ er das 9. Arrondissement nur ungern...«

»Glauben Sie, daß man ihn beseitigt hat?«

»Ich sage doch, wenn ihm nichts zugestoßen wäre, wäre er längst zu Hause...«

»Lebt er allein mit Ihrer Schwester?«

»Nein. Meine Mutter wohnt bei ihnen und auch meine andere Schwester, Ada, die als Sekretärin für ihn arbeitet... Und dann die beiden Kinder... Denn Emile und Marina haben zwei Kinder, einen dreijährigen Jungen, Lucien, und ein kleines Mädchen von zehn Monaten...«

»Hegen Sie einen Verdacht?«

Antonio schüttelte den Kopf.

»Und Sie haben den Eindruck, daß das Verschwinden Ihres Schwagers mit der Mazotti-Affäre zusammenhängt?«

»Ich bin nur sicher, daß Emile Mazotti nicht getötet hat.«

Maigret wandte sich Lucas zu, der diesen Fall bearbeitete:

»Und du?«

»Das ist auch meine Überzeugung, Chef. Ich habe ihn zweimal verhört, und er schien mir aufrichtig zu sein. Wie Antonio gesagt hat, ist er ein eher schwächlicher, fast schüchterner Mann, von dem man nicht erwartet, daß er mehrere Nachtlokale besitzt. Auf der anderen Seite hat er sich Mazotti gegenüber zu wehren gewußt...«

»Wie?«

»Mazotti und seine Bande hatten ein Erpressungssystem entwickelt, das zwar nicht neu war, das sie aber vervollkommnet haben. Unter dem Vorwand, die Nachtklubbesitzer zu schützen, forderten sie jede Woche mehr oder weniger bedeutende Summen von ihnen...

Zu Anfang weigerten sich die meisten. Dann spielte sich eine kleine, gut organisierte Komödie ab. Sobald das Lokal voll war, konnte man beobachten, wie Mazotti in Begleitung von ein oder zwei Kerlen erschien. Sie setzten sich an einen Tisch, wenn einer frei war, oder an die Bar, wenn alles besetzt war, bestellten Champagner, und mitten in einer Nummer brachen sie einen Streit vom Zaun. Man hörte zuerst Murmeln, dann lautes Stimmengewirr... Der Barmixer oder der Geschäftsführer wurden angegriffen, als Gauner bezeichnet...

Das endete dann mit zerschlagenen Gläsern, mit einem mehr oder weniger allgemeinen Tumult, und natürlich gingen die meisten Gäste und schworen sich, nie wiederzukommen...

Bei Mazottis nächstem Besuch zogen die Besitzer es vor, zu bezahlen...«

»Emile hat nicht bezahlt?«

»Nein. Er hat sich auch nicht an die Gorillas der Unterwelt gewandt wie einige seiner Kollegen, die damit allerdings keinen Erfolg hatten, denn Mazotti kaufte sie schließlich auf. Seine Idee war es, ein paar Dockarbeiter aus Le Havre kommen zu lassen, die die Aufgabe hatten, Mazotti und seine Leute auf Vordermann zu bringen...«

»Von wann datiert der letzte Streit?«

»Das war am Abend von Mazottis Tod... Er war gegen ein Uhr morgens mit zwei seiner üblichen Begleiter ins Lotus gekommen. Emile Boulays Dockarbeiter haben sie hinausgeworfen. Da hat es eine Schlägerei gegeben.«

»War Emile dabei?«

»Er hatte sich hinter die Bar geflüchtet, denn Schläge sind ihm ein Greuel... Darauf ist Mazotti zur Stärkung in eine Bar der Rue Fontaine gegangen, zu Jo, wo gewissermaßen sein Hauptquartier war. Im Hintergrund des Raumes tranken sie zu viert oder fünft. Als sie um drei Uhr morgens herauskamen, fuhr ein Auto vorbei, und Mazotti ist von fünf Kugeln niedergestreckt worden, während einer seiner Begleiter einen Schuß in die Schulter erhielt... Der Wagen ist nicht gefunden worden. Alle haben geschwiegen. Ich habe die meisten der Nachtlokalbesitzer verhört. Ich führe die Ermittlungen fort...«

»Wo war Boulay zum Zeitpunkt der Schießerei?«

»Sie wissen doch, Chef, in diesem Milieu ist das nicht so leicht festzustellen... Wie es scheint, hat er sich im Train Bleu aufgehalten, aber ich traue den Zeugenaussagen nicht allzusehr...«

»Emile hat Mazotti nicht umgelegt«, wiederholte der Italiener.

»Trug er eine Waffe?«

»Ja, eine automatische Pistole. Er hatte einen von der Präfektur ausgestellten Waffenschein... Aber mit dieser Waffe ist Mazotti nicht getötet worden...«

Maigret seufzte und gab der Kellnerin ein Zeichen, die Gläser neu zu füllen, denn das Verlangen danach quälte ihn schon eine ganze Zeit.

Lucas erläuterte:

»Ich hielt es für besser, Sie davon in Kenntnis zu setzen, Chef, und ich glaubte, es würde Sie interessieren, was Antonio sagt.«

»Ich habe nur die Wahrheit gesagt.«

Lucas fuhr fort:

»Ich habe Emile für heute vormittag zum Quai vorgeladen... Ich gebe zu, daß es mich beunruhigt, daß er gerade in der letzten Nacht verschwunden ist.«

»Was wolltest du ihn fragen?«

»Reine Routine. Ich wollte ihm noch einmal dieselben Fragen stellen, um seine Antworten mit den früheren und den anderen Aussagen zu vergleichen...«

»Machte er die beiden Male, als du ihn in deinem Büro hattest, einen verschreckten Eindruck?«

»Nein. Eher einen bekümmerten... Ihm lag vor allem daran, seinen Namen nicht in den Zeitungen zu sehen. Er sagte immer wieder, das würde sich ungeheuer nachteilig auf seine Geschäfte auswirken, in seinen Lokalen gehe es ruhig zu, es passiere dort nie etwas und er würde sich nie davon erholen, wenn man ihn mit dieser Abrechnung in Zusammenhang bringe.«

»Das stimmt«, bemerkte Antonio und machte Anstalten, sich zu erheben.

Er fügte hinzu:

»Brauchen Sie mich noch? Ich muß zu meinen Schwestern und zu meiner Mutter zurück, die in großer Aufregung sind.«

Kurz darauf hörte man das Motorengeräusch des roten Autos, das in Richtung Pont Neuf davonstob. Maigret trank gemächlich einen Schluck von seinem Aperitif, warf Lucas einen verstohlenen Blick zu und seufzte:

»Wirst du irgendwo erwartet?«

»Nein... Ich hatte vor...«

»Hier zu essen?«

Und da er zustimmte, beschloß Maigret:

»Dann essen wir zusammen... Ich rufe nur schnell meine Frau an... Du kannst schon bestellen...«

»Nehmen Sie die Fische?«

»Ja, und die gebackene Kalbsleber...«

Es war vor allem die Kalbsleber, die ihn verlockte, und die Atmosphäre der Brasserie, in die er seit Wochen keinen Fuß mehr gesetzt hatte.

Die ganze Sache war von keiner allzu großen Bedeutung, und bisher hatte Lucas sich allein damit befaßt. Niemand, mit Ausnahme der Unterwelt, scherte sich um den Tod Mazottis. Jeder weiß, daß solche Abrechnungen am Ende immer aufgeklärt werden, und sei es durch eine weitere Abrechnung.

Der Vorteil bei Affären dieser Art ist, daß die Staatsanwaltschaft und die Untersuchungsrichter nicht unentwegt die Polizei anspornen. Wie sagte noch ein Justizbeamter?

»Wieder einer weniger, den man jahrelang im Gefängnis hätte ernähren müssen...«

Die beiden Männer unterhielten sich beim Essen. Maigret erfuhr dabei ein bißchen mehr über Emile Boulay, und schließlich begann er sich für den seltsamen kleinen Mann zu interessieren.

Als Sohn eines normannischen Fischers hatte Emile sich mit sechzehn Jahren bei der Transat als Steward verdingt. Das war noch vor dem Krieg. Er fuhr an Bord der »Normandie« und befand sich in New York, als die Kämpfe in Frankreich begannen.

Wieso war er, der kleine, scheue Junge, in die amerikanische Marine aufgenommen worden? Den ganzen Krieg hatte er bei dieser Waffengattung mitgemacht, um dann an Bord der »Ile-de-France«, diesmal als Zweiter Steward, den Zivildienst wieder aufzunehmen.

»Sie wissen ja, Chef, sie träumen fast alle davon, sich eines Tages selbständig zu machen, und nach zwei Ehejahren hat sich Boulay in Le Havre eine Bar gekauft, die er bald in ein Tanzlokal verwandelte... Damals kam der Strip-tease auf, und er scheint recht schnell ein beachtliches Vermögen erwirtschaftet zu haben...

Als sich der Unfall ereignete und seine Frau ums Leben kam, hatte er bereits die Absicht, seine Aktivitäten auf Paris zu erstrecken.«

»Hat er das Nachtlokal in Le Havre beibehalten?«

»Er hat es verpachtet. Einer seiner alten Kameraden von der »Ile-de-France« leitet es...

In Paris hat er das Lotus gekauft, das damals nicht so gut ging... Es war ein zweitrangiges Lokal, eine Touristenfalle, wie sie überall um die Place Pigalle aus der Erde schießen.«

»Wo hat er Antonios Schwester kennengelernt?«

»Im Lotus... Sie arbeitete dort als Garderobenmädchen... Sie war erst achtzehn Jahre alt.«

»Was machte Antonio zu jener Zeit?«

»Arbeiter bei Renault, im Karosseriewerk... Er war als erster nach Frankreich gekommen. Dann hat er seine Mutter und seine beiden Schwestern hergeholt. Sie wohnten im Stadtviertel von Javel.«

»Kurz, Emile scheint mehr oder weniger die ganze Familie geheiratet zu haben. Bist du mal bei ihm gewesen?«

»Nein. Ich habe einen Blick ins Lotus und in die anderen Lokale geworfen, es aber nicht für nötig gehalten, ihn in seiner Wohnung aufzusuchen.«

»Bist du davon überzeugt, daß er Mazotti nicht umgelegt hat?«

»Warum sollte er es getan haben? Er war im Begriff, das Spiel zu gewinnen...«

»Er hätte Angst haben können...«

»Niemand am Montmartre glaubt, daß er die Tat begangen hat.«

Schweigend tranken sie ihren Kaffee, und Maigret wies den Calvados zurück, den der Wirt wie gewöhnlich spendieren wollte. Er hatte zwei Aperitifs getrunken, dann hatte er sich mit einem Glas Pouilly zufriedengegeben, und während er sich mit Lucas zurück ins Büro begab, war er recht stolz auf sich.

In seinem Arbeitszimmer zog er seine Jacke aus, lockerte seine Krawatte und machte sich wieder an seine Verwaltungsakte. Es handelte sich um nichts anderes als um die Neugliederung aller Abteilungen, worüber man seinen Bericht erwartete, und er verrichtete seine Aufgabe wie ein fleißiger Schüler.

Im Laufe des Nachmittags mußte er wiederholt an Emile Boulay denken, an das kleine Imperium am Montmartre, das der ehemalige Steward der Transat aufgebaut hatte, an den jungen Italiener mit dem roten Auto, an die Wohnung in der Rue Victor-Massé, wo die drei Frauen mit den beiden Kindern lebten.

Unterdessen hatte Lucas mit den Krankenhäusern und den verschiedenen Polizeirevieren telefoniert. Er hatte auch die Personenbeschreibung von Boulay durchgegeben, doch bis um halb sieben hatten die Nachforschungen noch zu keinem Ergebnis geführt. Am Abend war es fast ebenso heiß wie tagsüber, und Maigret machte mit seiner Frau einen Spaziergang; fast eine Stunde saß er auf einer Caféterrasse an der Place de la République vor einem einzigen Glas Bier.

Sie hatten hauptsächlich vom Urlaub gesprochen. Viele Passanten trugen ihre Jacken über dem Arm; die meisten Frauen hatten buntbedruckte Sommerkleider an.

Der nächste Tag war ein Donnerstag. Wieder ein strahlender Himmel. In den Nachtmeldungen wurde Emile Boulay nicht erwähnt, und Lucas hatte nichts Neues erfahren.

Gegen elf tobte ein heftiges, aber kurzes Gewitter, worauf Dampf aus dem Pflaster aufzusteigen schien. Zum Mittagessen ging er nach Hause und kehrte dann zu seinen Aktenstapeln in sein Büro zurück.

Zu dem Zeitpunkt, als er den Quai des Orfèvres verließ, war noch immer nichts über das Schicksal des kleinen Mannes aus Le Havre bekannt, und Lucas hatte den Nachmittag vergeblich am Montmartre verbracht.

»Es sieht so aus, Chef, als ob dieser Boubée, den sie Mickey nennen und der seit Jahren Anreißer im Lotus ist, ihn als letzter gesehen hätte... Er glaubt sich zu erinnern, daß Emile von der Rue Pigalle in die Rue Notre-Dame-de-Lorette eingebogen ist, als wolle er sich ins Saint-Trop begeben, aber er hat dem keine Bedeutung beigemessen. Ich werde heute abend wieder zum Montmartre gehen, wenn jeder auf seinem Posten ist...«

Lucas sollte jedoch nichts weiter erfahren. Als Maigret am Freitagmorgen um neun Uhr die Tagesberichte durchgeblättert hatte, rief er Lucas in sein Büro.

»Er ist gefunden worden«, erklärte er ihm und zündete seine Pfeife wieder an.

»Lebend?«

»Tot.«

»Am Montmartre? In der Seine?«

Maigret reichte ihm eine Meldung des 20. Arrondissements hinüber. Darin wurde berichtet, daß im Morgengrauen in der Rue des Rondeaux am Rande des Père-Lachaise eine Leiche gefunden worden sei. Der Körper hatte quer über den Bürgersteig, nicht weit vom Eisenbahndamm gelegen. Er war in einen dunkelblauen Anzug gekleidet, und der Personalausweis in der Brieftasche, die eine größere Geldsumme enthielt, war auf den Namen Emile Boulay ausgestellt.

Lucas runzelte die Brauen und hob den Kopf.

»Ich frage mich...« begann er.

»Lies weiter...«

Das Folgende mußte den Inspektor tatsächlich noch mehr überraschen. In dem Bericht hieß es weiter, daß der Leichnam, der ins Gerichtsmedizinische Institut überführt worden war, bereits in einem Zustand fortgeschrittener Verwesung sei.

In jenem Teil der Rue des Rondeaux, der in einer Sackgasse endete, herrschte sicher nicht viel Verkehr. Trotzdem hätte eine Leiche dort nicht zwei Tage lang, ja nicht einmal ein paar Stunden auf dem Gehsteig liegen können, ohne entdeckt zu werden.

»Was hältst du davon?«

»Das ist merkwürdig...«

»Hast du bis zum Ende gelesen?«

»Die letzten Zeilen noch nicht...«

Emile Boulay war in der Nacht vom Dienstag auf den Mittwoch verschwunden. Nach dem Zustand des Leichnams zu urteilen, war er höchstwahrscheinlich noch in jener Nacht ermordet worden. Zwei ganze Tage waren seitdem verstrichen, zwei glühend heiße Tage.

Man konnte sich nur schwer den Grund vorstellen, warum der oder die Mörder die Leiche die ganze Zeit versteckt gehalten hatten.

»Das ist noch merkwürdiger!« rief Lucas aus und legte den Bericht wieder auf den Schreibtisch.

Am eigenartigsten war in der Tat, daß nach den ersten Feststellungen das Verbrechen nicht mit Hilfe einer Schußwaffe oder eines Messers begangen worden war.

Soweit man es beurteilen konnte, bevor der Autopsiebericht vorlag, war Emile Boulay erwürgt worden.

Dabei konnten sich weder Maigret noch Lucas trotz ihrer vielen Dienstjahre bei der Polizei auch nur eines einzigen Verbrechens in diesen Kreisen entsinnen, bei dem man das Opfer erdrosselt hat.

Jedes Stadtviertel von Paris, jede Gesellschaftsschicht hat sozusagen ihre eigene Art zu töten wie auch Selbstmord zu begehen. Es gibt Straßen, in denen man sich aus dem Fenster stürzt, andere, in denen man sich mit Holzkohle oder Gas vergiftet, und wieder andere, in denen man eine Überdosis eines Schlafmittels einnimmt.

Man kennt die Stadtviertel, in denen die Messerstiche vorherrschen, jene, wo man sich eines Knüppels bedient, und jene, wie Montmartre, in denen man zur Schußwaffe greift.

Der kleine Besitzer einiger Nachtlokale war nicht nur erwürgt worden, sondern der Mörder hatte sich obendrein zwei Tage und drei Nächte lang nicht der Leiche entledigt.

Maigret öffnete bereits den Wandschrank, um seine Jacke und seinen Hut herauszunehmen.

»Gehen wir!« murmelte er.

Endlich hatte er einen Vorwand, um sein Verwaltungspensum liegenlassen zu können.

An einem schönen Junimorgen mit einer erfrischenden leichten Brise begaben sich die beiden Männer ins Gerichtsmedizinische Institut.

2

Die rosa Gebäude des Gerichtsmedizinischen Instituts am Quai de la Rapée ähneln eher den Laboratorien eines pharmazeutischen Betriebes als etwa dem ehemaligen Leichenschauhaus unter der großen Uhr des Justizpalastes.

Hinter einem Schalter in einem hellen Büro fanden Maigret und Lucas einen Angestellten, der sie sofort erkannte und mit beflissenem Lächeln sagte:

»Sie kommen sicher wegen der Einlieferung aus der Rue des Rondeaux?«

Die elektrische Uhr über ihm zeigte auf fünf nach zehn, und durch das Fenster sah man am anderen Ufer der Seine vor den Docks der Magasins Généraux ankernde Schiffe.

»Da wartet schon jemand«, fuhr der Beamte fort, der sich ein bißchen unterhalten wollte. »Es scheint ein Verwandter zu sein...«

»Hat er seinen Namen genannt?«

»Ich werde ihn danach fragen, wenn er die Leiche identifiziert hat und seine Erklärung unterschreibt...«

Dieser Beamte befaßte sich offenbar nur auf theoretische Art mit den Leichen, in Form von Karteikarten.

»Wo ist er?«

»Im Wartezimmer... Auch Sie müssen sich noch ein wenig gedulden, Monsieur Maigret... Dr. Morel steckt mitten in der Arbeit...«

Der Flur war weiß getüncht und hell gekachelt, hell war auch das Wartezimmer mit seinen beiden Bänken, den lackierten Holzstühlen und seinem großen Tisch, auf dem nur die Zeitschriften fehlten, um sich wie bei einem Zahnarzt vorzukommen. Die mit Ölfarbe gestrichenen Wände waren kahl, und Maigret hatte sich schon gefragt, welche Art von Gemälden oder Grafiken man dort aufhängen könnte.

Antonio saß auf einem der Stühle, das Kinn in die Hand gestützt, und selbst wenn er noch ein hübscher Junge war, wirkte sein Gesicht ein wenig geschwollen wie das eines Menschen, der nicht genug geschlafen hat, seine Wangen waren unrasiert.

Er stand auf, als die Polizeibeamten eintraten.

»Haben Sie ihn gesehen?« fragte er.

»Noch nicht.«

»Ich auch nicht. Ich warte schon über eine halbe Stunde. Es ist tatsächlich Emiles Personalausweis, den man mir gezeigt hat...«

»Wer?«

»Ein Inspektor, der so einen komischen Namen hat... Warten Sie... Mornique? ... Bornique? ...«

»Bornique, ja...«

Maigret und Lucas tauschten einen kurzen Blick. Bei Bornique vom 20. Arrondissement konnten sie sich auf einiges gefaßt machen. Es gab mehrere von seiner Art in den verschiedenen Kommissariaten, nicht nur Inspektoren, sondern auch einige Kommissare, die unbedingt mit der Kriminalpolizei rivalisieren wollten und ihre Ehre darein setzten, vor ihr ans Ziel zu kommen.

Maigret hatte die Entdeckung der Leiche lediglich aus den Tagesberichten erfahren, und seit dieser Entdeckung waren die Leute vom 20. nicht untätig geblieben. Gerade um diesen übertriebenen Arbeitseifer auszuschalten, arbeitete Maigret seit einigen Wochen an einer Umgestaltung der Abteilungen.

»Glauben Sie, daß der Arzt noch lange braucht? Die Frauen drehen fast durch...«

»Hat Bornique sie benachrichtigt?«

»Es war noch vor acht. Sie waren gerade aufgestanden und mit den Kindern beschäftigt.

›Wer von Ihnen heißt Marina Boulay?‹ hat er gefragt.

Dann hat er meiner Schwester einen Personalausweis überreicht.

›Ist das der Ausweis Ihres Mannes? Erkennen Sie sein Foto? Wann haben Sie ihn zum letztenmal gesehen?‹

Sie können sich die Szene vorstellen. Ada hat sofort bei mir angerufen. Ich schlief noch. Ich habe mir nicht mal die Zeit genommen, zu frühstücken oder mir eine Tasse Kaffee zu machen. Wenige Minuten später war ich in der Rue Victor-Massé, und der Inspektor hat mich nahezu wie einen Verdächtigen behandelt.

›Wer sind Sie denn?‹

›Der Schwager.‹

›Dieser Dame?‹

›Nein, ihres Mannes.‹«

Antonio kochte vor Wut.

»Ich mußte lange diskutieren, um zu erreichen, daß ich die Leiche hier anstelle meiner Schwester identifizieren durfte. Sie wollte unbedingt mitkommen. Da ich aber ahnte, daß das kein schöner Anblick sein würde, habe ich ihr befohlen, zu Hause zu bleiben...«

Er steckte sich nervös eine Zigarette an.

»Der Inspektor hat Sie nicht begleitet?«

»Nein. Er schien etwas anderes zu tun zu haben. Er hat mich darauf hingewiesen, daß der Beamte hier mir ein Formular geben würde, das ich ausfüllen und unterschreiben müsse...«

Nach einer Weile fügte er hinzu:

»Sie sehen, daß ich allen Grund hatte, beunruhigt zu sein. Vorgestern schienen Sie mir nicht glauben zu wollen. Wo ist denn die Rue des Rondeaux?«

»Am Rande des Friedhofs Père-Lachaise...«

»Diese Ecke kenne ich nicht. Was ist das für ein Viertel?«

Eine Tür öffnete sich. Dr. Morel, in weißem Kittel, die Mütze auf dem Kopf, die Gazemaske unters Kinn herabgerutscht, suchte nach dem Kommissar.

»Wie ich höre, warten Sie auf mich, Maigret... Wollen Sie reinkommen?«

Er führte sie in einen Saal, in den das Licht nur durch Milchglasscheiben fiel und an dessen Wänden Metallschränke standen wie in einem Büroraum, allerdings mit dem Unterschied, daß die Schränke ein ungewöhnliches Format hatten. Unter einem Leinentuch lag auf einem Rolltisch ein Leichnam.

»Zunächst sollte sein Schwager ihn identifizieren«, sagte der Kommissar.

Und es folgte die traditionelle Geste beim Aufheben des Tuches in Kopfhöhe. Das Gesicht des Toten war von fast zentimeterlangen Bartstoppeln bedeckt, die ebenso rötlich waren wie das Haupthaar. Die Haut zeigte bläuliche Flecken, und auf der linken Wange konnte man deutlich die Narbe erkennen, von der Antonio in der Brasserie Dauphine gesprochen hatte.

Der Körper unter dem Tuch wirkte klein und mager.

»Das ist er doch?«

»Das ist er zweifellos...«

Da Maigret merkte, daß dem Italiener schlecht wurde, schickte er ihn mit Lucas zur Erledigung der Formalitäten ins Büro.

»Kann er wieder hineingelegt werden?« fragte der Arzt und winkte einem Mann in grauem Kittel, der bereits eines der Fächer aufgezogen hatte. »Begleiten Sie mich, Maigret?«

Er führte ihn in sein Arbeitszimmer, in dem sich ein Waschbecken befand, und während er sprach, desinfizierte er sich Hände und Gesicht, zog seinen weißen Kittel aus und nahm wieder die Gestalt eines gewöhnlichen Menschen an.

»Ich nehme an, Sie möchten schon ein paar Hinweise haben, bevor mein Bericht vorliegt... Wie üblich werde ich Analysen vornehmen müssen, die mehrere Tage beanspruchen. Was ich Ihnen jetzt bereits sagen kann, ist die Tatsache, daß die Leiche keine Spur einer Verletzung zeigt. Der Mann ist erwürgt worden oder, genauer gesagt...«

Morel suchte nach Worten, als sei er sich seiner Sache nicht allzu sicher.

»Das ist noch nicht amtlich, verstehen Sie... In meinem Bericht werde ich nicht so kategorisch sein... Wenn ich den Mord nach dem Ergebnis der Autopsie rekonstruieren müßte, würde ich sagen, daß das Opfer von hinten angegriffen worden ist, daß man ihm einen Arm um den Hals gelegt und so kräftig gezogen hat, daß ein Halswirbel gebrochen ist. Man kann es mit dem vergleichen, was Sie einen Hasenschlag nennen...«

»Er hat also gestanden?«

»Gestanden oder äußerstenfalls gesessen... Ich glaube eher, daß er stand und daß er mit diesem Überfall nicht gerechnet hatte... Es hat im eigentlichen Sinne kein Kampf stattgefunden. Er hat sich nicht gewehrt. Ich habe seine Fingernägel sorgfältig untersucht und weder Wollfasern entdeckt, die vorhanden sein müßten, wenn er sich an die Kleidung seines Angreifers gekrallt hätte, noch Blut oder Haare; es sind auch keine Kratzer an den Händen. Wer ist es?«

»Ein Besitzer von Nachtlokalen. Können Sie mir ungefähr sagen, wann der Tod eingetreten ist?«

»Es sind mindestens zwei volle Tage und maximal drei verflossen, seit der Mann aufgehört hat zu leben, und lassen Sie mich, immer noch inoffiziell und ohne mich dafür verbürgen zu können, eine Einzelheit hinzufügen: Meiner Meinung nach ist die Leiche während dieser Zeit nicht der frischen Luft ausgesetzt worden... Einen ersten Bericht erhalten Sie heute abend.«

Lucas tauchte auf.

»Er hat die Papiere unterschrieben. Was soll ich mit ihm machen? Soll ich ihn in die Rue Victor-Massé zurückschicken?«

Maigret nickte, denn er mußte noch Emiles Kleidungsstücke und den Inhalt der Taschen untersuchen. Später würde man das alles im Laboratorium sehr viel genauer tun.

Die Sachen lagen in einem anderen Raum auf dem Tisch. Der dunkelblaue Anzug zeigte keinerlei Risse, und man sah auch nur wenig Staub daran. Kein Blut. Er war kaum zerknittert. Und die schwarzen Schuhe waren so sauber wie die eines Mannes, der seine Wohnung verläßt, lediglich zwei frische Schrammen waren auf dem Leder zu erkennen.

Maigret hätte wetten mögen, daß der Mord nicht auf der Straße, sondern in einem Haus begangen worden war und daß man sich der Leiche erst gegen Ende der letzten Nacht entledigt und sie auf den Bürgersteig der Rue des Rondeaux gelegt hatte.

Von wo aus hatte man sie dort hingebracht? Höchstwahrscheinlich hatte man sich eines Wagens bedient. Sie war nicht über das Pflaster geschleift worden.

Was den Inhalt der Taschen betraf, so war er ziemlich enttäuschend. Rauchte Emile Boulay? Anscheinend nicht. Er hatte weder eine Pfeife noch Zigaretten, Feuerzeug oder Streichhölzer. Es fanden sich auch keine Tabakkrümel, wie man sie immer in den Taschen eines Rauchers feststellen kann.

Eine goldene Uhr. In der Brieftasche fünf Hundertfrancsscheine und drei Fünfzigfrancsnoten. In einer der Taschen waren zerknüllte Zehnfrancsscheine und in der anderen Münzen.

Ein Schlüsselbund, ein Taschenmesser, ein zerknittertes Taschentuch und ein weiteres, sorgfältig gefaltetes, in der Außentasche. Ein Döschen mit Aspirintabletten und Pfefferminzbonbons.

Lucas, der die Brieftasche entleerte, rief aus:

»Sieh an! Meine Vorladung...«

Eine Vorladung, der Emile Boulay schwerlich hätte Folge leisten können!

»Ich dachte, er hat immer eine automatische Pistole bei sich getragen«, murmelte Maigret.

Die Waffe befand sich nicht unter den Sachen, die auf dem Tisch verstreut lagen, dafür jedoch ein Scheckheft, in dem der Kommissar blätterte. Es war fast neu. Nur drei Schecks waren ausgeschrieben worden. Der einzig bedeutende lautete auf fünftausend Franken, auszahlbar »an mich selbst«.

Er trug das Datum vom 22. Mai, und Lucas bemerkte sofort:

»Sieh an! Das ist ja der Tag, an dem ich ihn zum zweitenmal zum Quai des Orfèvres vorgeladen hatte. Das erstemal hatte ich ihn am 18. Mai bei mir, dem Tag nach der Ermordung Mazottis...«

»Ruf bitte das Labor an, damit man diese Sachen abholt und untersucht.«

Wenige Minuten später stiegen die beiden Männer wieder in das schwarze Auto, das Lucas sehr vorsichtig steuerte.

»Wo soll's hingehen, Chef?«

»Zuerst in die Rue des Rondeaux... Ich möchte mir die Stelle ansehen, wo man ihn gefunden hat...«

Im Sonnenlicht wirkte die Straße trotz des Friedhofs und der Bahngleise nicht düster. Von weitem sahen sie ein paar Neugierige, die von zwei Polizisten zurückgehalten wurden, Hausfrauen an den Fenstern, spielende Kinder. Als der Wagen hielt, wurde Maigret von Inspektor Bornique empfangen, der mit geheuchelter Bescheidenheit sagte:

»Ich habe Sie schon erwartet, Herr Kommissar... Ich

dachte mir, daß Sie kommen würden, und habe dafür gesorgt...«

Die Polizisten traten zur Seite, und man sah auf dem grauen Bürgersteig die mit Kreide gezeichneten Umrisse eines Körpers.

»Wer hat ihn entdeckt?«

»Ein Angestellter der Gaswerke, der morgens um fünf seinen Dienst aufnimmt und in diesem Haus wohnt... Das ist seine Frau, die Sie im dritten Stock am Fenster sehen... Ich habe natürlich seine Aussage. Ich hatte zufällig Nachtdienst.«

Es war angesichts der Neugierigen nicht der geeignete Augenblick, ihm Vorwürfe zu machen.

»Sagen Sie, Bornique, haben Sie den Eindruck, daß die Leiche aus einem Auto gestoßen wurde oder auf den Gehsteig gelegt worden ist?«

»Man hat sie mit Sicherheit hingelegt...«

»Auf den Rücken?«

»Auf den Bauch. Auf den ersten Blick hätte man glauben können, es sei ein Betrunkener, der seinen Wein keltert... Bis auf den Geruch... Denn was den betrifft, so möchte ich Ihnen sagen...«

»Vermutlich haben Sie die Nachbarn verhört?«

»Alle, die zu Hause sind. Vor allem Frauen und alte Leute, denn die anderen sind zur Arbeit gegangen.«

»Niemand hat etwas gesehen oder gehört?«

»Außer einer Alten, oben im fünften Stock, die anscheinend an Schlaflosigkeit leidet. Allerdings versichert die Concierge, daß sie nicht mehr recht wisse, was sie sagt... Sie behauptet, morgens um halb vier die Bremsen eines Autos gehört zu haben. Es fahren nicht viele durch diesen Teil der Straße, die nirgendwohin führt.«

»Hat sie keine Stimmen gehört?«

»Nein. Nur das Öffnen eines Wagenschlags, dann Schritte, dann die Tür, die wieder geschlossen wurde...«

»Hat sie nicht aus dem Fenster geguckt?«

»Sie ist fast bewegungsunfähig... Ihr erster Gedanke war, daß jemand im Haus krank sei und daß man einen Krankenwagen gerufen habe. Sie wartete darauf, daß die Tür sich öffnete und wieder schloß, aber der Wagen ist sofort wieder abgefahren, nachdem er gewendet hatte.«

Wie ein Mann, der sein Handwerk versteht, fügte Inspektor Bornique hinzu:

»Ich werde heute mittag und am Abend noch einmal herkommen, wenn die Männer wieder zu Hause sind.«

War jemand von der Staatsanwaltschaft da?«

»Schon sehr früh. Das ging alles ganz schnell. Eine reine Formalität...«

Unter den Blicken der Gaffer stiegen Maigret und Lucas wieder in ihr Auto.

»Rue Victor-Massé...«

Man sah Berge von Kirschen und auch schon Pfirsiche auf den Karren der Obsthändler, zwischen denen sich die Hausfrauen hindurchwanden. Paris wirkte sehr heiter an diesem Morgen, und auf den schattigen Bürgersteigen gingen mehr Passanten als auf den sonnigen.

In der Rue Notre-Dame-de-Lorette erblickten sie die gelbe Fassade des Saint-Trop, dessen Eingang mit einem Gitter verschlossen war, neben dem links ein Schaukasten mit Fotos von nackten Frauen hing.

In der Rue Victor-Massé prangte ein ähnlicher Schaukasten an der etwas breiteren Front des Train Bleu, und ein Stückchen weiter hielt Lucas vor einem Wohnhaus an. Es war ein graues, recht stattliches Gebäude, und zwei Messingschilder deuteten auf einen Arzt beziehungsweise eine Immobilienfirma hin.

»Bitte?« fragte eine unfreundliche Concierge und öffnete ihre Fenstertür.

»Madame Boulay...«

»Dritter Stock links, aber...«

Nachdem sie die beiden Männer gemustert hatte, besann sie sich eines anderen:

»Sind Sie von der Polizei?... Dann können Sie hinaufgehen... Die armen Frauen müssen in einem Zustand sein...«

Es gab hier einen fast geräuschlosen Fahrstuhl und einen roten Läufer auf der Treppe, die heller erleuchtet war als in den meisten alten Wohnhäusern von Paris. In der dritten Etage hörte man Stimmen hinter einer Tür. Maigret drückte auf den Klingelknopf, und die Stimmen verstummten, Schritte näherten sich, Antonio erschien im Türrahmen. Er hatte die Jacke ausgezogen und hielt ein belegtes Brötchen in der Hand.

»Treten Sie näher... Achten Sie nicht auf die Unordnung...«

In einem der Zimmer weinte ein Baby. Ein kleiner Junge klammerte sich an den Rock einer jungen, bereits etwas fetten Frau, die nicht die Zeit gehabt hatte, sich zu frisieren; ihr schwarzes Haar fiel auf den Rücken hinunter.

»Meine Schwester Marina...«

Sie hatte gerötete Augen, wie zu erwarten war, und schien ein wenig verstört.

»Kommen Sie hier rein...«

Sie führte sie in ein unaufgeräumtes Wohnzimmer, auf dem Teppich lag ein umgekipptes Holzpferd, auf dem Tisch standen schmutzige Tassen und Gläser.

Eine ältere und noch viel dickere Frau erschien, mit einem himmelblauen Morgenrock bekleidet, in der anderen Tür und blickte die Ankömmlinge mißtrauisch an.

»Meine Mutter...« stellte Antonio vor... »Sie spricht praktisch überhaupt kein Französisch. Sie wird es nie lernen...«

Die Wohnung wirkte groß und komfortabel und war mit jenen rustikalen Möbeln eingerichtet, wie sie in den Kaufhäusern angeboten werden.

»Wo ist Ihre andere Schwester?« fragte Maigret und sah sich um.

»Bei dem Baby... Sie kommt gleich...«

»Wie erklären Sie sich das, Herr Kommissar?« fragte Marina, die akzentfreier sprach als ihr Bruder.

Sie war achtzehn oder neunzehn Jahre alt gewesen, als Boulay sie kennengelernt hatte. Sie war also jetzt fünfundzwanzig oder sechsundzwanzig, und sie war noch sehr schön mit ihrem matten Teint und ihren dunklen Augen. Hatte sie ihre Koketterie beibehalten? Unter diesen traurigen Umständen ließ sich das nicht beurteilen, aber der Kommissar hätte gewettet, daß sie sich weder um ihre Linie noch um ihre Toilette scherte, daß sie glücklich mit ihrer Mutter, ihrer Schwester, ihren Kindern und ihrem Mann lebte, ohne sich um die übrige Welt zu kümmern.

Gleich beim Eintreten hatte Maigret geschnuppert und einen bestimmten Geruch wahrgenommen, der hier herrschte und an italienische Restaurants erinnerte.

Antonio war jetzt offenbar das Familienoberhaupt. War er es nicht schon ein bißchen, als Emile Boulay noch lebte? Hatte der ehemalige Steward nicht bei ihm um die Hand von Marina anhalten müssen?

Mit seinem Brötchen in der Hand fragte er:

»Haben Sie etwas herausgekriegt?«

»Ich möchte gerne wissen, ob er seine automatische Pistole in der Tasche hatte, als er am Dienstag ausging.«

Antonio schaute seine Schwester an, die einen Augenblick zögerte und dann in ein anderes Zimmer rannte. Da sie die Tür offen gelassen hatte, sah man ein Eßzimmer, das sie durchquerte, bevor sie ein Schlafzimmer betrat. Sie zog die Schublade einer Kommode auf und kehrte mit einem dunklen Gegenstand in der Hand zurück.

Es war die automatische Pistole, die sie vorsichtig hielt wie jemand, der Angst vor Schußwaffen hat.

»Sie lag an ihrem Platz«, sagte sie.

»Trug er sie nicht immer bei sich?«

»Nein, nicht immer... In der letzten Zeit nicht...«

Sie wurde von Antonio unterbrochen.

»Seit Mazotti tot ist und seine Bande wieder in den Süden zurückgekehrt ist, hielt es Emile nicht mehr für nötig, eine Waffe zu tragen.«

Das war bezeichnend. Als er am Dienstagabend seine Wohnung verließ, hatte Emile Boulay also nicht mit einer gefährlichen oder heiklen Begegnung gerechnet.

»Um wieviel Uhr ist er gegangen, Madame?«

»Kurz vor neun, wie gewöhnlich. Wir haben um acht Uhr zu Abend gegessen. Dann hat er den Kindern in ihrem Bett einen Gutenachtkuß gegeben, wie er es immer tat, wenn er wegging...«

»Er hat auf Sie keinen besorgten Eindruck gemacht?«

Sie dachte angestrengt nach. Sie hatte sehr schöne Augen, die in normalen Zeiten fröhlich und zärtlich blicken mußten.

»Nein... Ich glaube nicht... Wissen Sie, Emile zeigte seine Gefühle selten, und die Leute, die ihn nicht kannten, mußten ihn für verschlossen halten...«

Zwei Tränen quollen an ihren Wimpern auf.

»Im Grunde war er sehr gut, sehr zuvorkommend...«

Sie wandte sich ihrer Mutter zu, die ihnen, die Hände über dem Bauch gefaltet, zuhörte, sie sagte ihr etwas auf Italienisch, und die Mutter nickte nachdrücklich.

»Ich weiß, wie man über Leute denkt, die Nachtlokale leiten... Man hält sie für eine Art Gangster, und sicherlich gibt es auch welche, die...«

Sie trocknete sich die Augen und schaute ihren Bruder an, als wollte sie ihn um Erlaubnis bitten, fortfahren zu dürfen.

»Er war eher schüchtern... Vielleicht nicht in Geschäftsangelegenheiten... Er lebte inmitten Dutzender von Frauen, mit denen er hätte machen können, was er wollte, aber anstatt sie so zu behandeln, wie es die meisten seiner Kollegen tun, betrachtete er sie als Angestellte, und wenn er ihnen gegenüber auch energisch war, verhielt er sich dennoch rücksichtsvoll. Ich kann das schon deshalb beurteilen, weil ich in seinen Diensten gestanden habe, ehe ich seine Frau wurde...

Ob Sie mir glauben oder nicht: er ist wochenlang um mich herumgestrichen, wie es ein junger Mann getan hätte... Wenn er während der Vorstellung mit mir sprach, stellte er mir Fragen: wo ich geboren sei, wo meine Familie lebe, ob meine Mutter in Paris wohne, ob ich Geschwister habe...

Kein einziges Mal hat er mich in der ganzen Zeit angerührt. Auch hat er mir nie angeboten, mich nach Hause zu begleiten.«

Antonio nickte, als ob er sagen wollte, daß er es nicht zugelassen hätte, wenn es anders gewesen wäre.

»Natürlich«, fuhr sie fort, »kannte er die Italienerinnen, es waren ja immer zwei oder drei im Lotus beschäftigt... Eines Abends hat er mich gefragt, ob er meinen Bruder kennenlernen könne...«

»Er ist durchaus korrekt gewesen!« räumte Antonio ein.

Die Mutter schien doch ein wenig Französisch zu verstehen, denn hin und wieder öffnete sie den Mund, als wollte sie etwas hinzufügen, schwieg dann aber, weil sie nicht die richtigen Worte fand.

Ein junges Mädchen trat ein, in Schwarz gekleidet, frisch gewaschen und frisiert. Es war Ada, die kaum zweiundzwanzig Jahre alt war und ein Ebenbild ihrer Schwester in diesem Alter sein mußte. Sie musterte die Besucher neugierig und teilte Marina mit:

»Sie ist jetzt eingeschlafen.«

Dann zu Maigret und Lucas:

»Wollen Sie nicht Platz nehmen?«

»Soweit ich verstanden habe, Mademoiselle, waren Sie die Sekretärin Ihres Schwagers?«

Auch sie sprach mit nur leichtem Akzent, gerade genug, um ihr einen zusätzlichen Reiz zu verleihen.

»Das wäre zuviel gesagt. Emile hat sich mit allen Geschäften selbst befaßt... Und diese Geschäfte erforderten nicht viel Schreibarbeit...«

»Hatte er ein Büro?«

»Man nennt es das Büro, ja... Zwei kleine Zimmer im Zwischengeschoß über dem Lotus...«

»Wann begab er sich dort hin?«

»Er schlief meistens bis Mittag und aß dann mit uns. Gegen drei gingen wir beide zur Place Pigalle.«

Maigret beobachtete abwechselnd die beiden Schwestern und fragte sich, ob Marina nicht vielleicht eine gewisse Eifersucht gegenüber der jüngeren hegte. Doch ihr Blick verriet nichts davon.

Marina war, soweit man das beurteilen konnte, noch vor drei Tagen eine mit ihrem Los zufriedene Frau gewesen, zufrieden, mit ihrer Mutter und den Kindern in der Wohnung in der Rue Victor-Massé ein recht geruhsames Leben zu führen, und wenn ihr Mann nicht getötet worden wäre, hätte sie sicher noch viele Kinder bekommen.

Ada, die ganz anders wirkte, offener, energischer als ihre Schwester, fuhr fort:

»Es gab immer Leute, die auf ihn warteten, Tänzerinnen, Musiker, der Geschäftsführer oder der Barkeeper dieses oder jenes Lokals, ganz zu schweigen von den Wein- und Champagnerlieferanten...«

»Womit hat sich Emile Boulay am Tag seines Verschwindens beschäftigt?«

»Warten Sie... Das war am Dienstag, nicht wahr?...

Wir sind in den Saal hinuntergegangen, um uns eine spanische Tänzerin anzusehen, die er engagiert hatte... Dann hat er den Vertreter einer Firma für Klimaanlagen empfangen. Er hatte die Absicht, in seine vier Lokale Klimaanlagen einbauen zu lassen. Vor allem im Lotus, wo es Ärger mit den Ventilatoren gab...«

Maigret erinnerte sich an einen Katalog, den er unter den Sachen des Toten bemerkt hatte.

»Wer kümmerte sich um die finanziellen Angelegenheiten?«

»Was meinen Sie damit?«

»Wer bezahlte die Rechnungen, das Personal?«

»Der Buchhalter natürlich...«

»Hat der auch sein Büro über dem Lotus?«

»Ein kleines Zimmer, das auf den Hof hinausweist, ja... Er ist ein alter Mann, der ständig brummt und jedesmal, wenn er Geld ausgeben muß, darunter leidet, als sei es sein eigenes. Er heißt Raison... Monsieur Raison, wie ihn alle nennen, denn wenn sie ihn nicht mit Monsieur anreden würden...«

»Ist er um diese Zeit in der Rue Pigalle?«

»Mit Sicherheit. Er ist der einzige, der vormittags arbeitet, denn abends und in der Nacht hat er frei.«

Die Mutter, die vor ein paar Minuten hinausgegangen war, kam mit einer Flasche Chianti und Gläsern zurück.

»Ich nehme an, jedes Lokal hat seinen eigenen Geschäftsführer.«

Ada schüttelte den Kopf.

»Nein, so ist das nicht. Antonio leitet das Paris-Strip, weil es in einem anderen Stadtviertel liegt, eine andere Kundschaft und einen anderen Stil hat... Verstehen

Sie, was ich meine?... Außerdem gehört Antonio zur Familie...

Die drei anderen Lokale liegen praktisch Tür an Tür. Im Verlauf des Abends begeben sich einige Künstlerinnen von einem zum anderen. Auch Emile pendelte hin und her und hatte auf alles ein Auge... Es kam vor, daß morgens um drei zum Beispiel Champagnerkisten vom Lotus zum Train Bleu gebracht werden mußten oder Whiskyflaschen... Wenn eins der Lokale überfüllt war und es an Personal fehlte, holte man aus einem anderen, wo es nicht so voll war, Verstärkung...«

»Mit anderen Worten, Emile Boulay hat die drei Lokale am Montmartre persönlich geleitet.«

»Praktisch, ja... Obwohl es in jedem einzelnen einen verantwortlichen Geschäftsführer gibt...«

»Monsieur Raison befaßt sich mit der Buchhaltung und dem schriftlichen Kram...«

»Ja, so ist es etwa.«

»Und Sie?«

»Ich habe meinen Schwager begleitet und Notizen gemacht. Dies oder das bestellen... Einen Termin mit einem Lieferanten oder Unternehmer verabreden... Eine Künstlerin anrufen, die woanders auftritt, und versuchen, sie zu engagieren...«

»Haben Sie ihn auch abends begleitet?«

»Nur einen Teil des Abends.«

»Bis wieviel Uhr im allgemeinen?«

»Bis zehn oder elf... Am langwierigsten ist immer die Kontrolle gegen neun... Da fehlt ständig jemand, ein Kellner, ein Musiker oder eine Tänzerin... Oder es ist eine Lieferung von Champagner oder Dekorationsmitteln nicht rechtzeitig eingetroffen...«

Maigret sagte nachdenklich:

»Allmählich bekomme ich eine Vorstellung davon... Waren Sie am Dienstagabend mit ihm zusammen?«

»Wie an den anderen Abenden.«

Wieder sah er Marina an, gewahrte aber keine Spur von Eifersucht auf ihrem Gesicht.

»Zu welchem Zeitpunkt haben Sie Ihren Schwager verlassen?«

»Um halb elf.«

»Wo befanden Sie sich da?«

»Im Lotus. Das war eine Art Hauptquartier. Wir waren bereits im Train Bleu und im Saint-Trop gewesen...«

»Haben Sie nichts Auffälliges bemerkt?«

»Nichts... Ich glaubte nur, daß es bald regnen würde...«

»Hat es geregnet?«

»Ein paar Tropfen, gerade als ich aus dem Lotus herauskam. Mickey wollte mir einen Schirm leihen, aber ich habe gewartet, und fünf Minuten später hörte es wieder auf.«

»Haben Sie Boulays Verabredungen notiert?«

»Gegebenenfalls erinnerte ich ihn daran. Das war nur selten nötig, denn er dachte an alles. Er war ein ruhiger, überlegt handelnder Mann, der seine Geschäfte sehr seriös führte.«

»Er hatte an jenem Abend keine Verabredung?«

»Meines Wissens nicht...«

»Hätten Sie es gewußt?«

»Ich denke schon... Ich will mir keine Bedeutung zumessen, die ich nicht hatte... Er besprach mit mir zum Beispiel weder seine Geschäfte noch seine Projekte. Aber er redete in meiner Gegenwart davon. Wenn er Besucher empfing, war ich fast immer zugegen. Ich erinnere mich nicht, daß er mich einmal hinausgeschickt hätte. Er teilte mir Dinge mit wie:

›Das Train Bleu muß neu tapeziert werden.‹

Ich notierte das und erinnerte ihn am nächsten Nachmittag daran.«

»Wie hat er reagiert, als er erfuhr, daß Mazotti abgeknallt worden war?«

»Ich war nicht dabei. Er muß es in der Nacht erfahren haben, wie ganz Montmartre, denn solche Neuigkeiten verbreiten sich schnell.«

»Und am Tag darauf, als er aufgestanden ist?«

»Er hat gleich nach Zeitungen verlangt... Ich mußte sie ihm an der Straßenecke holen...«

»Las er sonst keine Zeitungen?«

»Er warf einen Blick in die Morgenzeitung und einen Blick in die Abendzeitung...«

»Wettete er beim Rennen?«

»Nie... Er setzte weder beim Pferderennen noch beim Kartenspiel oder anderen Spielen.«

»Hat er mit Ihnen über den Tod Mazottis gesprochen?«

»Er hat mir gesagt, daß er damit rechnete, vorgeladen zu werden, ich mußte den Geschäftsführer im Lotus anrufen und fragen, ob die Polizei schon dagewesen sei.«

Maigret wandte sich Lucas zu, der seine stumme Frage sofort verstand.

»Zwei Inspektoren vom 9. sind dort gewesen«, sagte er.

»Wirkte Boulay beunruhigt?«

»Er fürchtete eine schlechte Presse...«

Jetzt mischte sich Antonio in das Gespräch ein.

»Das ist immer seine große Sorge gewesen... Auch mich hat er oft ermahnt, über den Ruf meines Lokals zu wachen.

›Man ist nicht gleich ein Gangster‹, pflegte er zu sagen, ›wenn man seinen Unterhalt damit verdient, nackte Frauen zu zeigen. Ich bin ein ehrbarer Geschäftsmann und lege Wert darauf, daß man das weiß...‹«

»Das stimmt... Ich habe auch gehört, wie er das gesagt hat... Möchten Sie nichts trinken, Herr Kommissar?«

Obwohl er vormittags um halb zwölf noch keinen Appetit auf Chianti hatte, nahm er einen kleinen Schluck aus seinem Glas.

»Hatte er Freunde?«

Ada blickte um sich, als wollte sie damit eine Antwort geben.

»Er brauchte keine Freunde... Sein Leben spielte sich hier ab...«

»Sprach er Italienisch?«

»Italienisch, Englisch und ein wenig Spanisch. Er hatte die Sprachen bei der Transat gelernt und dann in den Vereinigten Staaten.«

»Hat er manchmal von seiner ersten Frau gesprochen?«

Keinerlei Bedrücktheit bei Marina, während ihre Schwester antwortete:

»Er besuchte jedes Jahr ihr Grab, und ihr Porträt hängt immer noch im Schlafzimmer.«

»Noch eine Frage, Fräulein Ada... Als Boulay getötet wurde, hatte er ein Scheckheft in der Tasche. Sind Sie darüber informiert?«

»Ja. Er hatte es immer bei sich, benutzte es jedoch recht selten. Die größeren Zahlungen wurden von Monsieur Raison vorgenommen. Emile hatte auch immer ein Bündel Geldscheine in der Tasche. Das braucht man in dieser Branche.«

»Ihr Schwager ist am 18. Mai von der Kriminalpolizei vorgeladen worden...«

»Ich erinnere mich...«

»Haben Sie ihn zum Quai des Orfèvres begleitet?«

»Bis zum Tor... Ich habe vor dem Gebäude auf ihn gewartet.«

»Haben Sie ein Taxi genommen?«

»Er mochte Taxis nicht, überhaupt keine Autos. Wir sind mit der Metro hingefahren.«

»Er hat dann eine Vorladung für den 23. Mai erhalten.«

»Ich weiß... Das machte ihn besorgt...«

»Immer noch wegen der Presse?«

»Ja...«

»Nun, am 22. Mai hat er bei der Bank eine recht hohe Summe abgehoben, fünftausend Francs... Wußten Sie das?«

»Nein.«

»Sie haben sich um sein Scheckheft nicht gekümmert?«

Sie schüttelte den Kopf.

»Hat er Sie daran gehindert?«

»Auch nicht... Es war sein persönliches Heft, und ich wäre nie auf die Idee gekommen, hineinzuschauen. Er verschloß es nicht, er ließ es auf seiner Schlafzimmerkommode liegen.«

»Hat er manchmal so hohe Summen bei der Bank abgehoben?«

»Das bezweifle ich... Es war nicht nötig... Wenn er Geld brauchte, nahm er es sich aus der Kasse des Lotus oder eines anderen Lokals und legte einen Zettel hinein.«

»Haben Sie keine Ahnung, warum er das Geld abgehoben haben könnte?«

»Nicht die geringste...«

»Haben Sie keine Möglichkeit, es in Erfahrung zu bringen?«

»Ich will es versuchen... Ich werde Monsieur Raison fragen. Ich kann in seiner Korrespondenz nachsehen...«

»Seien Sie so gut und tun Sie das heute noch, und rufen Sie mich an, wenn Sie etwas herausfinden sollten.«

Auf dem Treppenabsatz fragte Antonio mit etwas verlegener Miene: »Was soll mit den Nachtlokalen werden?«

Und da Maigret ihn verständnislos anblickte, präzisierte er:

»Soll man sie trotzdem öffnen?«

»Ich persönlich sehe keinen Grund, warum... Aber ich glaube, das ist Sache Ihrer Schwester, oder nicht?«

»Wenn wir schließen, werden sich die Leute fragen...«

Maigret und Lucas betraten den Fahrstuhl, der auf der Etage hielt, und ließen den Italiener verdutzt stehen.

3

Draußen vor dem Haus steckte Maigret sich seine Pfeife an, blinzelte in die Sonne und wollte Lucas etwas sagen, als sich vor ihnen eine kleine Szene abspielte, die für das Leben am Montmartre charakteristisch war. Das Train Bleu mit seiner erloschenen Neonreklame und den geschlossenen Läden war nicht weit von hier. Genau gegenüber von dem Haus der Boulays kam eine Frau in schwarzem Abendkleid, eine Tüllstola über die bloßen Schultern geworfen, aus einem kleinen Hotel gestürzt. Im Tageslicht schimmerte ihr Haar in zwei verschiedenen Tönen, und sie hatte sich nicht die Mühe gemacht, sich frisch zu schminken.

Sie war groß und schlank, der Typ der Music-Hall-Mädchen. Sie rannte auf überhohen Absätzen über die Straße und betrat eine kleine Bar, wo sie sicher eine Tasse Kaffee trinken und ein Hörnchen essen wollte.

Unmittelbar hinter ihr verließ ein Herr das Hotel, ein fünfundvierzig bis fünfzig Jahre alter Geschäftsmann aus dem Norden, der erst nach rechts und nach links blickte und dann zur Ecke der Straße ging, um ein Taxi herbeizuwinken.

Maigret schaute unwillkürlich zu den Fenstern der dritten Etage des Hauses hinauf, das er gerade verlassen hatte, zu der Wohnung, in der drei Frauen um zwei Kinder ein kleines Italien gebildet hatten.

»Es ist Viertel nach elf. Ich hätte Lust, Monsieur Raison in seinem Büro aufzusuchen. Inzwischen könntest du dich in diesem Viertel ein bißchen umhören, vor allem in den Geschäften, beim Fleischer, im Milchladen und so weiter.«

»Wo treffen wir uns wieder, Chef?«

»Warum nicht bei Jo?«

In der Bar, vor der Mazotti niedergeschossen worden war. Maigret folgte keinem bestimmten Plan. Er hatte keine Idee. Er glich eher einem Jagdhund, der schnüffelnd hin und her läuft. Und im Grunde mißfiel es ihm nicht einmal, die Luft von diesem Montmartre zu schnuppern, die er seit Jahren nicht geatmet hatte.

Er bog um die Ecke der Rue Pigalle, blieb vor dem verschlossenen Gitter des Lotus stehen und suchte vergeblich nach einem Klingelknopf. Die Tür hinter dem Gitter war zugeschlossen. Nebenan befand sich ein anderes Nachtlokal, ein kleineres, das mit seiner knallig malvenfarbenen Fassade recht kläglich wirkte, und daran schloß sich das schmale Schaufenster eines Wäschegeschäfts an, in dem extravagante Schlüpfer und Büstenhalter ausgestellt waren.

Er betrat auf gut Glück einen Hausflur und erblickte eine mürrische Concierge in ihrer Loge.

»Wie komme ich ins Lotus?« fragte er.

»Haben Sie nicht gesehen, daß es geschlossen ist?«

Sie musterte ihn mißtrauisch, vielleicht witterte sie den Polizisten.

»Ich möchte den Buchhalter sprechen, Monsieur Raison...«

»Die Treppe links im Hof...«

Ein enger, düsterer Hof, voller Mülleimer, auf den Fenster mündeten, von denen die meisten keine Gardinen hatten. Eine halb geöffnete braune Tür führte zu einer alten, noch dunkleren Treppe, deren Stufen unter Maigrets Gewicht knarrten. An einer der Türen im Zwischengeschoß ein Zinkschild mit den unbeholfen eingravierten Worten: »La Plaine Lune«. Das war der Name des Lokals, das neben Emiles lag.

Ihm gegenüber ein Pappschild: »Le Lotus«.

Man hatte den enttäuschenden Eindruck, ein Theater durch den Bühneneingang zu betreten. Die dumpfe, staubige, fast erbärmliche Kulisse ließ weder an Abendkleider noch an nackte Körper, Champagner oder Musik denken.

Er klopfte, hörte nichts, klopfte ein zweites Mal, entschloß sich, an dem emaillierten Türgriff zu drehen. Er entdeckte einen schmalen Flur, von dem der Anstrich abblätterte, im Hintergrund eine Tür und rechts von ihm eine zweite. An diese pochte er ebenfalls, und im gleichen Moment vernahm er das Rücken eines Stuhls. Man ließ ihn eine Weile warten, ehe man rief:

»Herein...«

Er sah sich im Sonnenlicht, das durch die schmutzigen Scheiben fiel, einem fetten Mann gegenüber, der nicht mehr jung, sondern eher betagt wirkte, ein paar graue Haare auf seinem sonst kahlen Schädel verteilt hatte und seine Krawatte zurechtrückte, während eine junge Frau in geblümtem Kleid neben ihm stand und sich bemühte, eine unverfängliche Miene aufzusetzen.

»Monsieur Raison?«

»Ja, das bin ich...« antwortete der Mann, ohne ihm ins Gesicht zu schauen.

Der Kommissar hatte die beiden offenbar gestört.

»Kommissar Maigret...«

Man erstickte fast in dem Raum, über dem ein betäubendes Parfüm lag.

»Ich ziehe ab, Monsieur Jules... Vergessen Sie nicht, worum ich Sie gebeten habe...«

Verlegen zog er ein Schubfach auf und entnahm einer abgenutzten, mit Banknoten vollgestopften Brieftasche zwei oder drei Geldscheine, die er ihr zusteckte. Im Handumdrehen verschwanden sie in der Handtasche des Mädchens, das auf seinen Stöckelabsätzen aus dem Büro trippelte.

»Sie sind doch alle gleich«, seufzte Monsieur Raison und wischte sich mit dem Taschentuch das Gesicht ab, da er vielleicht fürchtete, es könnten Lippenstiftspuren zurückgeblieben sein. »Sie bekommen samstags ihr Geld, und am Mittwoch wollen sie bereits einen Vorschuß haben...«

Ein merkwürdiges Büro und ein merkwürdiger Mann! Man hätte nicht geglaubt, sich in den Kulissen eines Nachtlokals zu befinden, sondern vielmehr in einem mehr oder weniger fragwürdigen Hinterzimmer. Keine Künstlerfotos an den Wänden, wie man es hätte erwarten können, statt dessen ein Kalender, Metallschränke, mit Aktenordnern vollgestopfte Regale. Die Möbel hätten auf dem Flohmarkt gekauft sein können, und ein Bein des Stuhles, den Monsieur Raison dem Kommissar anbot, war mit Bindfaden repariert.

»Haben Sie ihn gefunden?«

Der Buchhalter hatte sich noch nicht ganz gefaßt. Seine behaarte Hand zitterte leicht, als er sich eine

Zigarette anzündete, und Maigret bemerkte, daß er nikotinbraune Finger hatte.

In diesem Büro, das zum Hof hinaus lag, vernahm man fast nichts von den Geräuschen der Straße außer einem dumpfen Summen. Man war hier in einer anderen Welt. Monsieur Raison war in Hemdsärmeln, in den Achselhöhlen hatte er große Schweißringe, und auch sein schlecht rasiertes Gesicht war schweißbedeckt.

Maigret hätte wetten mögen, daß er unverheiratet war und keine Angehörigen hatte, daß er allein in irgendeiner düsteren Wohnung dieses Stadtviertels lebte und sich seine Mahlzeiten auf einem Spirituskocher zubereitete.

»Haben Sie ihn gefunden?« wiederholte er. »Lebt er?«

»Er ist tot...«

Monsieur Raison seufzte und senkte mitfühlend die Augenlider.

»Ich hab' es geahnt. Wie ist es passiert?«

»Erwürgt...«

Er hob jäh den Kopf, ebenso überrascht, wie es der Kommissar am Quai de la Rapée gewesen war.

»Weiß seine Frau...? Und Antonio...?«

»Ich komme gerade aus der Rue Victor-Massé. Antonio hat die Leiche identifiziert. Ich möchte Ihnen ein paar Fragen stellen...«

»Ich will sie nach bestem Wissen beantworten...«

»Wissen Sie, ob Emile Boulay Feinde hatte?«

Die Zähne waren gelb, und sicher hatte Monsieur Raison einen üblen Mundgeruch.

»Das hängt davon ab, was Sie unter Feinden verstehen... Konkurrenten, ja... Für manchen hatte er zuviel Erfolg... Es ist ein schwieriges Gewerbe, in dem einem nichts geschenkt wird...«

»Wie erklären Sie es sich, daß Boulay in wenigen Jahren vier Nachtlokale erwerben konnte?«

Der Buchhalter begann sich wohler zu fühlen, denn jetzt bewegte er sich auf vertrautem Gelände.

»Wenn Sie meine Meinung hören wollen, dann hat er es geschafft, weil Monsieur Emile sich so darum gekümmert hat, wie er sich zum Beispiel um Drogerien gekümmert hätte... Er war ein seriöser Mann.«

»Wollen Sie damit sagen, daß er seine Ware nicht selbst verzehrte?« konnte der Kommissar sich nicht verkneifen, ironisch zu bemerken.

Der andere verstand die Spitze.

»Wenn Sie dabei an Lea denken, dann täuschen Sie sich... Ich könnte ihr Vater sein... Fast alle kommen zu mir, schütten ihr Herz aus, erzählen mir von ihren Sorgen...«

»Und bitten um Vorschuß...«

»Sie brauchen immer Geld...«

»Wenn ich recht verstehe, hatte Boulay zu ihnen nur die Beziehungen eines Chefs zu seinen Angestellten?«

»Sicherlich... Er liebte seine Frau, seine Familie... Er spielte nicht den starken Mann, besaß weder ein Auto noch eine Villa auf dem Lande oder am Meer. Er warf das Geld nicht zum Fenster raus und versuchte niemandem zu imponieren. Das ist selten in dieser Branche. Er hätte auch in jedem anderen Gewerbe Erfolg gehabt.«

»Seine Konkurrenten nahmen ihm das also übel?«

»Nicht bis auf den Tod... Und in der Unterwelt war

es Monsieur Emile gelungen, sich Respekt zu verschaffen...«

»Mit Hilfe seiner Dockarbeiter.«

»Sprechen Sie von der Affäre Mazotti? Ich kann Ihnen versichern, daß er mit dem Mord nichts zu tun hatte... Er hat sich einfach geweigert, zu bezahlen, und um die Herren zur Vernunft zu bringen, hat er ein paar Burschen aus Le Havre kommen lassen. Das hat genügt...«

»Wo sind die im Augenblick?«

»Sie sind schon vor vierzehn Tagen nach Hause zurückgekehrt. Der Inspektor, der sich mit dem Fall befaßt, hat es ihnen erlaubt...«

Damit meinte er Lucas.

»Boulay hat immer allen Vorschriften Genüge getan. Sie können sich bei Ihrem Kollegen von der Sittenpolizei erkundigen, die fast jede Nacht in Montmartre ist und weiß, was die einen und die anderen taugen...«

Maigret hatte plötzlich eine Idee.

»Darf ich mal telefonieren?«

Er rief Dr. Morel in seiner Wohnung an, da er am Morgen vergessen hatte, ihm eine Frage zu stellen.

»Sagen Sie, Doktor, ist es Ihnen möglich, mir vor dem Ergebnis der Analysen zu sagen, wieviel Zeit zwischen der letzten Mahlzeit und der Ermordung von Boulay verstrichen ist?... Wie?... Nein, ich verlange keine präzise Antwort... Plus-minus eine Stunde, ja... Ich weiß, daß aufgrund des Mageninhalts... Er hat um acht zu Abend gegessen... Was sagten Sie? Zwischen Mitternacht und ein Uhr morgens? Ich danke Ihnen.«

Ein kleines Feld füllte sich allmählich.

»Ich nehme an, Monsieur Raison, daß Sie abends nicht arbeiten.«

Der alleinstehende Buchhalter schüttelte nahezu empört den Kopf.

»Ich betrete nie ein Nachtlokal. Das gehört nicht zu meinen Aufgaben.«

»Dann hielt Sie vermutlich Ihr Chef über seine Geschäfte auf dem laufenden?«

»Im Prinzip, ja...«

»Warum im Prinzip?«

»Weil er mit mir zum Beispiel nicht über seine Pläne gesprochen hat. Als er das Paris-Strip gekauft hat, um seinen Schwager dort hineinzusetzen, habe ich es erst am Tag vor der Vertragsunterzeichnung erfahren... Er war nicht sehr redselig...«

»Hat er Ihnen nichts von einer Verabredung gesagt, die er am Dienstagabend hatte?«

»Kein Wort. Ich will versuchen, Ihnen den Betriebsablauf in diesem Hause begreiflich zu machen. Ich bin vormittags und nachmittags hier. Morgens meist allein. Nachmittags kam der Chef in Begleitung von Ada, die ihm als Sekretärin diente...«

»Wo ist sein Büro?«

»Ich zeige es Ihnen...«

Es befand sich am Ende des Flurs und war kaum geräumiger oder besser eingerichtet als das Büro, aus dem die beiden Männer gerade kamen. In einer Ecke ein kleiner Tisch mit einer Schreibmaschine. Ein paar Aktenschränke. An den Wänden Fotografien von Marina und den Kindern. Ein weiteres Foto einer blonden Frau mit melancholischen Augen, von der

Maigret annahm, daß es sich um Boulays erste Frau handelte.

»Er rief mich nur, wenn er mich brauchte. Ich gab lediglich die Bestellungen weiter und beglich die Rechnungen.«

»Sie tätigten also alle Zahlungen... Einschließlich der Zahlungen auf die Hand?«

»Was meinen Sie damit?«

Wenn Maigret auch nie dem Sittendezernat angehört hatte, so kannte er sich dennoch im Nachtleben aus.

»Ich nehme an, daß gewisse Zahlungen in Banknoten und ohne Quittung erfolgten, und sei es nur, um die Steuern zu sparen...«

»Sie täuschen sich, Herr Kommissar. Gestatten Sie, daß ich Ihnen widerspreche... Ich weiß, daß jeder diese Vorstellung von diesem Metier hat, denn der Gedanke liegt ja nahe... Aber gerade darin unterschied sich Monsieur Boulay von den anderen. Wie ich Ihnen schon sagte, hielt er darauf, daß alles nach den Vorschriften geschah.«

»Machten Sie die Einkommenssteuererklärungen für ihn?«

»Ja und nein... Ich führte regelmäßig die Bücher und zur gegebenen Zeit übergab ich sie dem Anwalt...«

»Nehmen wir an, Boulay habe zu einem bestimmten Zeitpunkt eine recht beträchtliche Summe, sagen wir, fünftausend Franken, gebraucht...«

»Das ist ganz einfach... Er hätte sie aus der Kasse eines der Lokale genommen und einen Zettel hineingelegt.«

»Ist das vorgekommen?«

»Nicht bei so hohen Beträgen... Tausend... Zweitausend Francs...«

»Er hatte also keinen Grund, Geld bei der Bank abzuheben?«

Diesmal nahm sich Monsieur Raison, den die Frage beunruhigte, Zeit zum Nachdenken.

»Warten Sie... Morgens bin ich hier, und es ist immer eine größere Summe im Geldschrank... Erst gegen Mittag zahle ich die Einnahmen vom Vortage bei der Bank ein... Übrigens habe ich ihn vormittags so gut wie nie im Büro gesehen, da er um diese Zeit noch zu schlafen pflegte. Und abends brauchte er, wie ich schon sagte, nur in die Kasse des Lotus, des Train Bleu oder des Saint-Trop zu greifen. Nachmittags war das anders... Wenn er im Laufe des Nachmittags fünftausend Francs gebraucht hätte, wäre er bestimmt zur Bank gegangen...«

»Er hat es am 22. Mai getan. Sagt Ihnen dieses Datum nichts?«

»Absolut nichts.«

»Sie haben keinerlei Unterlagen über eine Auszahlung, die an diesem oder dem folgenden Tag erfolgt ist?«

Sie waren in das Büro von Monsieur Raison zurückgekehrt, und der Buchhalter sah in einem schwarzleinenen Verzeichnis nach.

»Nichts!« bestätigte er.

»Sind Sie sicher, daß Ihr Chef keine Liaison hatte?«

»Für mich ist diese Hypothese völlig unwahrscheinlich...«

»Hat ihn niemand erpreßt? Können Sie anhand der Bankauszüge überprüfen, ob Boulay weitere Schecks auf diese Art eingelöst hat?«

Der Buchhalter nahm einen Ordner aus dem Aktenschrank und ließ seinen Bleistift an den Zahlenkolonnen entlanggleiten.

»Im April nichts... Im März nichts... Im Februar nichts... Auch im Januar nichts...«

»Das genügt.«

Ein einziges Mal also hatte Emile Boulay im Laufe der letzten Monate persönlich Geld bei der Bank abgehoben. Dieser Scheck gab dem Kommissar weiterhin zu denken. Er spürte, daß ihm etwas entging, sicherlich etwas Wichtiges, und seine Gedanken drehten sich im Kreise. Er kam deshalb auf eine Frage zurück, die er bereits gestellt hatte.

»Sind Sie sicher, daß Ihr Chef keine Beträge auf die Hand gezahlt hat?«

»Ich wüßte nicht, was er so hätte bezahlen sollen... Ich weiß, daß das unglaubhaft klingt, aber Sie können Rechtsanwalt Gaillard fragen. Auf diesem Gebiet war Monsieur Emile irrsinnig genau. Er behauptete, daß man sich gerade dann, wenn man einen Beruf etwas am Rande der Gesellschaft ausübe, am korrektesten verhalten müsse.

Vergessen Sie nicht, daß man uns mißtraut, daß wir ständig die Polizei auf dem Hals haben, nicht nur das Sittendezernat, sondern auch das Betrugsdezernat... In diesem Zusammenhang fällt mir übrigens eine Geschichte ein... Vor zwei Jahren hat ein Inspektor im Saint-Trop gefälschten Whisky in echten Flaschen entdeckt...

Ich brauche Ihnen nicht zu sagen, daß das eine mancherorts geübte Praxis ist. Natürlich sind gerichtliche Nachforschungen angestellt worden. Monsieur Emile hat geschworen, daß er nichts davon wisse. Sein Anwalt hat sich der Sache angenommen. Sie haben nachweisen können, daß es der Barkeeper war, der diese Surrogate zum eigenen Profit vertrieb...

Der Chef hat trotzdem einen Vergleich schließen müssen, aber ich brauche Ihnen nicht zu sagen, daß der Barmann vor die Tür gesetzt worden ist...

Ein anderes Mal habe ich ihn noch viel wütender gesehen... Er hatte unter den Gästen des Train Bleu verdächtige Leute entdeckt. Wenn man sich bei seiner Kundschaft auskennt, findet man gleich die Leute heraus, die nicht aus denselben Gründen da sind wie die anderen, verstehen Sie?

Bei dieser Gelegenheit hat die Polizei nicht eingreifen müssen. Monsieur Emile hatte vorher herausbekommen, daß ein kurz zuvor eingestellter Musiker mit Rauschgift handelte, allerdings nur in kleinem Maßstab...«

»Und er ist rausgeflogen?«

»Noch am selben Abend.«

»Wie lange ist das her?«

»Das war vor der Geschichte mit dem Barmixer, das sind jetzt fast drei Jahre...«

»Was ist aus dem Musiker geworden?«

»Er hat wenige Wochen später Frankreich verlassen und arbeitet nun in Italien.«

Nichts von alledem erklärte die fünftausend Francs und noch weniger Boulays Tod, dessen Leiche man zwei Tage und drei Nächte Gott weiß wo versteckt hatte, bevor man sie auf eine verlassene Straße an der Mauer des Père-Lachaise gelegt hat.

»Haben diese Büros einen direkten Zugang zum Lokal?«

»Hier durch...«

Er öffnete eine Tür, die Maigret für einen Wandschrank gehalten hatte. Er mußte Licht anmachen, denn es war dort stockdunkel, und man erblickte eine steile Wendeltreppe.

»Wollen Sie hinuntergehen?«

Warum nicht? Er folgte Monsieur Raison die Treppe hinab, die in einen Raum führte, in dem Damenkleider an den Wänden hingen, die mit Pailletten oder falschen Perlen besetzt waren. Auf einem graugestrichenen Frisiertisch lagen Crème- und Schminktöpfchen sowie Lidstifte herum. Ein fader, ziemlich widerlicher Geruch herrschte hier.

In diesem Raum vertauschten die Künstlerinnen ihre Zivilkleidung gegen ihr Berufskostüm, bevor sie in das Licht der Scheinwerfer traten, und die Männer bezahlten den fünf- oder sechsfachen Preis für den Champagner, um sie bewundern zu können.

Zuvor mußten sie, wie Monsieur Raison und Maigret es jetzt taten, eine Art Küche durchqueren, die die Garderobe von dem Zuschauerraum trennte.

Zwei oder drei Sonnenstrahlen drangen durch die Fensterläden. Die Wände waren malvenfarben, der Fußboden war mit Luftschlangen und bunten Wattekugeln bedeckt. Es roch nach Champagner und Tabakrauch, und in einer Ecke lag neben den Musikinstrumenten, die in ihren Hüllen steckten, ein zerbrochenes Glas.

»Die Putzfrauen kommen erst nachmittags. Es sind dieselben, die morgens das Train Bleu saubermachen. Um fünf Uhr gehen sie in die Rue Notre-Dame-de-Lorette, so daß von neun Uhr an alles für den Empfang der Gäste bereit ist.«

Die Szenerie war ebenso bedrückend wie zum Beispiel an einem winterlichen Strand mit seinen leerstehenden Villen und seinem geschlossenen Casino. Maigret schaute sich um, als könnte ihn diese Kulisse auf eine Idee bringen, einen Ansatzpunkt liefern.

»Komme ich von hier aus direkt auf die Straße?«

»Der Schlüssel für das Gitter ist oben, aber wenn Sie durchaus wollen...«

»Bemühen Sie sich nicht.«

Er stieg die Treppe wieder hinauf und wenig später, nachdem er Monsieur Raison die feuchte Hand gedrückt hatte, die andere hinunter, die auf den Hof führte.

Es tat nach alledem gut, daß ihm ein Straßenjunge auf dem Bürgersteig vor die Beine rannte und er im Vorübergehen den frischen Geruch eines Gemüsestandes einatmen konnte.

Er kannte Jos Bar und ihren Besitzer, der Jo der Catcher genannt wurde. Er kannte sie seit mindestens zwanzig Jahren, wenn nicht länger, sie hatte in dieser Zeit häufig die Besitzer gewechselt. Lag das an ihrer strategisch günstigen Lage in der Nähe der Pigalle, nicht weit von der Place Blanche und den Trottoirs, auf denen nachts Schwärme von Frauen unablässig auf und ab gingen? Obwohl sie zehnmal von der Polizei geschlossen worden war, ist die Bar dennoch immer wieder zum Treffpunkt von üblen Burschen geworden.

Und vor Mazotti war schon manch anderer dort umgelegt worden.

Trotzdem war es ruhig hier, zumindest zu dieser Stunde. Die Einrichtung entsprach dem traditionellen Vorbild Pariser Bistros mit ihrer Theke, ihren Spiegeln an den Wänden, ihren Bänken und in einer Ecke ihren vier Belote-Spielern. Am Tresen standen zwei Gipsarbeiter in ihren Kitteln, die Gesichter weiß bespritzt, und tranken Wein.

Lucas war bereits eingetroffen, und der Wirt, ein Koloß mit aufgekrempelten Hemdsärmeln, sagte zu ihm, als er den Kommissar eintreten sah:

»Da kommt Ihr Chef! Was darf ich Ihnen bringen, Herr Kommissar?«

Er bewahrte seine spöttische Miene selbst bei den delikatesten Verhören, und er hatte ihrer in seiner Laufbahn eine ganze Reihe durchgestanden, die jedoch nie zu einer Verurteilung geführt haben.

»Ein kleines Glas Weißwein...«

Lucas' Gesicht verriet, daß der Inspektor nichts Wichtiges entdeckt hatte. Maigret war darüber nicht enttäuscht. Früher wäre er es gewesen, als er sich ins Geschäft stürzte, wie er gerne sagte.

Die vier Kartenspieler warfen ihm hin und wieder einen Blick zu, in dem sich jedoch mehr Spott als Angst spiegelte. Auch in Jos Stimme klang eine gewisse Ironie mit, als er fragte:

»Nun, haben Sie ihn gefunden?«

»Wen?«

»Aber, aber! Herr Kommissar... Sie vergessen, daß Sie am Montmartre sind, wo sich alles schnell weiterspricht. Wenn Emile vor drei Tagen verschwunden ist und man Sie im Viertel umherstreichen sieht...«

»Was wissen Sie von Emile?«

»Ich?«

Jo der Catcher spielte gerne den Clown.

»Was soll ich schon wissen? Verkehrt ein Herr wie er, ein tugendhafter Geschäftsmann, in meinem Lokal?«

Das forderte die Kartenspieler in der Ecke zu einem Lächeln heraus, doch der Kommissar zog an seiner Pfeife und trank seinen Wein, ohne sich beirren zu lassen. Mit todernster Miene verkündete er:

»Er ist gefunden worden.«

»In der Seine?«

»Nein, eben nicht... Ich könnte fast sagen, man hat ihn auf dem Friedhof gefunden...«

»Hat er die Kosten für die Beerdigung sparen wollen? Das würde mich bei ihm nicht wundern... Spaß beiseite, ist Emile tot?«

»Seit drei Tagen...«

Diesmal runzelte Jo die Brauen, wie es Maigret am Morgen getan hatte.

»Wollen Sie damit sagen, daß er seit drei Tagen tot ist und daß man ihn erst heute morgen gefunden hat?«

»Auf einem Bürgersteig in der Rue des Rondeaux...«

»Wo ist das?«

»Das habe ich Ihnen schon gesagt. Eine Sackgasse, die an den Père-Lachaise grenzt...«

Die Kartenspieler spitzten die Ohren, und man merkte, daß sie genauso überrascht waren wie der Wirt.

»Aber er hat doch nicht drei Tage dort gelegen?«

»Man hat ihn heute nacht da hingelegt...«

»Also, wenn Sie mich fragen, dann sage ich Ihnen, daß da was nicht stimmt... Es ist doch ziemlich warm draußen, oder? Und bei dem Wetter einen Kadaver im Hause zu haben, das ist nicht gerade angenehm... Abgesehen davon, daß es ein merkwürdiges Viertel ist, um Pakete dieser Art zu deponieren. Es muß schon ein Verrückter gewesen sein...«

»Sagen Sie, Jo, können Sie mal eine Minute ernst sein?«

»Ernst wie der Papst, Herr Kommissar!«

»Mazotti ist umgelegt worden, als er gerade aus Ihrem Lokal herauskam.«

»Was kann ich dafür! Am Ende frage ich mich, ob man das absichtlich gemacht hat, damit mir meine Konzession entzogen wird...«

»Sie werden bemerkt haben, daß wir Ihnen keine Schwierigkeiten gemacht haben.«

»Außer, daß ich drei Vormittage bei Ihrem Inspektor verbracht habe«, erwiderte Jo und deutete auf Lucas.

»Ich frage Sie nicht, ob Sie wissen, wer den Anschlag verübt hat.«

»Ich habe nichts gesehen. Ich war in den Keller gegangen, um Flaschen zu holen...«

»Egal, ob das stimmt oder nicht... Kann Ihrer Meinung nach Emile Boulay den Anschlag verübt haben?«

Jo war ernst geworden, und um Zeit zum Nachdenken zu gewinnen, schenkte er sich ein Glas Wein ein und füllte bei dieser Gelegenheit die Gläser von Maigret und Lucas neu. Er warf auch einen kurzen Blick zum Tisch der Spieler hinüber, als wolle er sie um Rat fragen oder ihnen seine Lage begreiflich machen.

»Warum fragen Sie mich das?«

»Weil Sie einer der Männer sind, die über das, was am Montmartre vorgeht, am besten Bescheid wissen.«

»Ich stehe nur in dem Ruf...«

Dennoch fühlte er sich durchaus geschmeichelt.

»Emile war ein Dilettant«, murmelte er schließlich, als bedaure er es.

»Sie mochten ihn nicht?«

»Das ist eine andere Geschichte... Persönlich hatte ich nichts gegen ihn.«

»Und die anderen?«

»Welche anderen?«

»Seine Konkurrenten... Ich habe gehört, daß er die Absicht hatte, noch weitere Lokale zu kaufen.«

»Ja und?«

Maigret kam wieder auf seinen Ausgangspunkt zurück.

»Wäre Boulay fähig gewesen, Mazotti umzulegen?«

»Ich habe Ihnen doch gesagt, daß er ein Dilettant war. Die Mazotti-Affäre ist keine Sache für Dilettanten, das wissen Sie genausogut wie ich. Auch seine Dockarbeiter wären nicht auf diese Weise vorgegangen.«

»Zweite Frage...«

»Wieviel sind es denn?«

»Es ist vielleicht die letzte.«

Die Gipsarbeiter zwinkerten sich zu und lauschten.

»Schießen Sie los! Ich werde sehen, ob ich sie beantworten kann.«

»Sie haben eben zugegeben, daß Emiles Erfolg nicht allen gefallen hat...«

»Der Erfolg eines anderen gefällt den Leuten nie.«

»Nur handelt es sich um ein Milieu, in dem man eng nebeneinander spielt und wo die Plätze teuer sind.«

»Zugegeben! Und weiter?«

»Glauben Sie, daß Emile von einem Kollegen getötet worden ist?«

»Das habe ich Ihnen auch schon beantwortet.«

»Wieso?«

»Habe ich Ihnen nicht gesagt, daß es nicht angenehm wäre, zwei oder drei Tage einen Toten bei sich zu Hause zu haben, zumal bei solchem Wetter wie jetzt? Nehmen wir an, die Leute, von denen Sie sprechen, sind vorsichtig... Oder fühlen sich zu gut überwacht, um Risiken einzugehen... Wie ist er getötet worden?«

Die Geschichte würde ja doch in den Nachmittagszeitungen stehen.

»Erwürgt.«

»Dann ist die Antwort noch eindeutiger, und Sie wissen, warum... Mazotti, das war saubere Arbeit. Hätten die Leute von hier Emile beseitigen wollen, hätten sie es auf die gleiche Art gemacht. Haben Sie die gefunden, die mit Mazotti abgerechnet haben?... Nein!... Und trotz Ihrer Spitzel werden Sie die nicht kriegen. Während Ihre Geschichte von dem Mann, den man erwürgt, den man drei Tage lang bei sich versteckt und den man dann an eine Friedhofsmauer legt, die stinkt, anders kann man das nicht nennen... Soviel zur zweiten Frage.«

»Ich danke Ihnen!«

»Gern geschehen. Noch ein Glas?«

Er hielt die Flasche zum Einschenken bereit.

»Jetzt nicht...«

»Sagen Sie bloß, Sie haben vor, wiederzukommen. Ich habe nichts gegen Sie persönlich, aber in unserer Branche hat man es lieber, Sie nicht zu oft zu sehen...«

»Was schulde ich Ihnen?«

»Die zweite Runde geht auf mich... An dem Tag, an dem mich Ihr Inspektor drei Stunden lang verhört hat, hat er mir ein Glas Bier und ein Sandwich spendiert.«

Als sie wieder draußen waren, schwiegen Maigret und Lucas eine Weile. Maigret hob manchmal den Arm, um ein Taxi anzuhalten, und der Inspektor mußte ihn daran erinnern, daß sie mit einem Wagen der Kripo gekommen waren. Sie begaben sich zu ihrem Auto und stiegen ein.

»Zu mir«, murmelte Maigret.

Er hatte keinen ernsthaften Grund, außerhalb zu essen. Und um die Wahrheit zu sagen, er wußte noch nicht, wie er die Sache anpacken sollte. Jo der Catcher hatte ihm lediglich bestätigt, was er seit heute morgen selbst annahm, und er war davon überzeugt, daß Jo aufrichtig gewesen war.

Es stimmte, Emile Boulay war ein Dilettant, der sich paradoxerweise mitten am Montmartre eingenistet hatte.

Und das Seltsame war: er schien von einem anderen Dilettanten getötet worden zu sein.

»Und du?« fragte er Lucas.

Der Inspektor begriff sofort den Sinn der Frage.

»Die drei Frauen sind den Geschäftsleuten im Viertel gut bekannt. Man nennt sie die Italienerinnen. Man macht sich ein bißchen über die Alte und ihr französisches Kauderwelsch lustig. Ada kennt man weniger, sie zeigt sich seltener in den Geschäften, man hat sie jedoch in Begleitung ihres Schwagers vorbeigehen sehen.

Die Leute, die ich befragt habe, wissen noch nichts. Die Familie scheint viel Wert aufs Essen zu legen... Will man dem Fleischer glauben, ist es unerhört, was sie vertilgen können, und sie verlangen stets die besten Stücke. Nachmittags geht Marina am Square d'Anvers spazieren, mit der einen Hand schiebt sie den Kinderwagen, an der anderen hält sie den Jungen.«

»Haben sie kein Dienstmädchen?«

»Nur eine Putzfrau, dreimal in der Woche.«

»Hast du ihren Namen und ihre Adresse?«

Lucas errötete.

»Das könnte ich heute nachmittag erfahren.«

»Was erzählt man sonst noch?«

»Die Frau des Fischhändlers hat zu mir gesagt: ›Der hat es faustdick hinter den Ohren.‹

Sie meinte natürlich Emile.

›Er hat die ältere geheiratet, als sie neunzehn war. Als er sah, daß sie dicker wurde, hat er die jüngere Schwester kommen lassen... Ich wette, daß er noch eine andere Schwester oder eine Cousine in Italien finden wird, wenn Ada ebenfalls fetter wird.‹ «

Daran hatte Maigret auch schon gedacht. Es war nicht das erste Mal, daß er einen Ehemann sah, der in seine Schwägerin verliebt war.

»Versuch noch mehr über Ada herauszubekommen. Vor allem, ob sie einen Freund oder einen Geliebten hat.«

»Haben Sie den Eindruck, Chef?«

»Nein. Aber man darf nichts außer acht lassen. Ich möchte auch mehr über Antonio erfahren... Geh doch heute nachmittag mal zur Rue de Ponthieu...«

»Mach ich...«

Lucas hielt vor dem Haus, in dem Maigret wohnte, und als der Kommissar den Kopf hob, sah er, daß seine Frau aus dem Fenster schaute. Sie winkte ihm kaum merklich zu. Er winkte zurück und begab sich zum Treppenhaus.

4

Als das Telefon läutete, gab Maigret mit vollem Mund seiner Frau ein Zeichen, an den Apparat zu gehen.

»Hallo?... Wer ist da?... Ja, er ist bei Tisch... Ich rufe ihn...«

Er blickte sie mißmutig und mit gerunzelten Brauen an.

»Es ist Lecoin...«

Immer noch kauend, erhob er sich und nahm seine Serviette mit, um sich die Lippen abzuwischen. Seit fünf Minuten dachte er gerade an seinen Kollegen Lecoin, den Chef der Sittenpolizei, den er im Laufe des Nachmittags unbedingt aufsuchen wollte. Maigrets Verbindungen zur Unterwelt von Montmartre und insbesondere der Pigalle lagen schon ewig zurück, während Lecoin auf dem laufenden war.

»Hallo!... Ich höre, ja... Aber nein... Das macht doch nichts... Ich wollte sowieso gleich zu dir kommen...«

Der Leiter des Sittendezernats, der zehn Jahre jünger war als Maigret, wohnte unweit vom Boulevard Richard-Lenoir, am Boulevard Voltaire, und bei ihm ging es immer sehr laut zu, denn er hatte sechs oder sieben Kinder.

»Hier ist jemand bei mir, den du bestimmt kennst...« erklärte er. »Er gehört schon lange zu meinen Spitzeln. Er läßt sich nicht gerne am Quai sehen, und wenn er mir etwas mitzuteilen hat, kommt er zu mir in meine Wohnung. Heute dürfte sein Tip eher dich interessieren... Natürlich weiß ich nicht, was der Hinweis wert ist... Was den Mann anbelangt, so kann man ihm bis auf die Schnörkel, die er gerne hinzufügt – und auf seinem Gebiet ist er ein Künstler –, durchaus trauen.«

»Wer ist es?«

»Louis Boubée, genannt Mickey, Anreißer in einem Nachtlokal in...«

»Schick ihn mir sofort her.«

»Stört es dich nicht, wenn er zu dir kommt?«

Maigret aß schnell zuende, und als die Türklingel ertönte, hatte man ihm gerade den Kaffee gebracht, den er mit ins Wohnzimmer nahm.

Jahrelang hatte er diesen Mickey nicht gesehen, aber er erkannte ihn sofort wieder. Das war auch nicht weiter verwunderlich, denn Boubée war eine recht ungewöhnliche Erscheinung. Wie alt mochte er jetzt sein? Der Kommissar versuchte nachzurechnen. Er selbst war noch ein ziemlich junger Inspektor, als sein Besucher bereits als Hotelboy am Montmartre arbeitete.

Boubée war um keinen Zentimeter gewachsen. Er hatte immer noch die Figur eines zwölf- oder dreizehnjährigen Jungen, und das Erstaunlichste war, daß er auch so wirkte, wie ein magerer Junge mit großen abstehenden Ohren, einer langen spitzen Nase und einem spöttischen Mund, der wie aus Gummi erschien.

Man mußte schon genauer hinsehen, um zu entdekken, daß feine Falten sein Gesicht durchzogen.

»Es ist lange her«, rief er aus und blickte mit der Mütze in der Hand um sich. »Erinnern Sie sich an das Tripoli und die Tétoune?«

Der Altersunterschied der beiden Männer konnte höchstens zwei oder drei Jahre betragen.

»Das waren noch Zeiten, was!«

Er spielte auf eine Brasserie an, die sich damals in der Rue Duperré, ganz in der Nähe des Lotus befand und die wie ihre Wirtin vor dem Krieg ihre Glanzzeit hatte.

Die Tétoune war eine üppige Marseillerin, die in dem Ruf stand, die beste südfranzösische Köchin von Paris zu sein, und die ihre Gäste mit schmatzenden Küssen zu begrüßen und zu duzen pflegte.

Es war Tradition, wenn man dort hinkam, sie in ihrer Küche aufzusuchen, und man traf bei ihr die unerwartetsten Leute.

»Erinnern Sie sich an den dicken Louis, der drei Bordelle in der Rue de Provence besaß? Und an den einäugigen Eugène? Und an den schönen Ferdinand, der beim Film gelandet ist?«

Maigret wußte, daß er Mickey vergeblich bitten würde, zur Sache zu kommen. Das war so seine Koketterie: er war bereit, der Polizei Informationen zu liefern, aber auf seine Art, ohne daß es so aussah.

Die Männer, von denen er sprach, waren die großen Bosse der damaligen Unterwelt, die Besitzer von Freudenhäusern, die es zu jener Zeit noch gab, sie alle trafen sich bei Tétoune. Sie saßen dort neben ihren Anwälten, die überwiegend bei der Kammer zugelassen waren, und als es Mode wurde, traf man da auch Schauspielerinnen und sogar Minister.

»Damals nahm ich die Wetten für die Boxkämpfe entgegen...«

Eine weitere Besonderheit an Mickey war, daß er keine Wimpern und keine Brauen hatte, was ihm einen seltsamen Blick verlieh.

»Seit Sie der hohe Chef des Morddezernats sind, sieht man Sie kaum noch am Montmartre... Monsieur Lecoin dagegen kommt hin und wieder... Manchmal erweise ich ihm, wie früher Ihnen, so nebenbei einen kleinen Dienst... Sie wissen ja, man hört so viele Dinge.«

Er fügte jedoch nicht hinzu, wie nötig er es hatte, daß die Polizei gegenüber einigen seiner Aktivitäten die Augen schloß. Die Gäste des Lotus, die ihm beim Verlassen des Lokals ein Trinkgeld gaben, ahnten nicht, daß Mickey auch auf eigene Rechnung arbeitete.

Manchmal flüsterte er dem einen oder anderen von ihnen ins Ohr:

»Lebende Bilder, Monsieur?«

Er konnte das in einem Dutzend Sprachen sagen und begleitete es mit einem erklärenden Augenzwinkern. Und dann schob er dem Mann die Adresse einer naheliegenden Wohnung in die Tasche.

Es war übrigens nichts weiter Schlimmes. Was man dort als großes Geheimnis zu sehen bekam, war in etwa, nur noch verstaubter und schäbiger, das gleiche Schauspiel, das in jedem Lokal der Pigalle geboten wurde. Mit dem einzigen Unterschied, daß die Frauen nicht mehr zwanzig Jahre, sondern doppelt so alt oder noch älter waren.

»Ihr Inspektor, der kleine dicke...«

»Lucas...«

»Ja... Er hat mich vor etwa drei Wochen vorgeladen, nach dem Tod Mazottis, aber ich wußte nicht viel...«

Allmählich und auf seine Art kam er zur Sache.

»Ich habe ihm gesagt, daß das bestimmt kein Anschlag von meinem Chef war, und ich habe mich nicht getäuscht... Jetzt habe ich einen Tip. Da Sie mir gegenüber immer verständnisbereit waren, gebe ich Ihnen diesen Wink – für das, was er wert ist, natürlich... Ich spreche nicht mit der Polizei, verstehen Sie mich recht... Sondern mit einem Mann, den ich schon lange kenne. Wir unterhalten uns... Zufällig kommt die Sprache auf Mazotti, der, unter uns gesagt, nicht viel taugte...

Ich wiederhole Ihnen jetzt, was er mir erzählt hat. Es lohnt nicht die Mühe, an der Pigalle den zu suchen, der den Anschlag verübt hat... Ostern... Wann war doch in diesem Jahr Ostern?«

»Ende März.«

»Richtig! Also Ostern ist Mazotti, der nichts als ein kleiner Gauner war, aber den Eindruck erwecken wollte, er sei ein großer Mann, runter nach Toulon gefahren. Da hat er die schöne Yolande getroffen... Kennen Sie die? Das ist die Frau von Mattei... Und Mattei ist der Chef der ›Halbmasken‹ von Marseille, denen an die zwanzig Raubüberfälle geglückt sind, ehe sie geschnappt wurden... Können Sie folgen?

Mattei sitzt hinter Gittern... Mazotti, der geglaubt hat, ihm sei alles erlaubt, ist mit der Yolande nach Paris zurückgekehrt. Weiter brauche ich Ihnen wohl nichts zu sagen. Mattei hat noch Leute in Marseille, und zwei oder drei von ihnen sind nach Paris raufgekommen, um die Angelegenheit in Ordnung zu bringen.«

Das war plausibel. Es erklärte die Art, wie der Vorgang in der Rue Fontaine abgelaufen war. Eine Arbeit von Profis, untadelig.

»Ich dachte, das würde Sie interessieren, und da ich Ihre Adresse nicht kannte, bin ich zu Ihrem Kollegen gegangen...«

Mickey machte keine Miene, wieder zu gehen; das bedeutete, daß er entweder noch etwas in der Hinterhand hatte oder Fragen erwartete. Und tatsächlich fragte Maigret ganz harmlos:

»Wissen Sie schon das Neueste?«

»Und das wäre?« fragte der andere ebenso unschuldsvoll zurück. Aber dann lächelte er plötzlich verschmitzt.

»Meinen Sie Monsieur Emile? Ich habe mir sagen lassen, daß er gefunden worden ist...«

»Sind Sie vorhin bei Jo gewesen?«

»Wir sind nicht so sehr befreundet, Jo und ich, aber die Nachricht hat sich herumgesprochen...«

»Was Emile Boulay zugestoßen ist, interessiert mich mehr als die Affäre Mazotti.«

»Was das betrifft, Herr Kommissar, so muß ich Ihnen

sagen, daß ich nichts weiß... Und das ist die reine Wahrheit.«

»Was haben Sie von ihm gehalten?«

»Was ich Monsieur Lucas gesagt habe... Was alle Leute von ihm hielten.«

»Und das wäre?«

»Er übte seinen Beruf auf seine eigene Weise aus, aber er ließ sich nichts zuschulden kommen.«

»Erinnern Sie sich an Dienstagabend?«

»Ich habe ein recht gutes Gedächtnis...«

Er lächelte die ganze Zeit, als verdiene jedes seiner Wörter, hervorgehoben zu werden, und er hatte die Manie, unausgesetzt zu zwinkern.

»Ist nichts Besonderes vorgefallen?«

»Das hängt davon ab, was Sie als etwas Besonderes bezeichnen... Monsieur Emile ist wie jeden Abend gegen neun mit Fräulein Ada gekommen, um alles noch einmal zu überprüfen. Sie kennen das ja... Dann ist er gegangen und hat einen Blick ins Train Bleu geworfen und anschließend war er in der Rue Notre-Dame-de-Lorette...«

»Wann haben Sie ihn wiedergesehen?«

»Warten Sie... Die Kapelle hatte zu spielen begonnen... Es mußte also kurz nach zehn gewesen sein... Das Lokal war noch fast leer... Aber man kann ruhig Lärm machen, um die Gäste anzuziehen, sie kommen doch erst nach dem Kino und nach dem Theater.«

»War seine Sekretärin noch bei ihm?«

»Nein... Sie ist zu ihrer Wohnung gegangen...«

»Haben Sie gesehen, daß sie das Haus betreten hat?«

»Ich glaube, ich habe ihr nachgeschaut, denn sie ist ein

hübsches Mädchen, und ich mache ihr immer ein bißchen den Hof, aber ich könnte es nicht beschwören.«

»Und Boulay?«

»Er ist ins Lotus gegangen, um zu telefonieren.«

»Woher wissen Sie, daß er telefoniert hat?«

»Das hat mir Germaine, das Garderobenmädchen, gesagt. Das Telefon befindet sich neben der Garderobe. Die Zelle hat eine Glastür. Er hat eine Nummer gewählt, aber es hat sich niemand gemeldet, und als er herauskam, schien er verärgert.«

»Warum ist das dem Garderobenmädchen aufgefallen?«

»Weil er sonst, wenn er abends mal telefonierte, eines seiner Lokale oder seinen Schwager anrief, und da hat sich immer jemand gemeldet... Außerdem hat er es eine Viertelstunde später noch einmal probiert...«

»Wieder vergeblich?«

»Ja... Er rief also jemanden an, der nicht zu Hause war, und das schien ihn ungeduldig zu machen. Zwischen den Anrufen ging er im Saal herum. Er hat einer Tänzerin Vorhaltungen gemacht, weil ihr Kleid schmuddelig war, und den Barmixer zurechtgewiesen... Nach dem dritten oder vierten Versuch ist er auf die Straße gegangen, um Luft zu schöpfen.«

»Hat er mit Ihnen geredet?«

»Sie wissen ja, er war nicht sehr redselig. Er baute sich einfach vor der Tür auf. Er betrachtete den Himmel, die vorbeifahrenden Autos, und er konnte im voraus sagen, ob es voll werden würde oder nicht.«

»Ist das Telefongespräch schließlich zustande gekommen?«

»Gegen elf Uhr...«

»Ist er dann weggegangen?«

»Nicht sofort... Er ist wieder auf die Straße herausgekommen... Das war so seine Gewohnheit. Zwei- oder dreimal habe ich gesehen, wie er seine Uhr aus der Tasche zog. Nach ungefähr zwanzig Minuten ist er dann die Rue Pigalle hinuntergegangen...«

»Mit anderen Worten, er hatte eine Verabredung.«

»Ich sehe, wir haben die gleichen Gedanken.«

»Er scheint fast nie ein Taxi genommen zu haben.«

»Das stimmt. Seit seinem Unfall hat er Autos gemieden... Er zog die Metro vor.«

»Sind Sie sicher, daß er die Rue Pigalle hinuntergegangen ist? Und nicht hinauf?«

»Ganz sicher!«

»Wenn er hätte mit der Metro fahren müssen, wäre er die Straße hinaufgegangen.«

»Das machte er auch, wenn er einen Blick in die Rue de Berri werfen wollte.«

»So daß aller Wahrscheinlichkeit nach der Treffpunkt in diesem Stadtviertel lag.«

»Ich habe zuerst gedacht, er würde sich ins Saint-Trop in der Rue Notre-Dame-de-Lorette begeben, aber dort hat man ihn nicht gesehen...«

»Glauben Sie, daß er eine Geliebte hatte?«

»Bestimmt nicht.«

Und mit einem neuerlichen Augenzwinkern fügte der Junge mit dem zerknitterten Gesicht hinzu:

»Wissen Sie, ich habe eine gewisse Erfahrung... Ich komme ein bißchen aus der Branche, nicht wahr?«

»Wo wohnt Monsieur Raison?«

Die Frage überraschte Mickey.

»Der Buchhalter? Der wohnt seit mindestens dreißig Jahren im selben Haus am Boulevard Rochechouart.«

»Allein?«

»Natürlich! Auch er hat keine Geliebte, glauben Sie mir... Er verachtet die Frauen nicht gerade, aber seine Möglichkeiten entsprechen nicht ganz seinen Wünschen, und so beschränkt er sich darauf, die Mädchen zu befummeln, die in sein Büro kommen und um Vorschuß bitten.«

»Wissen Sie, was er abends treibt?«

»Er spielt Billard, immer in demselben Café an der Ecke des Square d'Anvers. Es gibt nicht mehr viele Billardtische in diesem Viertel... Er ist fast ein Meister...«

Wieder eine Perspektive, die sich zu schließen schien. Dennoch fragte Maigret, um nichts im dunkeln zu lassen:

»Wo kommt dieser Monsieur Raison eigentlich her?«

»Aus dem Bankfach... Seit wer weiß wie vielen Jahren war er bei der Filiale, wo der Chef sein Konto hatte, in der Rue Blanche Kassierer. Ich vermute, daß er ihm Tips gegeben hat. Monsieur Emile brauchte eine zuverlässige Kraft für die Buchhaltung, denn in dieser Branche wird leicht etwas veruntreut... Ich weiß nicht, wieviel er ihm zahlt, aber es muß eine ganze Menge sein, da Monsieur Raison seinen Posten bei der Bank aufgegeben hat.«

Maigret kam immer wieder auf den Dienstagabend zurück. Es wurde zu einer Manie... Schließlich sah er den mageren Monsieur Emile vor sich, wie er unter der Leuchtreklame des Lotus stand, ab und zu auf seine

Uhr schaute und endlich mit festem Schritt die Rue Pigalle hinunterging.

Er hatte es nicht weit, sonst hätte er die Metro genommen, von der er nur hundert Meter entfernt war. Hätte er trotz seiner Abneigung gegenüber Autos ein Taxi nehmen müssen, so fuhren vor seinem Lokal ständig welche vorbei.

Maigret zeichnete in Gedanken eine Art Plan von dem kleinen Teil von Paris, zu dem er immer wieder hingeführt wurde. Die drei Nachtlokale des ehemaligen Stewards lagen nahe beieinander, und nur das von Antonio geleitete Paris-Strip bildete eine Ausnahme.

Boulay wohnte mit seinen drei Italienerinnen in der Rue Victor-Massé. Die Bar von Jo dem Catcher, vor der Mazotti abgeknallt worden war, konnte man vom Eingang des Lotus fast sehen. Die Bank, wo Emile sein Konto hatte, war auch nicht viel weiter entfernt, und der Buchhalter wohnte schließlich im selben Viertel.

Es war nahezu wie ein Dorf, aus dem Boulay selten und beinahe ungern herauskam.

»Haben Sie keine Ahnung, mit wem er sich verabredet haben könnte?«

»Ich schwöre...«

Nach einem kurzen Schweigen gestand Mickey jedoch:

»Ich habe auch nachgedacht, aus reiner Neugier... Ich möchte gern alles verstehen. In meinem Beruf ist es unerläßlich, Klarheit zu haben, meinen Sie nicht?«

Maigret stand seufzend auf. Er wußte keine Frage mehr zu stellen. Der Portier hatte ihm eine ganze Reihe von Einzelheiten berichtet, die er nicht kannte und die er lange nicht erfahren hätte, aber diese Details erklärten noch nicht den Mord an Boulay und erst recht nicht die fast unglaubliche Tatsache, daß man seine Leiche drei Nächte und zwei Tage versteckt hatte, ehe man sie am Rande des Père-Lachaise deponierte.

»Ich danke Ihnen, Boubée...«

Und der kleine Mann sagte, bevor er ging:

»Interessieren Sie sich immer noch nicht fürs Boxen?«

»Warum?«

»Weil morgen ein Kampf stattfindet, für den ich einen Tip habe... Falls Sie Lust haben...«

»Nein, danke.«

Er gab ihm kein Geld. Mickey verkaufte seine Dienste nicht für Geld, sondern im Austausch für eine gewisse Nachsicht.

»Sollte ich etwas erfahren, rufe ich Sie an...«

Eine dreiviertel Stunde später kritzelte Maigret in seinem Büro am Quai etwas auf ein Blatt Papier, rief im Arbeitszimmer der Inspektoren an und ließ Lapointe kommen.

Dieser brauchte seinen Chef nicht zweimal anzusehen, um zu wissen, wie weit er gekommen war. Kein Stück weiter! Er zeigte die bedrückte, störrische Miene der bittersten Augenblicke bei einer Ermittlung, wenn man nicht weiß, wo man ansetzen soll, und deshalb ohne Überzeugung in allen Richtungen sucht.

»Du gehst jetzt zum Boulevard Rochechouart und informierst dich über einen gewissen Monsieur Raison. Er ist der Buchhalter des Lotus und der anderen Nachtlokale, die Emile Boulay gehören. Er soll jeden Abend in einem Café am Square d'Anvers Billard spielen; ich weiß nicht, in welchem, aber du wirst es schon finden... Versuch, soviel wie möglich über ihn und seine Gewohnheiten zu erfahren... Ich möchte vor allem wissen, ob er am Dienstagabend in dem Café war, wann er es verlassen hat und um wieviel Uhr er nach Hause gekommen ist.«

»Mach ich, Chef.«

Lucas befaßte sich unterdessen mit Ada und mit Antonio. Maigret selbst vertiefte sich in seine Verwaltungsakten, um seine Ungeduld zu beschwichtigen. Doch um halb fünf hatte er genug davon, er zog seine Jacke an und ging in die Brasserie Dauphine, wo er mutterseelenallein ein Bier trank. Fast hätte er ein zweites bestellt, nicht, weil er Durst hatte, sondern aus Trotz gegenüber seinem Freund Pardon, der ihm nahegelegt hatte, sich des Alkohols zu enthalten.

Es war ihm entsetzlich, daß er nichts begriff. Es wurde für ihn zu einem persönlichen Problem. Immer wieder sah er dieselben Bilder vor sich: Emile Boulay im blauen Anzug vor dem Lotus, wie er ins Lokal hineinging, telefonierte, ohne daß die Verbindung zustande kam, erneut am Telefon und dann noch einmal, während ihm das Garderobenmädchen gleichgültig zusah.

Ada war nach Hause zurückgekehrt. Antonio kümmerte sich in der Rue de Berri um die ersten Gäste. In den vier Nachtlokalen stellten die Barmixer ihre Gläser und Flaschen zurecht, die Musiker stimmten ihre Instrumente, die Mädchen behängten sich in der schäbigen Garderobe mit ihrem Flitterkram, bevor sie an den kleinen Tischen Platz nahmen.

Boulay hatte schließlich seinen Gesprächspartner erreicht, aber er ging nicht gleich fort. Die Begegnung fand also nicht sofort statt. Man hatte ihm eine bestimmte Zeit genannt.

Er wartete erneut vor der Tür, zog wiederholt seine Uhr aus der Tasche und schritt dann plötzlich die Rue Pigalle hinunter...

Er hatte um acht Uhr zu Abend gegessen. Nach Aussage des Gerichtsmediziners war er vier oder fünf Stunden später gestorben, das heißt, zwischen Mitternacht und ein Uhr morgens.

Als er das Lotus verließ, war es halb zwölf.

Er hatte noch eine halbe bis anderthalb Stunden zu leben.

Mit der Ermordung Mazottis hatte er offenbar nichts zu tun. Wer von der Bande des Korsen übriggeblieben war, kannte ihn nicht und hatte keinen Grund, ihn zu beseitigen.

Und schließlich hätte niemand aus diesen Kreisen so gehandelt wie der Mörder Emiles, ihn also erwürgt, seine Leiche zwei Tage versteckt und dann das Risiko auf sich genommen, sie auf den Gehsteig der Rue des Rondeaux zu legen...

Ada wußte nichts von einer Verabredung ihres Chefs. Auch Monsieur Raison nicht. Antonio behauptete, ebenfalls nicht informiert zu sein. Selbst Mickey, der allen Grund hatte, sich über alles zu unterrichten, was hier vorging, sah in diesem Punkt nicht klar.

Die Pfeife zwischen die Zähne geklemmt, schritt Maigret mißmutig in seinem Büro auf und ab, als Lucas an die Tür klopfte, und er zeigte nicht gerade die strahlende Miene dessen, der eine Entdeckung gemacht hat.

Maigret blickte ihn nur schweigend an.

»Ich weiß kaum mehr als heute morgen, Chef... Höchstens, daß Antonio sein Lokal weder am Dienstagabend noch zu einem anderen Zeitpunkt der Nacht verlassen hat...«

Weiß Gott, das wäre ja auch zu einfach gewesen!

»Ich habe seine Frau gesehen, eine Italienerin, die ein Kind erwartet... Sie haben eine reizende Wohnung in der Rue de Ponthieu.«

Der ausdruckslose Blick des Kommissars verstimmte Lucas.

»Das ist nicht meine Schuld... Alle haben sie sehr gern... Ich habe mit der Concierge gesprochen, mit den Lieferanten, mit den Nachbarn des Lokals... Dann bin ich in die Rue Victor-Massé zurückgegangen. Ich habe den Buchhalter, den ich in seinem Büro angetroffen habe, nach den Adressen von einigen Künstlerinnen gefragt, die im Lotus arbeiten und auch in den anderen Lokalen auftreten. Zwei von ihnen schliefen noch, im selben Hotel...«

Er hatte den Eindruck, zu einer Wand zu sprechen, und ein paarmal kehrte ihm Maigret den Rücken zu und schaute auf die Seine hinaus.

»Eine andere, die in der Rue Lepic wohnt, hat ein Baby und...«

Lucas wurde immer verlegener, derart aufgebracht schien der Kommissar.

»Ich kann Ihnen nur sagen, was ich weiß... Sie sind natürlich mehr oder weniger eifersüchtig auf Ada... Sie haben den Eindruck, daß sie früher oder später die Geliebte des Chefs geworden wäre, aber so weit sei es noch nicht gewesen. Abgesehen davon, hätte auch Antonio, wie es scheint, ein Wort mitzureden gehabt.«

»Ist das alles?«

Lucas hob entmutigt die Arme.

»Was soll ich jetzt machen?«

»Was du willst.«

Maigret fuhr frühzeitig nach Hause, nachdem er sich noch eine Weile verdrossen mit dieser unangenehmen Geschichte der Neuorganisation der Abteilungen beschäftigt hatte, die dann doch nicht so durchgeführt werden würde, wie er es vorschlug. Berichte, immer wieder Berichte! Man fragte ihn nach seiner Meinung. Man bat ihn, detaillierte Pläne auszuarbeiten. Dann blieb das irgendwo in der Verwaltungshierarchie hängen, und man hörte nichts mehr davon. Es sei denn, daß man Verfügungen traf, die seinen Vorschlägen genau entgegenliefen.

»Ich gehe heute abend aus«, verkündete er seiner Frau in schroffem Ton.

Sie wußte, daß es besser war, ihn nicht weiter zu fragen. Er setzte sich an den Tisch, schaute sich das Fernsehprogramm an und brummte wiederholt:

»Idiotisch!«

Dann ging er ins Schlafzimmer, um Hemd und Krawatte zu wechseln.

»Ich weiß noch nicht, wann ich heimkomme... Ich will nach Montmartre in die Nachtlokale...«

Man hätte den Eindruck haben können, er wolle sie eifersüchtig machen und ärgere sich darüber, daß sie lächelte.

»Du solltest einen Schirm mitnehmen. Das Radio hat Gewitter angesagt...«

Im Grunde war er deshalb so schlechter Laune, weil er das Gefühl hatte, durch eigene Schuld nicht weiterzukommen. Er war überzeugt, zu einem bestimmten Zeitpunkt des Tages, den er nicht mehr anzugeben wußte, nahe daran gewesen zu sein, die richtige Spur zu verfolgen.

Irgend jemand hatte ihm einen wichtigen Hinweis gegeben. Aber wer? Er hatte mit so vielen Leuten gesprochen!

Es war neun Uhr, als er in ein Taxi stieg, und zwanzig nach neun, als er vor dem Lotus anlangte, wo Mickey ihn mit einem komplizenhaften Augenzwinkern empfing und ihm den Vorhang aus rotem Velours aufhielt.

Die Musiker in ihren weißen Smokings saßen noch nicht an ihren Plätzen, sondern unterhielten sich in einer Ecke. Der Barkeeper säuberte Gläser und stellte sie ins Regal. Ein hübsches rothaariges Mädchen mit großem Dekolleté feilte in einer anderen Ecke ihre Fingernägel.

Niemand fragte ihn, was er wünsche, als sei jeder bestens unterrichtet. Man warf ihm lediglich neugierige Blicke zu.

Die Kellner stellten die Sektkübel auf die Tische. Ada kam in einem dunklen Kostüm aus dem hinteren Raum, hatte ein Notizbuch und einen Bleistift in der Hand, bemerkte Maigret und ging nach kurzem Zögern auf ihn zu.

»Mein Bruder hat mir geraten, die Lokale zu öffnen...« erklärte sie ein wenig verlegen. »Im Grunde wissen wir alle nicht genau, was wir machen sollen... Es scheint nicht üblich zu sein, bei einem Todesfall zu schließen...«

Mit einem Blick auf das Notizbuch und den Bleistift fragte er:

»Was wollten Sie gerade tun?«

»Das, was mein Schwager jeden Abend um diese Zeit getan hat... Mit den Barkeepern und Oberkellnern die Vorräte an Champagner und Whisky überprüfen. Dann den Wechsel der Künstlerinnen von einem ins andere Lokal organisieren. Sie sind nie vollzählig. Jeden Abend müssen im letzten Augenblick Änderungen vorgenommen werden... Ich war schon im Train Bleu...«

»Wie geht es Ihrer Schwester?«

»Sie ist sehr mitgenommen. Zum Glück hat Antonio den Nachmittag bei uns verbracht. Die Männer vom Bestattungsinstitut waren da. Die Leiche soll morgen vormittag nach Hause gebracht werden. Das Telefon hat unaufhörlich geläutet. Wir mußten uns auch um die Todesanzeigen kümmern.«

Sie verlor den Kopf nicht, und während sie sprach, überwachte sie alles, wie Boulay es getan hätte. Sie unterbrach ihr Gespräch sogar, um zu einem jungen Kellner zu sagen:

»Nein, Germain... Noch kein Eis in die Kübel.«

Wahrscheinlich ein Neuling.

Maigret fragte wie nebenbei:

»Hat er ein Testament hinterlassen?«

»Wir wissen es nicht, und das erschwert die Dinge für uns, denn wir haben keine Ahnung, welche Anordnungen wir treffen sollen.«

»Hatte er einen Notar?«

»Meines Wissens nicht... Bestimmt nicht... Ich habe bei seinem Anwalt angerufen, Monsieur Jean-Charles

Gaillard, aber er war nicht zu Hause... Er ist heute früh nach Poitiers gefahren, wo er einen Prozeß führen mußte, und er soll erst in der Nacht zurückkommen.«

Wer hatte ihm doch von einem Anwalt erzählt? Maigret überlegte und sah wieder das wenig appetitliche Bild von Monsieur Raison in seinem kleinen Büro im Zwischengeschoß vor sich. Wovon war da die Rede gewesen? Maigret hatte gefragt, ob gewisse Zahlungen nicht auf die Hand getätigt würden, um die Steuern zu sparen.

Er fand den Faden der Unterhaltung wieder. Der Buchhalter hatte versichert, daß Monsieur Emile nicht der Mann war, der krumme Wege ging und Unannehmlichkeiten riskierte, daß er darauf hielt, daß alles seine Ordnung hatte und seine Einkommenssteuererklärungen von seinem Rechtsanwalt gemacht wurden...

»Glauben Sie, daß sich Ihr Schwager wegen seines Testaments an ihn gewendet haben könnte?«

»Er fragte ihn in allen Dingen um Rat... Vergessen Sie nicht, daß er zu Anfang von Geschäften nichts verstand. Als er das Train Bleu eröffnet hat, haben die Nachbarn einen Prozeß gegen ihn angestrengt, ich weiß nicht mehr, warum... Wahrscheinlich, weil die Musik sie beim Schlafen störte.«

»Wo wohnt er?«

»Rechtsanwalt Gaillard? In der Rue La Bruyère, in einer kleinen Villa, ungefähr in der Mitte der Straße...«

In der Rue La Bruyère! Fünfhundert Meter vom Lotus entfernt. Um dort hinzugelangen, brauchte man nur die Rue Pigalle hinunterzugehen, die Rue Notre-Dame-de-Lorette zu überqueren und etwas weiter unten links abzubiegen.

»Suchte ihn Ihr Schwager oft auf?«

»Ein- oder zweimal im Monat.«

»Abends?«

»Nein. Im Laufe des Nachmittags. Im allgemeinen nach sechs, wenn Monsieur Gaillard vom Gericht zurückkam.«

»Haben Sie ihn begleitet?«

Sie schüttelte den Kopf.

Es war vielleicht lächerlich, aber der Kommissar zeigte jetzt nicht mehr seine mürrische Miene.

»Dürfte ich mal telefonieren?«

»Wollen Sie lieber ins Büro hinaufgehen oder von der Kabine aus anrufen?«

»Von der Kabine...«

Wie Emile Boulay es getan hatte, nur mit dem Unterschied, daß Boulay erst gegen zehn eine Nummer gewählt hatte. Durch die Scheibe sah er Germaine, das Garderobenmädchen, das rosa Kärtchen in einer alten Zigarrenkiste ordnete.

»Hallo! Rechtsanwalt Gaillard?«

»Nein... Hier ist die Apotheke Lecot...«

»Entschuldigen Sie bitte...«

Er mußte sich verwählt haben. Er versuchte es noch einmal, aufmerksamer, und hörte dann ein fernes Klingeln. Eine Minute, zwei Minuten verstrichen, es meldete sich niemand.

Dreimal wählte er dieselbe Nummer, aber ohne Erfolg. Als er die Telefonzelle verließ, suchte er Ada und fand sie schließlich in der Künstlergarderobe, in der sich zwei Frauen gerade umzogen. Sie achteten nicht auf ihn und versuchten nicht, ihre nackten Brüste zu verbergen.

»Ist Monsieur Gaillard Junggeselle?«

»Das weiß ich nicht. Ich habe nie gehört, daß man von seiner Frau sprach. Vielleicht hat er eine. Ich hatte nie Gelegenheit, zu ihm zu gehen.«

Kurz darauf fragte Maigret vor dem Lokal Mickey:

»Kennen Sie Jean-Charles Gaillard?«

»Den Anwalt? Dem Namen nach. Der hat den großen Lucien vor drei Jahren verteidigt und frei gekriegt.«

»Er war auch der Anwalt Ihres Chefs.«

»Das überrascht mich nicht. Er gilt für gerissen.«

»Wissen Sie, ob er verheiratet ist?«

»Verzeihen Sie, Herr Kommissar, aber solche Leute gehören nicht zu meinen Kreisen, da kann ich Ihnen beim besten Willen keine Auskunft geben.«

Maigret ging zurück zur Telefonzelle, wählte abermals dieselbe Nummer, wieder vergeblich.

Dann rief er einfach ein Mitglied der Anwaltskammer an, Chavanon, den er schon lange kannte, und er hatte das Glück, ihn zu Hause zu erreichen.

»Hier Maigret... Nein, ich habe keinen Klienten für Sie in meinem Büro... Ich bin übrigens nicht am Quai des Orfèvres... Ich hätte gerne eine Auskunft... Kennen Sie den Rechtsanwalt Jean-Charles Gaillard?«

»Natürlich, wie alle... Ich treffe ihn immer im Gerichtsgebäude, und einmal habe ich auch mit ihm zu Mittag gegessen. Aber er ist ein viel zu bedeutender Mann für einen Kärrner wie mich.«

»Verheiratet?«

»Ich glaube, ja... Warten Sie... Ja, ich weiß es genau... Er hat kurz nach dem Krieg eine Sängerin oder Tänzerin vom Casino de Paris geheiratet. Jedenfalls hat man mir das erzählt.«

»Haben Sie die nie gesehen? Sind Sie nicht mal bei ihm gewesen?«

»Ich bin nicht eingeladen worden.«

»Sind sie nicht geschieden? Leben sie zusammen?«

»Soviel ich weiß...«

»Sie wissen nicht zufällig, ob sie ihn begleitet, wenn er in der Provinz zu tun hat?«

»Das ist kaum üblich.«

»Ich danke Ihnen.«

Noch einmal rief er vergeblich in der Rue La Bruyère an, und das Garderobenmädchen betrachtete ihn immer neugieriger.

Schließlich beschloß er, das Lotus zu verlassen, und nachdem er Mickey zugewinkt hatte, schlenderte er die Rue Pigalle hinunter. In der Rue La Bruyère entdeckte er bald eine Villa, die im Grunde nur ein Einfamilienhaus war, wie man sie vielfach in der Provinz findet und von denen es noch einige in bestimmten Pariser Stadtvierteln gibt.

Alle Fenster waren dunkel. Auf einem Messingschild stand der Name des Anwalts. Maigret drückte auf den Klingelknopf, der sich über dem Schild befand, und man hörte es im Hause läuten.

Nichts rührte sich. Er klingelte, zweimal, dreimal, aber genauso vergeblich, wie er telefoniert hatte.

Warum trat er auf die andere Straßenseite, um das gesamte Gebäude zu betrachten?

In dem Augenblick, da er den Kopf hob, bewegte sich ein Vorhang an einem Fenster der ersten Etage, das nicht erleuchtet war, und er hätte schwören können, daß er für einen Moment ein Gesicht wahrgenommen hatte.

5

Man hätte glauben können, Maigret spiele den Nachtlokalbesitzer, und trotz des Unterschieds in Gestalt und Gewicht bemühe er sich, Emile Boulay nachzuahmen. Gemächlich schlenderte er durch die wenigen Straßen, die die Welt des ehemaligen Stewards der Transat bildeten, und im Verlauf der Stunden veränderten diese Straßen ihr Gesicht. Zuerst wurden die Neonleuchtreklamen immer zahlreicher, und betreßte Portiers erschienen vor den Türen.

Nicht nur die gedämpft nach außen dringenden Klänge der Jazzkapellen versetzten die Luft in andere Schwingungen, auch die Passanten wechselten, und die Taxis begannen ihre Fahrgäste abzusetzen, während eine neue Fauna im Rhythmus von Schatten und Licht auf und ab wandelte.

Frauen sprachen ihn an. Er hielt die Hände auf dem Rücken verschränkt. War Monsieur Emile auch so gegangen? Jedenfalls rauchte er nicht wie der Kommissar. Er lutschte Pfefferminzbonbons.

Maigret bummelte die Rue Notre-Dame-de-Lorette bis zum Saint-Trop hinunter. Er hatte das Lokal einst unter anderem Namen gekannt, als dort noch überwiegend Frauen im Smoking verkehrten.

Hatte Montmartre sich so sehr verändert? Der Rhythmus der Orchester war nicht mehr der gleiche. Es gab mehr Neonlichter, aber die Menschen glichen denen, die er gekannt hatte; manche hatten nur ihren Beruf gewechselt wie der Portier des Saint-Trop, der ihn wie einen alten Bekannten grüßte.

Er war ein Koloß mit weißem Bart, ein russischer Emigrant, der jahrelang in einem anderen Lokal des Viertels mit einer schönen Baßstimme und unter Balalaikaklängen Balladen aus seiner Heimat gesungen hatte.

»Können Sie sich noch an den letzten Dienstagabend erinnern?«

»Ich erinnere mich an alle Abende, die Gott mir zu erleben vergönnt hat«, antwortete der ehemalige General emphatisch.

»Ist Ihr Chef an jenem Abend gekommen?«

»Gegen halb zehn und mit dem hübschen Fräulein.«

»Meinen Sie Ada? Ist er später nicht allein zurückgekehrt?«

»Nein, das schwöre ich beim heiligen Georg!«

Warum beim heiligen Georg? Maigret betrat das Lokal, warf einen Blick auf die Bar, auf die Tische, an denen die ersten Gäste in orangefarbenes Licht getaucht saßen. Sein Kommen mußte angekündigt worden sein, denn das Personal, die Kellner, Musiker und Animierdamen, beobachteten ihn voller Neugier, in die sich ein wenig Unruhe mischte.

Blieb Boulay länger hier? Maigret ging wieder, winkte Mickey vor dem Lotus zu und dann dem Garderobenmädchen, das er um eine Telefonmünze bat.

In der verglasten Zelle rief er abermals vergeblich die Nummer in der Rue La Bruyère an.

Dann marschierte er zum Train Bleu, dessen Einrichtung die Atmosphäre eines Pullman-Wagens suggerierte. Die Kapelle spielte dort so laut, daß er schleunigst den Rückzug antrat und in die Stille und Dunkelheit des zweiten Teils der Rue Victor-Massé hineintauchte und zum Square d'Anvers ging, wo nur noch zwei Cafés geöffnet waren.

Das eine mit dem Aushängeschild »Chope d'Anvers« ähnelte einer alten Provinzbrasserie. An den Fenstern spielten Stammgäste Karten, und im Hintergrund erblickte man einen Billardtisch, um den zwei Männer langsam mit fast feierlichen Bewegungen kreisten.

Einer von ihnen, in Hemdsärmeln, war Monsieur Raison. Sein Partner, mit einer enormen Wampe, eine Zigarre zwischen den Zähnen, trug grüne Hosenträger.

Maigret ging nicht hinein, blieb einen Augenblick wie gebannt von dem Anblick stehen, während er in Wirklichkeit an etwas anderes dachte, und zuckte zusammen, als jemand neben ihm sagte: »n' Abend, Chef.«

Es war Lapointe, den er beauftragt hatte, sich mit dem Buchhalter zu befassen, und der nun erklärte:

»Ich wollte gerade nach Hause gehen. Ich habe nachgeprüft, was er am Dienstag gemacht hat. Er hat das Café um Viertel nach elf verlassen. Er bleibt nie länger als bis halb zwölf. Knapp zehn Minuten später war er in seiner Wohnung.

Die Concierge ist zuverlässig… Sie war an jenem Abend noch nicht zu Bett, weil ihr Mann und ihre Tochter im Kino waren und sie auf die beiden gewartet hat. Sie hat Monsieur Raison nach Hause kommen sehen und ist sicher, daß er nicht wieder weggegangen ist.«

Der junge Lapointe war verwirrt, denn Maigret schien ihm nicht zuzuhören.

»Gibt es bei Ihnen was Neues?« wagte er zu fragen. »Soll ich bei Ihnen bleiben?«

»Nein. Geh schlafen.«

Er zog es vor, die Runde noch einmal allein zu machen, und bald darauf betrat er erneut das Train Bleu, öffnete vorsichtig den Vorhang einen Spaltbreit und warf einen Blick hinein wie manche Gäste, die sich vor dem Eintritt versichern, daß sie auch finden, was sie suchen.

Dann wieder das Lotus. Erneutes Augenzwinkern von Mickey, der sich geheimnisvoll mit zwei Amerikanern unterhielt, denen er bestimmt verbotene Zerstreuungen versprach.

Maigret brauchte nicht erst eine Telefonmünze zu verlangen, und abermals läutete das Telefon in dem Haus, dessen Fassade er jetzt kannte und wo sich seiner Überzeugung nach ein Vorhang bewegt hatte.

Er fuhr zusammen, als eine männliche Stimme sagte:

»Ja.«

Er hatte nicht mehr damit gerechnet.

»Rechtsanwalt Jean-Charles Gaillard?«

»Ja. Wer ist am Apparat?«

»Kommissar Maigret von der Kriminalpolizei.«

Schweigen. Dann eine etwas ungeduldige Stimme:

»Ja doch! Ich höre...«

»Bitte entschuldigen Sie, daß ich Sie zu dieser Stunde störe...«

»Es ist ein Wunder, daß Sie mich antreffen... Ich bin gerade mit dem Auto aus Poitiers zurückgekommen und wollte noch schnell meine Post durchsehen, ehe ich schlafen gehe.«

»Können Sie mich für ein paar Minuten empfangen?«

»Rufen Sie vom Quai des Orfèvres an?«

»Nein... Ich bin ganz in der Nähe...«

»Ich erwarte Sie...«

Mickey immer noch vor der Tür, die Straße zunehmend lauter, eine Frau, die hinter einem Mauervorsprung auftauchte, dem Kommissar die Hand auf den Arm legte und plötzlich zurückwich, als sie ihn erkannte.

»Ich wollte Sie nicht beleidigen...« stammelte sie.

Er kehrte in die friedliche Stille der Rue La Bruyère zurück, die einer Oase glich und wo vor dem Haus des Rechtsanwalts ein pastellblauer großer amerikanischer Wagen parkte. Maigret stieg die drei Stufen hinauf, und bevor er auf den Klingelknopf gedrückt hatte, öffnete sich die Tür zu einem Vorraum mit weißen Fliesen.

Jean-Charles Gaillard war ebenso groß und breitschultrig wie der russische Portier des Saint-Trop. Er war ein Mann von etwa fünfundvierzig Jahren mit frischer Hautfarbe und der Figur eines Rugby-Spielers, der einmal recht muskulös gewesen sein mußte und erst jetzt etwas Fett anzusetzen begann.

»Treten Sie ein, Kommissar!«

Er schloß die Tür und führte seinen Gast durch den Flur hinten in sein Arbeitszimmer. Der recht große, bequem eingerichtete Raum, der jedoch keinen auffälligen Luxus zeigte, war nur von einer Lampe mit grünem Schirm erleuchtet, die auf einem Schreibtisch stand, der zum Teil mit eben erst geöffneten Briefen bedeckt war.

»Nehmen Sie bitte Platz... Ich habe einen anstrengenden Tag hinter mir und bin unterwegs in ein starkes Gewitter geraten, was mich aufgehalten hat...«

Maigret war von der linken Hand seines Gesprächspartners wie gebannt, der vier Finger fehlten. Nur der Daumen war erhalten.

»Ich möchte Ihnen gerne zwei oder drei Fragen in bezug auf einen Ihrer Klienten stellen...«

War der Anwalt beunruhigt? Oder nur neugierig? Das war schwer zu sagen. Er hatte blaue Augen und kurzgeschnittenes blondes Haar.

»Wenn das Berufsgeheimnis mir erlaubt, Ihnen zu antworten...« murmelte er lächelnd.

Er hatte sich schließlich dem Kommissar gegenübergesetzt, und seine rechte Hand spielte mit einem elfenbeinernen Brieföffner.

»Heute morgen wurde Boulays Leiche gefunden...«

»Boulay?« wiederholte der andere, als müsse er in seinem Gedächtnis nachforschen.

»Der Besitzer des Lotus und dreier weiterer Nachtlokale.«

»Ah ja... Ich weiß...«

»Er war kürzlich bei Ihnen, nicht wahr?«

»Das hängt davon ab, was Sie unter kürzlich verstehen.«

»Am Dienstag zum Beispiel...«

»Dienstag dieser Woche?«

»Ja.«

Jean-Charles Gaillard schüttelte den Kopf.

»Wenn er hier war, habe ich ihn nicht gesehen... Möglicherweise ist er vorbeigekommen, als ich bei Gericht war... Ich muß morgen mal meine Sekretärin fragen...«

Er schaute Maigret ins Gesicht und stellte seinerseits eine Frage:

»Sie sagen, daß seine Leiche gefunden worden ist. Die Tatsache, daß Sie hier sind, deutet darauf hin, daß sich die Polizei mit der Sache befaßt. Muß ich daraus schließen, daß er keines natürlichen Todes gestorben ist?«

»Er ist erwürgt worden.«

»Merkwürdig...«

»Warum?«

»Weil er trotz seines Berufs ein recht ordentlicher Mann war, der meines Wissens keine Feinde hatte... Sicher, er war nur ein Klient unter vielen anderen...«

»Wann haben Sie ihn zum letztenmal gesehen?«

»Das müßte ich Ihnen genau sagen können... Einen Augenblick...«

Er erhob sich, ging in das Nebenzimmer, wo er Licht anmachte, in einer Schublade kramte, und kam mit einem roten Notizbuch zurück.

»Meine Sekretärin notiert meine sämtlichen Termine... Warten Sie...«

Er blätterte das Buch von hinten durch und murmelte leise die Namen vor sich hin. So schlug er an die zwanzig Seiten um.

»Hier! Am 22. Mai um fünf Uhr... Ein weiterer Besuch ist am 18. Mai um elf Uhr vormittags verzeichnet...«

»Haben Sie ihn seit dem 22. Mai nicht wieder gesehen?«

»Ich kann mich nicht erinnern...«

»Hat er Sie nicht angerufen?«

»Wenn er mich in der Kanzlei angerufen hat, dann ist meine Sekretärin am Apparat gewesen, und sie wird Ihnen die Frage beantworten können. Sie ist morgen ab neun Uhr hier.«

»Haben Sie sich mit allen geschäftlichen Dingen Boulays befaßt?«

»Das hängt davon ab, was Sie unter ›allen geschäftlichen Dingen‹ verstehen...«

Lächelnd fügte er hinzu:

»Ihre Frage ist gefährlich... Ich bin nicht unbedingt über all sein Tun und Lassen unterrichtet.«

»Sie haben offenbar die Einkommenssteuererklärungen für ihn gemacht.«

»Ich sehe keinen Grund, diese Frage nicht zu beantworten. Es stimmt. Boulay war nicht allzu beschlagen und hätte das selber nicht gekonnt.«

Wieder ein kurzes Schweigen, dann präzisierte er:

»Ich muß hinzufügen, daß er nie von mir verlangt hat zu mogeln. Natürlich versuchte er wie jeder Steuerzahler, so wenig Abgaben wie möglich zu leisten, blieb aber immer im gesetzlichen Rahmen. Andernfalls hätte ich mich auch gar nicht mit seinen Geschäften belastet...«

»Sie haben einen Besuch erwähnt, den er Ihnen am 18. Mai gemacht hat. In der Nacht zuvor ist nicht weit vom Lotus ein gewisser Mazotti niedergeschossen worden.«

Sehr ruhig zündete Gaillard sich eine Zigarette an, reichte Maigret das silberne Etui und zog es zurück, als er bemerkte, daß der Kommissar seine Pfeife rauchte.

»Ich sehe keinen Hinderungsgrund, Ihnen darzulegen, warum er bei mir war. Mazotti hatte es bei ihm mit seiner Beschützertour versucht, und um ihn loszuwerden, hatte Boulay sich der Hilfe von drei oder vier kräftigen Burschen aus seiner Heimatstadt Le Havre versichert...«

»Ich bin im Bilde.«

»Als er von Mazottis Tod erfuhr, hat er gefürchtet, von der Polizei verhört zu werden. Er hatte nichts zu verbergen, aber dann hatte er Angst, seinen Namen in der Zeitung zu sehen...«

»Hat er Sie um Rat gefragt?«

»Ja... Ich habe ihm geraten, in aller Offenheit zu antworten. Ich glaube übrigens, daß er damit Erfolg hatte. Wenn ich mich nicht täusche, ist er ein zweites Mal am 22. oder 23. am Quai des Orfèvres vorgeladen worden, und vor diesem Termin ist er abermals bei mir gewesen... Ich nehme an, daß er niemals verdächtigt worden ist... Nach meinem Dafürhalten könnte das nur ein Irrtum sein...«

»Sind Sie sicher, daß er in dieser Woche nicht hier war, am Dienstag zum Beispiel?«

»Ich bin nicht nur sicher, sondern nochmals, wenn ich einen Termin mit ihm gehabt hätte, wäre das in diesem Buch verzeichnet. Überzeugen Sie sich selbst...«

Er reichte es dem Kommissar, der es jedoch nicht anrührte.

»Waren Sie am Dienstagabend zu Hause?«

Diesmal runzelte der Rechtsanwalt die Brauen.

»Das beginnt ja einem Verhör zu gleichen«, bemerkte er, »und ich muß gestehen, daß ich mich frage, was Sie für Hintergedanken dabei haben...«

Er zuckte mit den Schultern, lächelte dann aber.

»Wenn ich mein Gedächtnis anstrenge, wird mir sicher wieder einfallen, was ich zu der Zeit getan habe... Ich verbringe die meisten meiner Abende in diesem Büro, denn das ist der einzige Moment, in dem ich ungestört arbeiten kann. Vormittags geben sich die Klienten die Klinke in die Hand. Und nachmittags bin ich oft bei Gericht.«

»Sie haben nicht in der Stadt zu Abend gegessen?«

»Ich diniere fast nie in der Stadt. Sehen Sie, ich bin kein mondäner Anwalt...«

»Dienstagabend also?«

»Heute ist Freitag, nicht wahr? Das heißt, eigentlich schon Samstag, denn es ist bereits nach Mitternacht... Heute morgen bin ich in aller Frühe mit dem Auto nach Poitiers gefahren.«

»Allein?«

Die Frage schien ihn zu überraschen.

»Natürlich allein, ich mußte ja da unten mein Plädoyer halten... Gestern habe ich meine Kanzlei den ganzen Abend nicht verlassen. Wollen Sie wirklich ein Alibi von mir haben?«

Er behielt einen leichten, ironischen Tonfall bei.

»Mir will nur nicht aus dem Sinn, daß dieses Alibi

den Dienstagabend betrifft, während der Tod meines Klienten, falls ich recht verstanden habe, erst kürzlich eingetreten ist... Nun... Ich bin wie der arme Boulay: ich möchte in allem korrekt sein. Donnerstag war ich nicht weg. Mittwochabend... Ja richtig... Am Mittwoch habe ich bis zehn Uhr gearbeitet, und da ich ein bißchen Kopfschmerzen hatte, bin ich hier im Stadtviertel spazierengegangen. Und am Dienstag... Am Nachmittag habe ich vor der Zivilkammer plädiert... Eine verwickelte Geschichte, die sich schon drei Jahre lang hinschleppt und noch längst nicht abgeschlossen ist... Zum Abendessen war ich wieder zu Hause.«

»Mit Ihrer Frau?«

Gaillard heftete seinen Blick auf den Kommissar und sagte betont:

»Ja, mit meiner Frau...«

»Ist sie hier?«

»Sie ist oben.«

»War sie heute abend ausgegangen?«

»Sie geht praktisch nie aus, das hat gesundheitliche Gründe... Meine Frau ist seit Jahren krank und leidet sehr...«

»Verzeihen Sie...«

»Schon gut... Also, wir haben zu Abend gegessen... Ich bin gewohnheitsgemäß in mein Büro hinuntergegangen... Ja, ich hab's. Ich war von dem Nachmittag bei Gericht recht erschöpft. Ich bin in meinen Wagen gestiegen, um ein oder zwei Stunden zur Entspannung umherzufahren, wie ich das öfter tue. Ich habe früher viel Sport getrieben, und da fehlt mir die frische Luft. Als ich über die Champs-Elysées fuhr, sah ich, daß dort ein russischer Film gegeben wurde, den man mir empfohlen hatte...«

»Kurz, Sie sind ins Kino gegangen.«

»Richtig... Sie sehen, ich mache kein Geheimnis daraus. Danach habe ich auf dem Heimweg bei Fouquet's ein Glas Wein getrunken.«

»Erwartete Sie niemand?«

»Niemand.«

»Sie sind nicht angerufen worden?«

Wieder schien er nachzudenken.

»Ich wüßte nicht, nein... Ich habe wohl eine oder zwei Zigaretten geraucht, bevor ich schlafen ging, denn ich schlafe schlecht ein... Aber nun muß ich Ihnen sagen, daß ich ziemlich überrascht bin...«

Jetzt war es an Maigret, den Harmlosen zu spielen.

»Warum?«

»Ich hatte erwartet, daß Sie mich über meinen Klienten ausfragen... Und nun bin ich selbst Gegenstand Ihres Verhörs. Ich könnte daran Anstoß nehmen...«

»Aber ich versuche doch nur, die einzelnen Schritte Emile Boulays zu rekonstruieren...«

»Verstehe ich nicht...«

»Er ist nicht in der letzten Nacht getötet worden, sondern in der Nacht von Dienstag auf Mittwoch.«

»Sie haben mir doch gesagt...«

»Ich habe gesagt, daß er heute morgen gefunden wurde.«

»Was bedeutet, daß seit Dienstag seine Leiche...«

Maigret nickte. Er hatte eine gutmütige Miene aufgesetzt und schien zu Vertraulichkeiten bereit.

»Es steht nahezu fest, daß Boulay am Dienstagabend

eine Verabredung hatte... Wahrscheinlich in diesem Stadtviertel.«

»Und Sie haben sich eingebildet, daß er hierher gekommen ist?«

Der Kommissar lachte.

»Ich bezichtige Sie nicht, Ihren Klienten erwürgt zu haben.«

»Er ist erwürgt worden?«

»Das hat die Autopsie ergeben. Es würde zu lange dauern, Ihnen die Indizien aufzuzählen, die wir gesammelt haben. Er hatte die Gewohnheit, sich bei Ihnen Rat zu holen...«

»Ich hätte ihn um Mitternacht nicht empfangen.«

»Er hätte sich in einer schwierigen Situation befinden können. Wenn er zum Beispiel von jemandem erpreßt wurde...«

Gaillard zündete sich eine neue Zigarette an und stieß langsam den Rauch vor sich hin.

»Sein Scheckheft weist aus, daß er kürzlich eine recht hohe Summe von der Bank abgehoben hat.«

»Darf ich fragen, wieviel?«

»Fünftausend Francs. Das war nicht seine Art. Normalerweise nahm er das Bargeld, das er brauchte, aus der Kasse eines seiner Lokale.«

»Ist das nur einmal vorgekommen?«

»Unseres Wissens ein einziges Mal. Ich werde morgen Gewißheit haben, wenn sein Bankkonto überprüft wird.«

»Ich sehe immer noch nicht meine Rolle in dieser Geschichte.«

»Ich komme jetzt darauf... Nehmen wir an, er habe ein erstes Mal nachgegeben und man habe es erneut versucht und für die Nacht von Dienstag auf Mittwoch einen Treffpunkt mit ihm vereinbart… Da hätte er auf den Gedanken kommen können, Sie um Rat zu fragen. Er hätte Sie im Verlauf des Abends mehrmals angerufen, während Sie im Kino waren… Wer meldet sich abends am Telefon, wenn Sie nicht da sind?«

»Niemand.«

Und da Maigret überrascht schien:

»Meine Frau ist leidend, wie ich Ihnen sagte. Das hat mit nervösen Depressionen begonnen, die sich noch verschlimmert haben. Außerdem leidet sie an einer Nervenentzündung, von der die Ärzte sie nicht heilen können. Sie verläßt kaum noch die erste Etage, und es ist immer ein Zimmermädchen bei ihr, das in Wirklichkeit eine Krankenschwester ist. Meine Frau weiß das nicht… Ich habe das Telefon oben abgestellt…«

»Und die Hausangestellten?«

»Zwei Mädchen, die im zweiten Stock schlafen… Um auf Ihre Frage zurückzukommen, die ich jetzt besser verstehe, ich weiß nichts von einer Erpressung, deren Opfer mein Klient gewesen sein sollte. Überdies würde mich eine solche Erpressung überraschen, denn da ich seine Geschäfte kenne, wüßte ich nicht, womit man ihn hätte erpressen können… Er hat mich also am Dienstagabend nicht konsultiert. Und ich möchte von vornherein festhalten, daß mir unbekannt ist, was er in jener Nacht gemacht hat.

Daß er getötet worden ist, hat mich nicht allzusehr erstaunt, als Sie es mir erzählten, denn man erreicht in diesem Milieu eine Position, wie er sie innehatte, nicht, ohne sich ernsthafte Feinde zu schaffen… Daß er erwürgt worden ist, verwundert mich eher, vor allem, daß seine Leiche erst heute morgen gefunden wurde...

Ja, wo hat man sie denn gefunden? Ich nehme an, man hat sie aus der Seine geholt...«

»Sie lag auf dem Bürgersteig am Rande des Friedhofs Père-Lachaise.«

»Wie hat seine Frau darauf reagiert?«

»Sie kennen sie?«

»Ich habe sie ein einziges Mal gesehen. Boulay war ganz vernarrt in sie. Er wollte mir sie und seine Kinder unbedingt zeigen. Er hat mich zum Abendessen in die Rue Victor-Massé eingeladen, und so habe ich die ganze Familie kennengelernt.«

»Einschließlich Antonio?«

»Einschließlich des Schwagers und dessen Frau. Ein richtiges Familientreffen... Im Grunde war Boulay sehr kleinbürgerlich, und bei ihm zu Hause wäre man nie auf den Gedanken gekommen, daß er von der Entkleidung anderer Frauen lebte.«

»Kennen Sie seine Nachtlokale?«

»Vor mehr als einem Jahr bin ich zwei- oder dreimal im Lotus gewesen. Und dann war ich bei der Eröffnung des Lokals in der Rue de Berri dabei...«

Maigret drängte sich eine Vielzahl von Fragen auf, aber er wagte nicht, sie laut auszusprechen. Suchte der Anwalt, der mit einer kranken Frau zusammenlebte, nicht anderswo die Freuden, die er zu Hause nicht mehr fand?

»Haben Sie auch Ada kennengelernt?«

»Die jüngere Schwester? Aber ja! Sie war bei dem Abendessen dabei. Sie ist ein charmantes Mädchen, genauso hübsch wie Marina, aber mit mehr Köpfchen.«

»Glauben Sie, daß sie die Geliebte ihres Schwagers war?«

»Ich versetze mich an Ihre Stelle, Kommissar... Ich bin mir darüber klar, daß Sie gezwungen sind, in allen Richtungen zu suchen... Trotzdem sind einige Ihrer Hypothesen recht verblüffend. Wenn Sie Boulay gekannt hätten, würden Sie mir diese Frage nicht stellen. Ihm graute vor Komplikationen. Ein Abenteuer mit Ada hätte Antonio gegen ihn aufgebracht, der als guter Italiener einen stark entwickelten Familiensinn hat... Entschuldigen Sie, wenn ich gähne, aber ich bin vor Morgengrauen aufgestanden, um rechtzeitig wegen des Prozesses in Poitiers zu sein...«

»Parken Sie Ihren Wagen immer vor dem Haus?«

»Meistens mache ich mir nicht die Mühe, ihn in die Garage zu fahren. Auf der Straße ist fast immer Platz.«

»Bitte nehmen Sie es mir nicht allzu übel, daß ich Sie gestört habe. Eine letzte Frage... Hat Boulay ein Testament hinterlassen?«

»Meines Wissens nicht. Und ich wüßte nicht, warum er eins hätte aufsetzen sollen... Er hat zwei Kinder... Außerdem ist er in Gütergemeinschaft verheiratet... Die Erbfolge stellt keinerlei Probleme.«

»Ich danke Ihnen.«

»Ich werde morgen vormittag seiner Witwe mein Beileid aussprechen und mich ihr zur Verfügung stellen... Die arme Frau!«

Es gab noch so viele Fragen, die Maigret ihm gerne gestellt hätte! Zum Beispiel, wie er die vier Finger der linken Hand verloren hatte. Und auch, zu welcher Zeit er heute morgen die Rue La Bruyère verlassen hatte. Und dann hätte er gern aufgrund einer Bemerkung, die

Mickey gemacht hatte, einen Blick in die Liste der Klienten des Anwalts geworfen.

Wenige Minuten später nahm er an der Place Saint-Georges ein Taxi und fuhr nach Hause, um ins Bett zu gehen. Am nächsten Morgen war er bereits um acht Uhr wieder auf, und um halb zehn trat er aus dem Büro des Leiters der Kriminalpolizei, wo er dem Rapport beigewohnt hatte, ohne auch nur einmal den Mund aufzumachen.

Nachdem er das Fenster geöffnet und seine Jacke ausgezogen hatte, rief er als erstes Rechtsanwalt Chavanon an, mit dem er am Tag zuvor telefoniert hatte.

»Ich bin's schon wieder... Maigret!... Störe ich?«

»Ich habe Besuch in meiner Kanzlei...«

»Nur eine Auskunft... Kennen Sie einen Ihrer Kollegen, der mit Jean-Charles Gaillard enger befreundet ist?«

»Immer noch der? Man könnte meinen, Sie hätten was gegen ihn...«

»Ich habe nichts gegen ihn, aber ich möchte gern so einiges wissen, was seine Person betrifft.«

»Warum fragen Sie ihn nicht selbst? Gehen Sie zu ihm...«

»Ich war schon bei ihm.«

»Na und? Hat er sich störrisch gezeigt?«

»Im Gegenteil! Es bleiben nur noch ein paar Fragen, die so heikel sind, daß man sie nicht so ohne weiteres stellen kann.«

Chavanon schien nicht gerade begeistert. Maigret hatte damit gerechnet. In fast allen Berufen gibt es so etwas wie Korpsgeist. Unter sich kann man offen über einander sprechen, aber Einmischungen von Fremden sind nicht erwünscht. Und erst recht nicht, wenn es sich um die Polizei handelt!

»Hören Sie... Ich habe Ihnen gesagt, was mir bekannt ist... Ich weiß nicht, mit wem er im Augenblick verkehrt, aber vor einigen Jahren war er mit Ramuel eng befreundet.«

»Der den Metzger aus der Rue Caulaincourt verteidigt hat?«

»Ja, mit dem... Es wäre mir allerdings lieb, wenn Sie mich aus dem Spiel ließen, falls Sie ihn aufsuchen sollten. Vor allem, weil er kurz hintereinander zwei oder drei Freisprüche erreicht hat und ihm das zu Kopf gestiegen ist... Viel Glück!«

Rechtsanwalt Ramuel wohnte in der Rue du Bac, und innerhalb weniger Minuten hatte Maigret dessen Sekretärin am Apparat.

»Das ist fast unmöglich... Er ist den ganzen Vormittag besetzt... Warten Sie... Wenn Sie um zehn vor elf kommen und er mit dem Klienten, der auf halb elf bestellt ist, schnell fertig wird...«

Das mußte bei ihm ja zugehen wie bei einem Zahnarzt dieses Viertels: Der nächste, bitte!

Trotzdem begab sich Maigret in die Rue du Bac, und da es noch zu früh war, trank er in einer kleinen Kneipe ein Glas Weißwein.

Die Wände im Wartezimmer bei Rechtsanwalt Ramuel waren mit handsignierten Bildern bedeckt. Drei Personen warteten bereits, darunter eine alte Frau, die eine reiche Bäuerin aus der Provinz zu sein schien.

Dennoch öffnete die Sekretärin um fünf Minuten vor elf die Tür und gab dem Kommissar diskret ein Zeichen, ihr zu folgen. Rechtsanwalt Ramuel, noch jung, mit pausbäckigem Gesicht, hatte bereits eine Glatze. Mit ausgestreckter Hand kam er freundlich auf Maigret zu.

»Was verschafft mir die Ehre?«

Das weiträumige Büro mit den holzgetäfelten Wänden war im Renaissance-Stil eingerichtet, und man ging auf echten Orientteppichen.

»Nehmen Sie Platz... Eine Zigarre? Ach nein... Stimmt ja... Bitte, rauchen Sie Ihre Pfeife...«

Man spürte, daß er von seiner Bedeutung durchdrungen war, und er setzte sich an seinen Schreibtisch wie ein Generalstaatsanwalt auf den Sitz der Anklagevertretung.

»Ich wüßte keinen Fall, der mich zur Zeit beschäftigt...«

»Es handelt sich nicht um einen Ihrer Klienten, Herr Rechtsanwalt... Es ist mir übrigens etwas peinlich... Betrachten Sie doch bitte meinen Besuch als privat...«

Ramuel war so sehr an Schwurgerichtsprozesse gewöhnt, daß er sich auch im bürgerlichen Leben wie vor Gericht benahm, mit der gleichen Mimik, mit den gleichen ausholenden Armbewegungen, denen lediglich die weiten Ärmel seiner schwarzen Robe fehlten. Geradezu komisch riß er zunächst die Augen auf, dann hob er die Hände, um seine Überraschung zum Ausdruck zu bringen.

»Aber, Herr Kommissar, Sie wollen doch wohl nicht sagen, daß Sie Ärger haben? Für Kommissar Maigret zu plädieren...«

»Ich brauche nur ein paar Auskünfte über jemanden.«

»Einen meiner Klienten?«

Er setzte eine gereizte Miene auf.

»Ich brauche Sie doch nicht daran zu erinnern...«

»Keine Angst! Ich verlange von Ihnen nicht, sich gegen das Berufsgeheimnis zu vergehen. Aus Gründen, die zu langer Erklärungen bedürften, möchte ich etwas über einen Ihrer Kollegen erfahren.«

Der Anwalt runzelte die Brauen mit einer Übertreibung, als spiele er vor den Geschworenen seine übliche Komödie.

»Es geht auch nicht darum, eine Freundschaft zu verraten.«

»Reden Sie. Ich verspreche nichts, verstanden?«

Das ging auf die Nerven, aber der Kommissar hatte keine andere Wahl.

»Sie kennen doch, wie ich glaube, Ihren Amtsbruder Jean-Charles Gaillard sehr gut...«

Eine gespielt verlegene Miene.

»Wir haben früher miteinander verkehrt.«

»Sie haben sich zerstritten?«

»Sagen wir, wir sehen uns jetzt weniger oft.«

»Kennen Sie seine Frau?«

»Jeanine? Ich bin ihr zum erstenmal begegnet, als sie noch im Casino de Paris tanzte. Das war kurz nach dem Krieg... Ein charmantes Mädchen damals... Und schön! Man nannte sie die schöne Lara, und die Passanten drehten sich auf der Straße nach ihr um.«

»War das ihr richtiger Name?«

»Nein... In Wirklichkeit hieß sie Dupin, aber sie tanzte unter dem Namen Jeanine de Lara. Sie hätte wahrscheinlich eine glänzende Karriere gemacht...«

»Hat sie wegen Gaillard darauf verzichtet?«

»Er hat sie mit dem Versprechen geheiratet, von ihr nie zu verlangen, das Theater aufzugeben.«

»Er hat nicht Wort gehalten?«

Jetzt war die Komödie der Diskretion an der Reihe. Ramuel schien das Für und Wider abzuwägen und seufzte, als würde er von widerstreitenden Gefühlen hin und her gerissen.

»Nun, das ist in ganz Paris bekannt... Gaillard kam mit Orden bedeckt aus dem Krieg zurück...«

»Hat er im Krieg die vier Finger verloren?«

»Ja... Er war in Dünkirchen... In England hat er sich den ›Forces Libres‹ angeschlossen. Er hat den Afrikafeldzug mitgemacht und ist dann, wenn ich mich nicht irre, in Syrien gelandet. Er hat als Leutnant ein Kommando geführt... Er spricht nie darüber, das muß ich anerkennen. Er gehört nicht zu denen, die sich darin gefallen, ihre Heldentaten zu erzählen. Als er eines Nachts eine feindliche Patrouille überraschen sollte, ist er selber überrascht worden, und er hat sich nur dadurch retten können, daß er mit der Hand die Messerklinge packte, die ihm in die Brust gestoßen werden sollte. Er ist ein harter Bursche... Er hat sich dann unsterblich in Jeanine verliebt und sie bewogen, ihn zu heiraten. Damals war er Assessor bei dem Zivilanwalt Jouane und verdiente nicht viel...

Von Eifersucht verzehrt, verbrachte er seine Abende in den Kulissen des Casino de Paris.

Den Rest können Sie erraten. Mit der Zeit hat er erreicht, daß seine Frau auf den Tanz verzichtete. Er begann hart zu arbeiten, damit der Schornstein rauchte. Ich habe des öfteren Klienten zu ihm geschickt.«

»Ist er Anwalt für Privatrecht geblieben?«

Diesmal setzte Ramuel die besorgte Miene dessen auf, der sich fragen muß, ob der Gesprächspartner überhaupt fähig ist, ihn zu verstehen.

»Das ist recht kompliziert... Es gibt Anwälte, die man selten bei Gericht sieht und die dennoch eine beachtliche Klientele haben. Und die sind es, die das meiste Geld verdienen. Sie sind juristische Berater großer Firmen und Gesellschaften. Sie kennen sich in den Aktiengesetzen und all ihren Subtilitäten hervorragend aus...«

»Trifft das auf Gaillard zu?«

»Ja und nein. Bedenken Sie bitte, daß ich ihn seit Jahren kaum sehe. Er tritt relativ selten vor Gericht auf. Und den Kreis seiner Auftraggeber könnte ich nur schwer definieren... Er hat nicht wie sein ehemaliger Chef die Großbanken und die Großindustrie als Klienten...«

Maigret hörte geduldig zu und bemühte sich, zu erraten, was sich zwischen den Worten verbarg.

»Bei den gegenwärtigen Steuergesetzen sind viele Leute auf den Rat sachkundiger Fachleute angewiesen. Manche müssen sich von Berufs wegen vergewissern, ob sie noch innerhalb der Legalität handeln...«

»Der Besitzer einer Kette von Nachtlokalen zum Beispiel?«

Ramuel spielte den Überraschten, Verwirrten.

»Ich wüßte nicht, daß ich das so deutlich gesagt hätte. Bedenken Sie, daß ich nicht weiß, von wem Sie sprechen...«

Maigret erinnerte sich an sein gestriges Gespräch mit Louis Boubée, genannt Mickey. Alle beide hatten die große Zeit des Tripolis und der Tétoune beschworen, bei der sich nicht nur die Bosse der Unterwelt, sondern auch ihre Anwälte und eine Anzahl von Politikern trafen.

»Boulay ist getötet worden«, sagte er unvermittelt.

»Boulay?«

»Monsieur Emile. Der Besitzer des Lotus, des Train Bleu und zwei weiterer Nachtlokale...«

»Ich bin heute morgen noch nicht dazu gekommen, die Zeitung zu lesen. War er ein Klient von Gaillard?«

Er war von entwaffnender Naivität.

»Das ist offenbar eine der Kategorien, auf die ich angespielt habe. In bestimmten Berufen ist es nicht leicht, Schwierigkeiten zu umgehen... Was ist diesem Boulay passiert?«

»Er ist erwürgt worden.«

»Entsetzlich!«

»Sie sprachen vorhin von Madame Gaillard...«

»Ihr Zustand scheint sich verschlimmert zu haben, seit ich sie aus dem Auge verloren habe. Zu der Zeit, als ich noch bei ihnen verkehrte, hatte es mit nervösen Depressionen begonnen, die immer häufiger auftraten. Ich vermute, daß sie sich nicht an das bürgerliche Leben gewöhnen konnte... Warten Sie... Wie alt mag sie jetzt sein? Über vierzig, wenn ich mich nicht täusche... Sie dürfte vier oder fünf Jahre jünger sein als er. Aber sie hat sich zugrunde gerichtet. Sie ist sehr schnell gealtert. Ich bin zwar kein Arzt, Kommissar, aber ich habe eine Reihe von Frauen gesehen, vor allem unter den außergewöhnlichen, die diese Wende nicht recht überwunden haben.

Ich habe mir sagen lassen, sie sei halb verrückt und verbringe manchmal ganze Wochen in einem dunklen Zimmer.

Gaillard tut mir leid. Er ist ein intelligenter Bursche, einer der intelligentesten, die ich kenne. Er hat unablässig gearbeitet, um sich eine Stellung zu schaffen. Er hat sich bemüht, Jeanine ein glänzendes Leben zu bieten... Denn eine Zeitlang haben sie ein großes Haus geführt.

Es hat nicht genügt... Und jetzt...«

Obwohl seine Miene Mitleid ausdrückte, funkelten seine kleinen Augen doch fröhlich, ironisch...

»War es das, was Sie wissen wollten? Beachten Sie, daß ich Ihnen nichts Vertrauliches gesagt habe... Sie hätten auch jeden anderen in den Gängen des Justizpalastes danach fragen können.«

»Ich nehme an, daß Jean-Charles Gaillard nie Ärger mit der Anwaltskammer gehabt hat?«

Diesmal breitete Ramuel entrüstet die Arme aus.

»Aber! Aber! Wie kommen Sie denn darauf?«

Er stand auf und warf einen Blick zur Uhr auf dem Kamin.

»Entschuldigen Sie bitte, aber Sie werden bemerkt haben, daß noch eine Reihe von Klienten auf mich wartet. Um zwei Uhr muß ich bei Gericht sein... Ich darf doch annehmen, daß niemand von Ihrem Besuch bei mir weiß und daß das, was wir besprochen haben, unter uns bleibt?«

Und während er tänzelnd zur Tür schritt, seufzte er theatralisch: »Arme Jeanine!«

6

Bevor Maigret zum Mittagessen nach Hause fuhr, war er zum Quai des Orfèvres gegangen und hatte fast zerstreut zu Lapointe gesagt:

»Ich möchte, daß du so bald wie möglich in der Rue La Bruyère und deren Umgebung recherchierst. Vor der Villa von Rechtsanwalt Jean-Charles Gaillard scheint meistens Tag und Nacht ein pastellblauer amerikanischer Wagen zu parken...«

Er reichte ihm einen Zettel, auf den das Kennzeichen des Autos gekritzelt war.

»Ich möchte wissen, wann der Wagen dort am Dienstagabend gestanden hat, und auch, wann er gestern morgen oder im Laufe der Nacht weggefahren ist...«

Sein Blick wirkte ausdruckslos, als schien er an nichts zu denken, der Rücken war gekrümmt, sein Gang schwerfällig und träge.

In solchen Momenten glaubten die Leute und vor allem seine Mitarbeiter, daß er sich konzentriere. Doch nichts wäre unzutreffender. Aber er konnte es ihnen ruhig sagen, sie beharrten auf ihrer Meinung.

Was er in Wirklichkeit tat, war ein wenig lächerlich, wenn nicht kindisch. Er nahm einen Gedanken auf, ein Bruchstück eines Satzes und wiederholte ihn wie ein Schüler, der sich eine Lektion einzuprägen versucht. Manchmal bewegte er dabei sogar die Lippen oder redete halblaut vor sich hin, ob er nun allein in seinem Büro war, auf der Straße oder sonst irgendwo.

Die Wörter ergaben nicht notwendigerweise einen Sinn. Zuweilen ähnelte das einem Gag.

»Es hat Anwälte gegeben, die von ihrem Klienten getötet worden sind, aber ich habe noch nie von Klienten gehört, die von ihrem Anwalt getötet wurden...«

Das bedeutete nicht, daß er Jean-Charles Gaillard bezichtigte, den schwächlichen Besitzer des Lotus und anderer Lokale erwürgt zu haben. Seine Frau wäre arg überrascht gewesen, wenn sie ihn beim Essen unvermittelt gefragt hätte:

»Woran denkst du?«

Wahrscheinlich hätte er gutgläubig geantwortet, er denke an nichts. Auch Bilder zogen an seinem inneren Auge vorbei wie bei einer Laterna magica.

Emile Boulay abends auf der Straße vor dem Lotus... Das war nahezu eine allabendliche Gewohnheit... Der kleine Mann betrachtete den Himmel, die vorüberziehenden Passanten, die mit fortschreitender Stunde ihren Rhythmus und gleichsam ihre Natur wechselten, und berechnete dabei die Einnahmen seiner vier Nachtlokale...

Das zweite Bild war nicht dieses alltägliche. Boulay betrat vor den Augen des Garderobenmädchens die Telefonzelle und wählte eine Nummer, ohne daß sich jemand meldete.

Dreimal... viermal... Zwischen den Anrufen machte er einen kleinen Rundgang, entweder durch den Saal oder auf der Straße. Und erst beim fünften oder sechsten Versuch hatte er endlich jemanden an der Leitung...

Doch er ging nicht sofort weg... Draußen vor der Tür, neben Mickey, zog er von Zeit zu Zeit seine Uhr aus der Tasche...

»Er ist nicht nach Hause gegangen, um seine automatische Pistole zu holen«, hätte Maigret beinahe laut gesagt.

Emile besaß einen Waffenschein. Er war berechtigt, eine Waffe zu tragen. Zu der Zeit, als ihm Mazotti und seine Bande Ärger bereiteten, war er immer bewaffnet.

Wenn er es an jenem Abend nicht war, dürfte er kein Mißtrauen gehegt haben.

Schließlich ist er, ohne dem Anreißer, der wie ein verblühter Knabe wirkte, ein Wort zu sagen, langsam die Rue Pigalle hinuntergegangen. Das war das letzte Bild. Zumindest das letzte Bild des lebenden Emile.

»Hast du morgen etwas vor?«

Er blickte von seinem Teller auf und schaute seine Frau an, als sei er überrascht, sie am offenen Fenster ihm gegenüber sitzen zu sehen.

»Morgen?« wiederholte er mit so teilnahmsloser Stimme, daß sie laut auflachte.

»Du warst weit weg! Verzeih mir, daß ich...«

»Was ist denn morgen?«

»Sonntag... Glaubst du, daß du arbeiten mußt?«

Er zögerte mit der Antwort. Er wußte es nicht. Er hatte nicht an den Sonntag gedacht, er verabscheute es, eine Ermittlung zu unterbrechen, denn er war davon überzeugt, daß die wichtigste Erfolgschance die Schnelligkeit war. Je mehr Tage verstrichen, desto schwieriger wurde es, genaue Zeugenaussagen zu erhalten. Er selbst mußte in Schwung bleiben, in Kontakt mit der kleinen Welt, in die er sich hineinversetzt sah.

Und nun tauchte ein Sonntag auf, das heißt ein Loch. Und auch der Nachmittag würde nahezu verloren sein, da für die meisten Leute der Samstag zu einer Art Sonntag geworden ist.

»Ich weiß es noch nicht... Ich rufe dich im Laufe des Nachmittags an...«

Er breitete emphatisch die Arme aus, wie er es bei Rechtsanwalt Ramuel gesehen hatte, und fügte hinzu:

»Verzeih... Es ist nicht meine Schuld...«

Natürlich lief der Betrieb bei der Kriminalpolizei nicht mehr auf vollen Touren. Manches Büro war leer, und die Kommissare und Inspektoren waren aufs Land hinausgefahren.

»Ist Lapointe noch nicht zurück?«

»Nein, Chef.«

Er hatte im Arbeitszimmer der Inspektoren den dicken Torrence dabei überrascht, wie er seinen Kollegen eine Wurfangelrolle vorführte. Aber er konnte ja nicht von allen verlangen, daß sie wie hypnotisiert an Emile Boulay dachten.

Er wußte nicht recht, was er tun sollte, während er auf Lapointe wartete, und er hatte keine Lust, sich am Samstagnachmittag wieder in seine Verwaltungspläne zu vertiefen.

Schließlich ging er zu Lecoin, seinem Kollegen vom Sittendezernat, der mit der Zeitungslektüre beschäftigt war. Lecoin ähnelte eher einem Gangster als einem Polizisten.

»Stör' ich dich?«

»Nein...«

Maigret setzte sich auf die Fensterbank, ohne recht zu wissen, warum er gekommen war.

»Hast du den Besitzer des Lotus gekannt?«

»Wie ich sie alle kenne...«

Ihre Unterhaltung, die sich dahinschleppte und weder Anfang noch Ende hatte, dauerte fast eine Stunde und führte trotzdem zu nichts. Für Lecoin war der ehemalige Steward der Transat ein ordentlicher Typ, der nicht in dieses Milieu paßte und der von manchem in Montmartre verächtlich »der Krämer« genannt wurde.

Um vier Uhr hatte der Sonntag beinahe begonnen, und der Kommissar stieß erneut die Tür zum Büro der Inspektoren auf.

»Lapointe?«

»Noch nicht zurück, Chef...«

Er wußte, daß es nichts nützen würde, aber er ging trotzdem durch die Verbindungstür zum Justizpalast hinüber. Heute morgen hatte er sich vorgenommen, in die Kanzlei zu gehen und sich dort die Liste der Klienten zu holen, die Jean-Charles Gaillard vor Gericht vertreten hatte.

Der Justizpalast war nahezu leer, in den weiten Fluren zog es, und als er die Tür zur Kanzlei aufstieß, traf er dort niemanden an. Das war merkwürdig. Hier hätte jedermann eintreten und in den grünen Aktenschränken kramen können, die die Wände bis zur Decke verkleideten. Es könnte auch jeder in der Garderobe der Anwälte eine Robe vom Haken nehmen und sich in den Sessel eines Gerichtspräsidenten setzen.

»Der Botanische Garten ist besser bewacht«, murmelte er. Als er zurückkam, fand er Lapointe in seinem Büro vor.

»Ich komme mit leeren Händen wieder, Chef. Dabei habe ich mit fast allen Bewohnern der Straße gesprochen... Jedenfalls mit denen, die nicht übers Wochenende verreist sind.

Der blaue amerikanische Wagen ist ihnen vertraut. Einige wissen sogar, wem er gehört. Andere sehen ihn jeden Morgen, wenn sie zur Arbeit gehen, aber sie machen sich keine Gedanken darüber. Als ich die Nacht von Dienstag auf Mittwoch erwähnte, haben die meisten die Augen zum Himmel erhoben... Für sie liegt das schon weit zurück. Die einen schliefen bereits um zehn. Andere sind gegen halb zwölf aus dem Kino gekommen, ohne auf die Autos zu achten, die um diese Zeit am Straßenrand parkten.

Die häufigste Antwort war:

›Er steht fast immer da.‹

Sie sind es gewöhnt, ihn an seinem Platz zu sehen, verstehen Sie, so daß sie sich sogar einbilden, er stehe dort, selbst wenn er nicht da ist.

Ich bin auch bei den Tankstellen des Viertels gewesen. Nur in einer erinnerte man sich an das Auto und an einen großen Typ mit rotem Gesicht, der dort manchmal volltankt. Aber er ist kein regelmäßiger Kunde.

Es bleiben noch zwei Reparaturwerkstätten, wo ich niemanden fragen konnte, weil sie bis Montag geschlossen sind.«

Maigret breitete wieder nach Ramuels Art die Arme aus. Was sollte man da machen?

»Dann geh am Montag wieder hin«, stöhnte er.

Das Telefon klingelte. Er erkannte Antonios Stimme und hoffte einen Augenblick, daß der ihm etwas Neues zu berichten habe.

»Sind Sie es, Monsieur Maigret? Der Herr vom Bestattungsinstitut ist hier... Er schlägt vor, daß die Beerdigung am Montag um zehn stattfindet... Ich möchte dem nicht zustimmen, ohne Ihre Einwilligung zu haben...«

Was ging das Maigret an?

»Einverstanden...«

»Sie erhalten eine Todesanzeige. Das Requiem findet in der Kirche Notre-Dame-de-Lorette statt.«

Er legte auf und blickte gedankenverloren Lapointe an, der auf neue Anweisungen wartete.

»Du kannst gehen... Schönen Sonntag! Wenn Lucas nebenan ist, schick ihn mir rüber.«

Lucas war da.

»Was Neues, Chef?«

»Absolut nichts! Ich möchte, daß du gleich am Montagmorgen in die Gerichtskanzlei gehst und dir die Liste der Prozesse besorgst, in denen Jean-Charles Gaillard aufgetreten ist. Du brauchst nicht bis zur Sintflut zurückzugehen. Die letzten zwei bis drei Jahre genügen.«

»Wollen Sie heute abend wieder zum Montmartre?«

Er zuckte die Achseln. Wozu? Und wie Lapointe wünschte er auch Lucas einen schönen Sonntag.

Dann nahm er den Telefonhörer ab.

»Verbinden Sie mich mit meiner Wohnung... Hallo? Bist du's?«

Als ob er nicht wüßte, daß nur sie es sein konnte, und als wenn er ihre Stimme nicht erkennen würde!

»Erinnerst du dich an die Abfahrtszeiten der Züge nach Morsang? Ja, heute... Möglichst vor dem Abendessen... 17 Uhr 52? Hättest du Lust, dort die Nacht und den Sonntag zu verbringen? Gut! Pack den kleinen Koffer... Nein... Ich rufe selbst an...«

Morsang lag am Seineufer, wenige Kilometer flußaufwärts von Corbeil. Dort gab es einen Gasthof, Le Vieux Garçon, in dem die Maigrets seit mehr als zwanzig Jahren hin und wieder den Sonntag verbrachten.

Maigret hatte ihn im Verlauf einer Ermittlung entdeckt, er lag einsam am Ufer und wurde vor allem von Anglern besucht. Jetzt gehörte das Ehepaar schon zu seinen Stammgästen. Man gab ihnen fast immer dasselbe Zimmer und den gleichen Tisch beim Mittag- und Abendessen unter den Bäumen der Terrasse.

»Hallo! Verbinden Sie mich mit dem Vieux Garçon in Morsang... Bei Corbeil... Ja, Le Vieux Garçon... Das ist ein Gasthof...«

Er hatte in einem alten Buch entdeckt, daß in dem Gasthaus einst Balzac und Alexandre Dumas verkehrt hatten und daß sich dort später die Goncourts, Flaubert, Zola, Alphonse Daudet und andere zu literarischen Frühstücken versammelten.

»Hallo! Hier Maigret... Was sagen Sie? Es ist schönes Wetter, ja...«

Das wußte er ebensogut wie die Wirtin.

»Unser Zimmer ist besetzt? Sie haben ein anderes, das aber nicht zur Seine hinaus liegt? Das macht nichts... Wir kommen zum Abendessen...«

So verbrachten sie am Ende trotz Emile Boulay einen friedlichen Sonntag am Ufer der Seine. Die Gäste des Vieux Garçon hatten mit der Zeit gewechselt. Die Angler, die Maigret hier früher angetroffen hatte, waren fast alle nicht mehr da. Sie waren entweder gestorben oder für solche Unternehmungen zu alt geworden.

Neue hatten ihren Platz eingenommen, die ebenso begeisterte Angler waren und von denen einige bereits Tage zuvor verkündeten, daß sie einen großen Fang machen würden.

Man hörte sie schon um vier Uhr aufstehen, um ihr Boot zwischen zwei Stangen in der Strömung festzumachen.

Zu den neuen, jüngeren Gästen gehörten vor allem Ehepaare, die ein kleines Segelboot besaßen, und abends tanzten sie zu den Klängen eines Grammophons bis morgens um eins auf der Terrasse.

Maigret schlief dennoch gut, hörte die Hähne krähen und die Schritte jener, die zum Angeln gingen, stand aber selber erst um neun Uhr auf.

Als sie gegen zehn ihr Frühstück unter den Bäumen beendeten und die Segel vorübergleiten sahen, murmelte Madame Maigret:

»Willst du nicht angeln?«

Er hatte weder die Ruten noch seine Angelgeräte bei sich, die in ihrem kleinen Haus in Meung-sur-Loire zurückgeblieben waren, doch er konnte sich immerhin von der Wirtin welche leihen.

Warum sollte ein Anwalt seinen Klienten töten? Manche Leute bringen ihren Arzt um, weil sie überzeugt sind, daß er sie falsch behandelt hat. Das Gegenteil ist äußerst selten. Er erinnerte sich nur an den Fall Bougrat...

Emile Boulay war kein aggressiver Typ... Er konnte

nicht behaupten, daß sein Anwalt ihn verraten habe, denn er war nie verurteilt worden, und sein Strafregister war makellos rein.

»Suchen Sie sich ruhig eine Rute aus... Die Angelschnüre sind im Wandschrank, und die Köder finden Sie am gewohnten Platz.«

Sie gingen hintereinander an der Böschung entlang, suchten sich ein schattiges Fleckchen an einem abgestorbenen Baum aus, und der Zufall wollte es, daß Maigret bereits nach einer halben Stunde fünfzehn Plötzen gefangen hatte. Wenn er einen Kescher bei sich gehabt hätte, hätte er sicherlich den über ein Pfund schweren Aland aus dem Wasser geholt, der das untere Ende seiner Schnur abriß.

Danach biß allerdings nichts mehr an. Seine Frau las eine Illustrierte und blickte hin und wieder auf, um ihm amüsiert zuzuschauen.

Sie aßen in ihrer angestammten Ecke zu Mittag, und wie immer begannen die Leute, die sich nach ihnen umdrehten, leise zu tuscheln. Hat der Leiter einer Kriminalabteilung nicht wie andere Bürger das Recht, den Sonntag auf dem Lande zu verbringen und zu angeln, wenn er Lust dazu hatte?

Er kehrte ans Flußufer zurück, fing jedoch nichts mehr, und abends um sechs saßen er und seine Frau in dem überfüllten Zug, der die Wochenendler nach Paris zurückbrachte.

Zum Abendbrot gab es kalten Braten, und sie beobachteten, wie es dunkel wurde, die Straßen waren noch fast menschenleer, und in den Häusern gegenüber gingen einige Lampen an.

Boulay hatte seine Sonntage nicht auf dem Lande verbracht. Seine Nachtlokale waren an sieben Tagen in der Woche geöffnet, und es war nicht seine Art, sie unüberwacht zu lassen. Und was seine drei Frauen anbelangte, so dürften sie keine Lust verspüren, ihr Klein-Italien in der Rue Victor-Massé zu verlassen.

Am Montagmorgen erschien Maigret um neun Uhr am Quai des Orfèvres, um sich zu versichern, daß nichts Neues geschehen war, und um Viertel vor zehn setzte ihn ein Taxi in der Rue Pigalle ab. Eine schwarzumrandete Todesanzeige war am Gitter des Lotus befestigt. Eine weitere befand sich an der Tür des Train Bleu in der Rue Victor-Massé.

Der Bürgersteig gegenüber dem Haus, das einst Boulays Wohnsitz gewesen war, wimmelte von Leuten. Hin und wieder löste sich jemand oder eine kleine Gruppe aus der Menge und betrat das Haus, dessen Eingang mit schwarzem Tuch umrankt war.

Er machte es wie die anderen und wartete vor dem Aufzug, wo einem bereits der Geruch nach Blumen und Kerzen entgegenströmte. Im Wohnzimmer war der Tote im flackernden Kerzenschein aufgebahrt, und um den Sarg standen schwarzgekleidete Gestalten, unter ihnen Antonio, Monsieur Raison, ein alter Oberkellner, den man zur Familie zählte. Im Nebenraum hörte man eine Frau schluchzen. Maigret drückte ihnen die Hand, fuhr wieder hinunter und wartete mit den anderen. Er erkannte viele Gesichter, die er in den Lokalen des Verstorbenen gesehen hatte. Das gesamte Personal schien anwesend zu sein, und die Frauen mit den zu hohen Absätzen hatten müde Gesichtszüge, und ihren Augen sah man an, daß sie die Morgensonne nicht gewöhnt waren.

»'ne Menge Leute, was?«

Es war der Knirps, Louis Boubée, genannt Mickey, im schwarzen Anzug, der den Kommissar am Ärmel zupfte und über den Erfolg der Beerdigung stolz zu sein schien.

»Sie sind alle da.«

Er meinte damit alle Besitzer von Pariser Nachtlokalen, einschließlich derjenigen von den Champs-Elysées und vom Montmartre, aber auch die Musiker, die Barkeeper und die Kellner...

»Haben Sie Jo gesehen?«

Er deutete auf Jo den Catcher, der dem Kommissar zuwinkte und ebenfalls, dem feierlichen Anlaß entsprechend, einen schwarzen Anzug trug.

»Hier ist alles vertreten, nicht wahr?«

Leuchtende Kostüme, zu helle Hüte, schwere Siegelringe und Schuhe aus Wild- oder Krokodilleder... Alles hatte sich herbemüht. Wenn Boulay auch nicht zur Unterwelt gehörte und den Spitznamen »der Krämer« verdiente, so war er doch aus dem Nachtleben von Montmartre nicht wegzudenken.

»Wissen Sie immer noch nicht, wer den Anschlag verübt hat?«

In diesem Augenblick trat der Anwalt aus dem Haus, in das der Kommissar ihn nicht hatte hineingehen sehen, doch der Leichenwagen, der soeben vorfuhr, entzog ihn fast sofort Maigrets Blicken.

Es gab so viele Blumen und Kränze, daß sie zwei ganze Wagen füllten. Die drei Frauen nahmen in einem

Auto Platz. Dahinter schritt Antonio allein, gefolgt von den Reihen des Personals und der Tänzerinnen. Dann kamen all die anderen Gäste, die einen mehr als hundert Meter langen Trauerzug bildeten.

Wo der Zug vorbeiführte, traten Geschäftsleute aus ihren Läden, Hausfrauen blieben am Bordstein stehen, und viele Leute beugten sich aus den Fenstern. Und an dem dunklen Defilee liefen Fotografen entlang, um Aufnahmen zu machen.

Als sechs Männer den Sarg über die Schwelle der Kirche trugen, ertönte das Brausen der Orgel. Hinter dem Toten schritten die Frauen mit dicht verschleierten Gesichtern. Einen Augenblick kreuzten sich die Blicke des Rechtsanwalts und des Kommissars, dann wurden die beiden Männer durch die Menge getrennt.

Maigret blieb im Hintergrund der Kirche stehen, wo jedesmal, wenn die Tür geöffnet wurde, ein Sonnenstrahl hereindrang. Und immer wieder gingen ihm die gleichen Bilder durch den Kopf, wie ein Kartenspiel.

Boulay, der seine Uhr aus der Tasche zieht... Boulay, der ein paar Minuten wartet, ehe er die Rue Pigalle hinuntergeht...

Antonio hatte alles gut arrangiert. Es gab nicht nur eine Absolution, sondern auch eine gesungene Messe.

Dann traten die Leute langsam aus der Kirche heraus. Vier oder fünf Autos warteten auf die Familienangehörigen und die engsten Mitarbeiter, denn auf dem Friedhof von Montmartre war keine Grabstelle mehr frei, und Boulay wurde in Ivry bestattet. Antonio fand noch die Zeit, sich durch die Menge einen Weg zu dem Kommissar zu bahnen.

»Wollen Sie mitfahren?«

Maigret schüttelte den Kopf. Er blickte dem Anwalt nach, der sich zu Fuß entfernte, und er drängte sich zwischen den Menschen hinter ihm her.

»Eine schöne Beerdigung!« sagte er, wie er es ähnlich von Mickey in der Rue Victor-Massé gehört hatte. »Fahren Sie nicht mit zum Friedhof?«

»Die Arbeit wartet auf mich... Außerdem hat man mich nicht eingeladen...«

»Ganz Montmartre war da...«

Ein Teil der Menge verteilte sich langsam, während sich der Leichenwagen und die Autos in Bewegung setzten.

»Sie dürften eine ganze Reihe Ihrer Klienten gesehen haben.«

»Jedem anderen Anwalt wäre es nicht anders ergangen.«

Gaillard wechselte das Thema, als mißfiele es ihm, und fragte:

»Haben Sie eine Spur?«

»Nennen wir es den Anfang einer Spur.«

»Wie meinen Sie das?«

»Mir fehlt das Wichtigste, nämlich das Motiv.«

»Das übrige haben Sie?«

»Leider habe ich noch keine Beweise! Sind Sie gestern auf dem Lande gewesen?«

Sein Gesprächspartner blickte ihn überrascht an.

»Warum fragen Sie mich das?«

Sie gingen wie viele andere die Rue Notre-Dame-de-Lorette hinauf, die zu dieser Stunde selten so belebt war, und kamen am Saint-Trop vorbei, wo man den

Schaukasten mit den Fotos nackter Frauen entfernt und durch eine Todesanzeige ersetzt hatte.

»Nur so«, antwortete Maigret. »Weil ich mit meiner Frau ins Grüne gefahren bin... Weil die meisten Pariser am Sonntag aufs Land oder ans Meer fahren...«

»Meine Frau verläßt das Haus nicht mehr.«

»So daß Sie den Sonntag allein in der Rue La Bruyère verbringen?«

»Ich nutze die Zeit, um meine Akten zu studieren.«

Jean-Charles Gaillard fragte sich, warum der Kommissar sich an seine Fersen heftete. Eigentlich hätte Maigret sich zum Stadtzentrum begeben müssen. Statt dessen blieb er an der Seite des Anwalts, und bald erreichten sie die Rue La Bruyère, wo der blaue Wagen auf seinem Platz vor dem Haus stand.

Einen Augenblick herrschte Verlegenheit. Maigret machte keine Anstalten, sich zu verabschieden. Der Rechtsanwalt hielt seinen Schlüssel in der Hand.

»Ich bitte Sie nicht, mit hereinzukommen, denn ich weiß, wie sehr Sie beschäftigt sind...«

»Ich wollte Sie nur bitten, einmal telefonieren zu dürfen...«

Die Tür öffnete sich.

»Kommen Sie in mein Büro.«

Die Verbindungstür zu dem Büro nebenan stand offen, und eine etwa dreißigjährige Sekretärin erhob sich. Ohne Maigret zu beachten, wandte sie sich an ihren Chef.

»Es ist zweimal angerufen worden, einmal aus Cannes...«

»Gleich, Lucette...«

Gaillard schien besorgt.

»Wollen Sie ein Ortsgespräch führen? Der Apparat steht vor Ihnen.«

»Danke.«

Durch das Fenster sah man einen gepflasterten Hof, in dessen Mitte eine sehr schöne Linde aufragte.

Maigret wählte stehend seine Büronummer.

»Hallo! Ist Inspektor Lapointe schon zurück? Geben Sie ihn mir bitte? Danke! Ja... Hallo! Lapointe? Hast du gefunden, was du gesucht hast?«

Er hörte lange zu, während der Anwalt, ohne sich an seinen Schreibtisch zu setzen, Akten hin und her schob.

»Ja... Ja... Ich verstehe... Bist du der Daten sicher? Hast du ihn eine Erklärung unterschreiben lassen? Nein, ich bin in der Rue La Bruyère... Ist Lucas zurück? Noch nicht?«

Während er sprach, blickte er auf den Hof hinaus, auf dem zwei Amseln über das Pflaster hüpften, dabei sah er den Schatten des Anwalts, der sich vor dem Fenster hin und her bewegte.

»Ja, warte auf mich... Es dauert nicht lange, und vielleicht gibt es etwas Neues...«

Auch er hatte schließlich das Recht, eine kleine Komödie zu spielen!

Nachdem er aufgelegt hatte, tat er ratlos und kratzte sich verlegen am Kopf.

Immer noch standen die beiden, und der Anwalt beobachtete ihn neugierig. Maigret zögerte absichtlich das Schweigen hinaus. Als er das Wort ergriff, sagte er in leicht vorwurfsvollem Ton:

»Sie haben kein gutes Gedächtnis, Monsieur Gaillard...«

»Worauf spielen Sie an?«

»Oder aber Sie haben mir aus einem Grund, den ich noch nicht kenne, nicht die Wahrheit gesagt...«

»In bezug worauf?«

»Wissen Sie es nicht?«

»Ich schwöre Ihnen...«

Der Mann war groß und stark und noch vor wenigen Augenblicken sehr selbstsicher. Jetzt hatte er das Gesicht eines kleinen Jungen, den man bei einer Missetat ertappt hat und der beharrlich den Unschuldigen spielt.

»Ich verstehe wirklich nicht, was Sie damit sagen wollen...«

»Gestatten Sie, daß ich rauche?«

»Aber bitte.«

Maigret stopfte langsam seine Pfeife, wobei er verärgert dreinschaute wie jemand, der eine unangenehme Aufgabe zu erfüllen hat.

Der andere schlug ihm vor:

»Wollen Sie sich nicht setzen?«

»Es dauert nur einen Moment... Als ich am Freitag bei Ihnen war, habe ich mit Ihnen über Ihr Auto gesprochen...«

»Das ist möglich... Wir führten ein ziemlich zusammenhangloses Gespräch, und ich war so beeindruckt von dem, was ich erfahren hatte, daß ich die Einzelheiten nicht behalten habe.«

»Sie haben mir gesagt, daß Sie Ihren Wagen gewöhnlich vor dem Haus parken und ihn dort sogar nachts stehen lassen.«

»Das stimmt... Er hat auch die letzte Nacht und die

vorletzte dort gestanden... Sie haben ihn sehen können, als Sie hereinkamen.«

»Aber es hat in letzter Zeit Tage gegeben, an denen er nicht dort stand...«

Gaillard tat, als denke er nach.

»Warten Sie...«

Er war plötzlich dunkelrot geworden und tat Maigret nahezu leid. Man merkte, daß er nur mit großer Mühe seine sichere Miene bewahrte.

»Ich weiß nicht mehr, ob das Auto in der letzten Woche zur Reparatur mußte oder in der Woche davor... Ich kann meine Sekretärin danach fragen... Sie hat in der Werkstatt angerufen, damit es abgeholt und in Ordnung gebracht wird.«

Dennoch ging er nicht zu der Verbindungstür.

»Rufen Sie sie!«

Schließlich stieß er den Türflügel auf.

»Können Sie mal einen Augenblick kommen? Der Kommissar möchte Ihnen eine Frage stellen...«

»Kein Grund zur Aufregung, Mademoiselle. Es ist eine ganz harmlose Frage... Ich möchte nur wissen, an welchem Tag Sie die Werkstatt in der Rue Ballu angerufen haben, um den Wagen abholen zu lassen.«

Sie schaute ihren Chef an, als wolle sie ihn um Erlaubnis bitten, die Frage zu beantworten.

»Am Montagnachmittag«, sagte sie dann.

»Sie meinen doch den letzten Montag?«

»Ja.«

Sie war hübsch, sympathisch, und ihr weißes Nylonkleid verriet einen appetitlichen Körper. Sollte zwischen ihr und Gaillard...?

Doch das ging Maigret im Augenblick nichts an.

»Handelte es sich um eine größere Reparatur?«

»Ich kann Ihnen die Rechnung der Werkstatt zeigen... Ich habe sie heute morgen bekommen. Sie haben einen Stoßdämpfer auswechseln müssen... Sie glaubten, das Auto schon am Mittwochmorgen zurückbringen zu können...«

»Und sie haben es nicht getan?«

»Sie haben angerufen, um sich zu entschuldigen. Es ist ein amerikanischer Wagen. Entgegen ihren Erwartungen hatten sie keine Ersatzteile in Paris auftreiben können und mußten die Sachen im Lager von Le Havre abrufen.«

Jean-Charles Gaillard tat, als interessiere ihn diese Unterhaltung nicht, setzte sich an seinen Schreibtisch und blätterte in einer Akte.

»Wann ist das Auto zurückgebracht worden?«

»Am Donnerstag oder Freitag... Gestatten Sie? Ich habe es in meinem Terminkalender notiert...«

Sie ging in ihr Büro und kam gleich darauf zurück.

»Am Donnerstagabend... Sie haben den Stoßdämpfer per Eilfracht kommen lassen und den ganzen Tag an der Reparatur gearbeitet.«

»Nach dem Abendessen sind Sie nicht noch einmal zurückgekommen?«

Ein neuer Blick zu dem Rechtsanwalt.

»Nein... Das geschieht selten... Nur wenn eine dringende Arbeit vorliegt.«

»Das ist in der vergangenen Woche nicht der Fall gewesen?«

Ohne zu zögern, schüttelte sie den Kopf.

»Seit mindestens vierzehn Tagen habe ich abends hier nicht gearbeitet.«

»Ich danke Ihnen, Mademoiselle.«

Sie zog sich zurück, schloß die Tür, und Maigret blieb, die Pfeife im Mund, mitten im Büro stehen.

»Na also!« knurrte er schließlich.

»Was denn?«

»Nichts... Eine kleine Tatsache, die ebenso von Bedeutung sein kann wie auch nicht... Sie kennen ja unseren Beruf gut genug, um zu wissen, daß wir nichts außer acht lassen dürfen.«

»Ich wüßte nicht, was mein Wagen...«

»Wären Sie an meiner Stelle, würden Sie es wissen... Vielen Dank, daß ich bei Ihnen telefonieren durfte. Es wird Zeit, daß ich in mein Büro zurückkehre.«

Der Rechtsanwalt erhob sich.

»Sie haben keine weiteren Fragen an mich?«

»Was sollte ich Sie fragen? Ich habe Ihnen am Freitag die Fragen gestellt, die ich Ihnen zu stellen hatte. Und ich nehme an, Sie haben sie mir aufrichtig beantwortet?«

»Ich habe keinerlei Grund...«

»Natürlich... Was allerdings den Wagen betrifft...«

»Ich muß zugeben, daß ich das ganz vergessen hatte... In den letzten Monaten ist es das dritte oder vierte Mal, daß das Auto repariert werden mußte, und deshalb habe ich auch die Absicht, mir ein anderes anzuschaffen.«

»Haben Sie in diesen drei Tagen Taxis benutzt?«

»Allerdings... Ich nehme sogar manchmal eine Taxe, wenn mein Auto vor der Tür steht. Dann braucht man keinen Parkplatz zu suchen.«

»Ich verstehe... Haben Sie heute nachmittag bei Gericht zu tun?«

»Nein... Ich habe Ihnen schon gesagt, daß ich recht selten plädiere. Ich bin vor allem juristischer Berater.«

»Sie werden also den ganzen Tag zu Hause sein?«

»Soweit ich keinen Termin außerhalb habe... Einen Augenblick, bitte...«

Wieder öffnete er die Verbindungstür zum Nebenraum.

»Lucette! Sehen Sie doch mal nach, ob ich heute nachmittag weg muß.«

Maigret hatte den Eindruck, daß das junge Mädchen geweint hatte. Sie hatte zwar weder rote Augen noch eine rote Nase, aber ihr Blick wirkte verstört und beunruhigt.

»Ich glaube nicht... Alle Ihre Termine sind hier im Hause...«

Dennoch schaute sie in dem roten Kalender nach.

»Nein.«

»Da haben Sie die Antwort«, sagte der Anwalt.

»Ich danke Ihnen.«

»Glauben Sie, daß Sie mich noch brauchen?«

»Im Augenblick nicht, aber man weiß ja nie... Auf Wiedersehen, Mademoiselle.«

Sie nickte, ohne ihn dabei anzusehen. Jean-Charles Gaillard ging dem Kommissar in den Flur voraus. Die Tür eines Wartezimmers stand einen Spaltbreit offen, und im Vorbeigehen gewahrte man die Beine eines Klienten, Männerbeine.

»Besten Dank nochmal, daß ich telefonieren durfte.«

»Schon gut...«

»Und entschuldigen Sie vielmals...«

Als sich Maigret nach etwa fünfzig Meter umdrehte, stand Gaillard immer noch vor der Tür seines Hauses und blickte ihm nach.

7

Das war wiederholt, ja sogar oft vorgekommen, aber nie auf so eindeutige, charakteristische Weise. Man arbeitet in einer bestimmten Richtung, und zwar mit um so mehr Beharrlichkeit, als man sich seiner selbst nicht so sicher ist und nicht genügend Beweise in der Hand hat.

Man sagt sich, man habe im gegebenen Augenblick die Freiheit, auf halbem Wege kehrt zu machen und in einer anderen Richtung zu suchen.

Man schickt Inspektoren nach links und nach rechts. Man glaubt, auf der Stelle zu treten, dann entdeckt man ein neues kleines Indiz und tastet sich behutsam vorwärts.

Und plötzlich, in einem Moment, da man es am wenigsten erwartet hat, gleitet einem die Ermittlung aus den Händen. Man ist ihrer nicht mehr Herr. Das Geschehen selbst ergreift das Kommando und zwingt einen zu Maßnahmen, die nicht vorgesehen waren und auf die man sich nicht vorbereitet hat.

In solchen Fällen gilt es, eine oder mehrere üble Stunden durchzustehen. Man nimmt sich ins Verhör.

Man fragt sich, ob man nicht von Anfang an den falschen Weg eingeschlagen hat, ob man nicht vor dem Nichts steht oder, noch schlimmer, vor einer Wirklichkeit, die ganz anders ist, als man sie sich vorgestellt hatte.

Was war letzten Endes Maigrets einziger Ausgangspunkt gewesen? Eine einfache, allerdings durch Erfahrung untermauerte Überzeugung: *die Leute aus der Unterwelt, die Gangster, wie man heute sagt, erwürgen niemanden.* Sie spielen mit dem Revolver, manchmal mit dem Messer, aber in den Annalen der Kriminalpolizei gibt es keinen einzigen Mord durch Erwürgen, der ihnen zur Last gelegt werden könnte.

Zweitens mußte man von der Annahme ausgehen, daß sie ihr Opfer am Tatort liegen lassen. Denn in den Archiven ist auch kein Fall von einem Gangster überliefert, der eine Leiche mehrere Tage lang bei sich zu Hause versteckte, um sie dann auf einen Bürgersteig zu legen.

So hatte der Kommissar seine ganze Aufmerksamkeit auf Emile Boulays letzten Abend konzentriert, auf die Telefonanrufe, auf sein Warten draußen vor dem Lokal neben dem livrierten Mickey bis zu dem Augenblick, da der ehemalige Steward mit festen Schritten die Rue Pigalle hinuntergegangen war.

Maigrets ganzes Gedankengebäude ruhte auf diesem Fundament und auf der Geschichte von den fünftausend Franken, die Boulay am 22. Mai bei der Bank abgehoben hatte.

Das setzte voraus, daß sich kein Eifersuchtsdrama im Klein-Italien der Rue Victor-Massé abgespielt hatte, daß sich die drei Frauen so gut verstanden, wie es den Anschein hatte, daß Boulay anderweitig keine Geliebte hatte und daß schließlich Antonio ein anständiger Kerl war.

Wenn nur eine dieser Hypothesen – vielmehr dieser Überzeugungen – nicht stimmen sollte, war seine gesamte bisherige Ermittlung ein Fehlschlag.

Blieb er deswegen so brummig und tastete sich nur mit einem gewissen Widerwillen weiter?

Es war heiß an diesem Nachmittag; die Sonne prallte voll aufs Fenster, so daß der Kommissar die Vorhänge zugezogen hatte. Lucas und er hatten die Jacken abgelegt und vertieften sich bei geschlossenen Türen in eine Arbeit, über die der Untersuchungsrichter sicher die Schultern gezuckt hätte.

Der Beamte, der bei diesem Fall die Verantwortung trug, ließ sie jedoch in Frieden, da er überzeugt war, daß es sich hier um eine unbedeutende Abrechnung handelte und die Presse kein sonderliches Interesse bekundete.

»Ein Anwalt tötet seine Klienten nicht.«

Das wurde zu einem Kehrreim, den Maigret ebensowenig loswerden konnte wie einen im Radio oder im Fernsehen zu oft gehörten Schlager.

»Ein Anwalt...«

Dennoch hatte er sich heute vormittag nach dem Trauergottesdienst zu Rechtsanwalt Jean-Charles Gaillard begeben, doch er war so vorsichtig wie möglich vorgegangen. Wie zufällig hatte er sich ihm beim Verlassen der Kirche angeschlossen und ihn bis zur Rue La Bruyère begleitet, und wenn er Fragen gestellt hatte, so war er darauf bedacht gewesen, nicht aufdringlich zu sein.

»Ein Anwalt tötet nicht...«

Diese Behauptung war weder sicherer noch vernünftiger als die andere, von der er ausgegangen war.

»Gangster erwürgen niemanden...«

Nur, man lädt keinen bekannten Rechtsanwalt zum Quai des Orfèvres vor und man unterzieht ihn keinem mehrstündigen Verhör, ohne Gefahr zu laufen, sich die Anwaltskammer, wenn nicht gar den ganzen Justizapparat auf den Hals zu hetzen.

Bestimmte Berufsgruppen sind empfindlicher als andere. Das hatte er gemerkt, als er seinen Freund Chavanon angerufen und dann den jämmerlichen Rechtsanwalt Ramuel aufgesucht hatte.

»Ein Anwalt tötet seine Klienten nicht...«

Doch es waren gerade die Klienten Jean-Charles Gaillards, mit denen sich die beiden Männer im sonnenabgeschirmten Büro des Kommissars beschäftigten. Lucas war aus der Kanzlei mit einer Liste zurückgekehrt, bei deren Aufstellung ihm ein Gerichtsschreiber geholfen hatte.

Und auch Lucas begann sich seine eigenen Gedanken zu machen. Sie waren noch verschwommen. Die Grundidee vermochte er nicht recht in Worte zu fassen.

»Der Gerichtsschreiber hat mir was Merkwürdiges gesagt...«

»Was?«

»Zuerst hat er, als ich den Namen Jean-Charles Gaillard genannt habe, so komisch gelächelt... Dann habe ich ihn um die Liste der Prozesse gebeten, in denen der

Rechtsanwalt in den letzten zwei Jahren als Verteidiger aufgetreten ist, und da ist sein Blick noch schelmischer geworden...

›Davon werden Sie nicht viele finden‹, hat er zu mir gesagt.

›Weil er nur wenig Klienten hat?‹

›Im Gegenteil! Wie ich gehört habe, hat er eine sehr große Praxis, und es heißt, er verdiene mehr Geld als mancher Anwalt, der jede Woche vor dem Schwurgericht plädiert.‹ «

Lucas fuhr eifrig fort:

»Ich habe versucht, ihn mitteilsamer zu machen, aber eine ganze Weile hat er nur schweigend in den Akten gewühlt. Ab und zu notierte er einen Namen und ein Datum auf einem Zettel und murmelte:

›Ein Freispruch...‹

Ein wenig später:

›Wieder ein Freispruch...‹

Und dabei zeigte er stets diese schelmische Miene, die mir auf die Nerven ging.

›Sieh an! Eine Verurteilung... Mit Bewährung, natürlich...‹

So ging das längere Zeit weiter. Die Liste wurde umfangreicher. Freispruch folgte auf Freispruch oder auf Verurteilung mit Bewährung oder leichten Strafen...

Schließlich habe ich behutsam gefragt:

›Er muß sehr tüchtig sein...‹

Da hat er mich angeschaut, als mache er sich insgeheim über mich lustig, und lediglich zu bemerken geruht:

›Er versteht es vor allem, sich seine Fälle auszusuchen.‹ «

Dieser Satz wollte Lucas nicht aus dem Kopf, und auch Maigret ließ er nicht mehr los.

Es ist natürlich angenehmer, nicht nur für den Angeklagten, sondern für den Verteidiger, einen Prozeß zu gewinnen, als ihn zu verlieren. Sein Ruf wächst dadurch, und mit jedem Erfolg wird die Klientele größer.

Sich seine Fälle aussuchen...

Gegenwärtig gingen die beiden Männer die Liste durch, die Lucas mitgebracht hatte. Sie hatten eine erste Auswahl getroffen. Auf einem Blatt Papier hatte der Inspektor die Zivilprozesse notiert. Da sie alle beide auf diesem Gebiet nicht so bewandert waren, war es richtiger, sie zunächst beiseite zu lassen.

Die restlichen Prozesse waren überdies nicht so zahlreich, etwa dreißig in zwei Jahren. Deshalb konnte Jean-Charles Gaillard behaupten:

»Ich plädiere nicht oft...«

Lucas las die Namen nacheinander durch.

»Hippolyte Tessier... Falschmünzerei und Verbreitung von Falschgeld... Freigesprochen am 1. September...«

Beide dachten angestrengt nach. Als ihnen nichts einfiel, öffnete Maigret die Tür zum Arbeitszimmer der Inspektoren.

»Tessier... Falschmünzerei und Verbreitung von Falschgeld... Sagt euch das etwas?«

»Ist das nicht ein ehemaliger Casinodirektor irgendwo in der Bretagne, der versucht hat, in Paris heimlich eine Spielhölle aufzumachen?«

Man ging zum nächsten über.

»Julien Vendre... Einbruch... Freigesprochen...«

Daran erinnerte sich Maigret. Das war ein unauffälliger Mann mit dem Gebaren eines einfachen kleinen Angestellten, der sich auf den Diebstahl von Transistorradios spezialisiert hatte. Man hatte ihn nicht auf frischer Tat ertappt, und es lag kein eindeutiger Beweis gegen ihn vor. Der Kommissar hatte dem Untersuchungsrichter nahegelegt, ihn nicht zu verfolgen, sondern zu warten, bis er sich noch mehr zuschulden kommen ließ...

»Schreib seinen Namen auf das dritte Blatt...«

Unterdessen hatte der dicke Torrence gegenüber von dem Haus des Rechtsanwalts im Schatten eines Bistros Posten bezogen, und ein Zivilwagen der Polizei wartete am Straßenrand wenige Meter von dem blauen amerikanischen Auto entfernt.

Wenn Torrence den ganzen Nachmittag hier würde sitzen müssen, um die Tür gegenüber zu beobachten, wie viele Gläser Bier würde er dann hinunterkippen?

»Urbain Potier... Unterschlagung... Ein Jahr Gefängnis mit Bewährung...«

Mit diesem Fall hatte sich Lucas vor wenigen Monaten befaßt, und der Mann, der fett und ebenso ungepflegt war wie Monsieur Raison, der Buchhalter, und dem schwarze Haarbüschel aus den Nasenlöchern sprossen, war mehrmals am Quai des Orfèvres gewesen.

Er besaß einen Ramschladen am Boulevard de La Chapelle. Dort konnte man alles kriegen, alte Petroleumlampen ebenso wie Kühlschränke, altmodische Nippes oder Bindfaden.

»Ich bin ein ehrbarer Kaufmann... Bescheiden, aber ehrbar. Ich weiß nicht mehr, wann dieses Individuum mir Bleirohre verkauft hat, die gestohlen waren. Ich hielt ihn für...«

Bei jedem Namen zögerte Maigret... Zehnmal wurde die Tür zum Büro der Inspektoren geöffnet.

»Schreib auf...«

»Gaston Mauran... Autodiebstähle...«

»Ein kleiner Rothaariger?«

»Das steht nicht auf meiner Liste...«

»Im letzten Frühjahr?«

»Ja... Im April... Es handelt sich um eine Bande, die die Autos neu spritzt und durch Händler in der Provinz weiterverkaufen läßt.«

»Ruf mal Dupeu.«

Inspektor Dupeu hatte sich mit dieser Affäre befaßt und war zufällig im Nebenraum.

»Das ist doch der kleine Rothaarige, der uns die Geschichte von seiner alten kranken Mutter serviert hat?«

»Ja, Chef. Er hatte tatsächlich eine alte kranke Mutter. Er war damals erst neunzehn. Er war der Unbedeutendste von der Bande. Er hat nur Schmiere gestanden, während der verrückte Justin die Wagen knackte...«

Zwei Fälle von Kuppelei; weitere Einbrüche. Nichts Weltbewegendes. Nichts, was auf der Titelseite der Zeitungen gestanden hätte.

Dagegen waren alle Klienten des Anwalts mehr oder weniger Profis.

»Mach weiter.«

»Das ist alles... Sie haben mir gesagt, ich soll nicht weiter als zwei Jahre zurückgehen...«

Es war nichts darunter, was einen Anwalt beschäftigen konnte, der eine Villa bewohnte, selbst wenn es in Wkirlichkeit nur ein gewöhnliches Einfamilienhaus war.

Man mußte natürlich mit Fällen rechnen, die nicht vor Gericht gekommen waren, und das waren wahrscheinlich die meisten.

Es gab noch einen anderen Kreis von Auftraggebern, und zwar die, für die Jean-Charles Gaillard die Einkommenssteuererklärungen machte, wie er es für Boulay getan hat.

Maigret litt. Er schwitzte. Er hatte Durst. Er hatte das Gefühl, steckenzubleiben, und er war versucht, alles von vorn anzufangen.

»Verbinde mich mal mit dem Steuerinspektor vom 9. Arrondissement.«

Das konnte ein Schlag ins Wasser werden, aber so, wie die Dinge jetzt standen, durfte er nichts unversucht lassen.

»Wie? Monsieur Jubelin? Gut! Geben Sie mir Monsieur Jubelin... Für Kommissar Maigret... Ja, von der Kriminalpolizei... Hallo! Nein, der Kommissar möchte Monsieur Jubelin persönlich sprechen...«

Der Steuerinspektor schien ein stark beschäftigter Mann zu sein oder von seiner hohen Funktion überzeugt, denn es dauerte fast fünf Minuten, bis er sich am Apparat meldete.

»Hallo! Ich gebe Ihnen den Kommissar...«

Maigret griff seufzend zum Hörer.

»Es tut mir furchtbar leid, daß ich Sie stören muß, Monsieur Jubelin... Ich möchte Sie nur um eine Auskunft bitten... Was sagten Sie? Ja, es handelt sich indirekt um Emile Boulay... Sie haben die Zeitungen gelesen... Ich verstehe... Nein, es interessieren mich nicht seine Steuererklärungen... Das kann noch kommen, doch in dem Fall verspreche ich Ihnen, den Dienstweg einzuhalten... Aber ja... Ich verstehe Ihre Bedenken...

Meine Frage lautet anders. Hat Boulay Schwierigkeiten mit Ihnen gehabt? ... Ja, das meine ich... Haben Sie zum Beispiel Anlaß gehabt, ihm mit Strafverfolgung zu drohen? ... Nein... Das dachte ich mir... Buchführung völlig in Ordnung... Ja... Genau...«

Er hörte nickend zu und schrieb dabei mit Bleistift etwas auf seine Schreibunterlage. Jubelins Stimme war so durchdringend, daß Lucas fast alles verstand, was er sagte.

»Kurz, er hatte einen guten Berater... Einen Rechtsanwalt, ich weiß... Jean-Charles Gaillard... Genau auf den möchte ich zu sprechen kommen... Vermutlich war er der Berater mehrerer Ihrer Steuerzahler? ... Was sagen Sie? ... Viel zu vieler?«

Maigret zwinkerte Lucas zu und wappnete sich mit Geduld, denn der Inspektor wurde plötzlich redselig.

»Ja... Ja... Offenbar sehr geschickt... Wie? ... Unanfechtbare Erklärungen... Sie haben versucht? ... Ergebnislos... Ich verstehe... Gestatten Sie mir noch eine Frage... Welcher Gesellschaftsschicht gehörten die Klienten Gaillards vor allem an? ... Fast jeder, ist mir klar... Ja... Ja... Viele aus diesem Stadtviertel... Besitzer von Hotels, Restaurants und Nachtlokalen... Das ist offenbar schwierig...«

Das Gespräch dauerte noch ungefähr zehn Minuten, doch der Kommissar hörte nur mit halbem Ohr hin, denn der anfangs so zurückhaltende Beamte erzählte in aller Ausführlichkeit von seinem Kampf gegen die Steuerhinterzieher.

»Uff!« stöhnte er und legte den Hörer wieder auf. »Hast du mitgehört?«

»Nicht alles...«

»Wie ich erwartet hatte, waren die Steuererklärungen Emile Boulays unanfechtbar... Jubelin hat dieses Wort immer wieder wehmütig betont. Seit Jahren versucht er, ihn bei einer Unterschlagung zu ertappen. Im vergangenen Jahr hat er noch seine ganze Buchführung unter die Lupe genommen, ohne aber ein Haar in der Suppe zu finden...«

»Und die anderen?«

»Eben! Es ist bei allen Klienten Jean-Charles Gaillards das gleiche.«

Maigret betrachtete nachdenklich die von Lucas aufgestellte Liste. Er mußte an die Bemerkung des Gerichtsschreibers denken:

»*Er versteht es, sich seine Fälle auszusuchen.*«

Nun, auch im Steuerbereich verstand es der Rechtsanwalt, sich seine Klienten auszusuchen: Hotels am Montmartre oder anderswo, die Zimmer vermieten, nicht nur für die Nacht, sondern stundenweise, Barbesitzer wie Jo den Catcher, Besitzer von Nachtlokalen oder Rennpferden...

Wie hatte Jubelin doch eben am Telefon gesagt:

»Bei diesen Leuten ist es schwer, die Einnahmen und die Allgemeinkosten nachzuweisen...«

Maigret stand vor seinem Schreibtisch und überflog noch einmal die Liste. Man mußte einige Namen herausgreifen, und von dieser Auswahl hing vielleicht der Rest der Untersuchung ab.

»Ruf mir Dupeu.«

»Weißt du, was aus Gaston Mauran geworden ist, von dem du vorhin gesprochen hast?«

»Vor einem oder zwei Monaten habe ich ihn an einer Tankstelle in der Avenue d'Italie gesehen... Rein zufällig. Ich wollte mit meiner Frau und den Kindern aufs Land fahren und überlegte, wo ich tanken sollte...«

»Ruf doch mal den Inhaber der Tankstelle an und frag ihn, ob Mauran immer noch bei ihm arbeitet... Er soll ihm aber nichts davon sagen. Ich möchte nicht, daß er Angst bekommt und uns zwischen den Fingern hindurchschlüpft.«

Wenn es bei dem nicht klappte, würde er einen anderen heraussuchen, dann wieder einen anderen und so weiter, bis Maigret fand, was er suchte.

Doch was er eigentlich suchte, war ihm noch nicht recht klar. Bei allen Fällen des Anwalts gab es etwas Charakteristisches, einen gemeinsamen Punkt, ohne daß er ihn genauer zu definieren vermochte.

»*Ein Anwalt tötet seine Klienten nicht.*«

»Brauchen Sie mich noch, Chef?«

»Ja, bleib hier.«

Er sprach wie zu sich selbst, war aber nicht ärgerlich, einen Zuhörer zu haben.

»Eigentlich hatten sie alle gute Gründe, ihm dankbar zu sein... Entweder kamen sie vor Gericht und wurden freigesprochen. Oder aber der Steuerinspektor war gezwungen, angesichts ihrer Erklärungen zu passen... Ich weiß nicht, ob du verstehst, was ich sagen will... Ein

Rechtsanwalt stellt im allgemeinen die Leute nicht immer zufrieden... Wenn er einen Prozeß verliert, wenn ein Klient verknackt wird...«

»Ich verstehe, Chef...«

»Aber es ist nicht leicht, eine Auswahl zu treffen...«

Dupeu kam zurück.

»Er arbeitet noch bei derselben Tankstelle. Er ist im Augenblick dort.«

»Nimm einen der Wagen im Hof und bring mir den Mann so schnell wie möglich her. Erschreck ihn nicht... Sag ihm, es handle sich um eine einfache Überprüfung... Allerdings soll er sich auch nicht allzu sicher fühlen...«

Es war jetzt halb fünf, und die Hitze ließ nicht nach, im Gegenteil. Die Luft stand. Maigret begann das Hemd am Körper zu kleben.

»Wie wär's mit einem Bier?«

Eine kurze Pause in der Brasserie Dauphine, während sie auf Gaston Mauran warteten.

Als die beiden Männer das Büro gerade verlassen wollten, klingelte das Telefon. Der Kommissar zögerte, ging dann aber, gewissenhaft wie er war, doch zurück und nahm den Hörer ab.

»Sind Sie's, Chef? Hier Torrence...«

»Ich erkenne dich an der Stimme. Was gibt's?«

»Ich rufe aus der Avenue de la Grande-Armée an.«

»Was machst du denn da?«

»Vor etwa zwanzig Minuten ist Gaillard aus seinem Haus gekommen und in seinen Wagen gestiegen. An der Ecke der Rue Blanche war glücklicherweise eine Verkehrsstauung, so konnte ich in mein Auto springen und ihn einholen.«

»Hat er nicht gemerkt, daß er verfolgt wurde?«

»Bestimmt nicht... Sie werden gleich verstehen, warum ich so sicher bin... Er ist auf dem kürzesten Weg zur Place de l'Etoile gefahren. Bei dem Verkehr ging das nicht allzu schnell, und auf der Avenue de la Grande-Armée hat er das Tempo noch mehr verlangsamen müssen. Wir sind hintereinander an mehreren Tankstellen vorbeigefahren. Er schien zu zögern... Schließlich ist er in die Garage Moderne hineingefahren, in der Nähe der Porte Maillot...

Ich habe draußen gewartet. Erst als ich ihn zu Fuß herauskommen und in Richtung Bois gehen sah, bin ich reingefahren...«

Das war genau die kleine unvorhergesehene Tatsache, die Maigret seine Handlungsfreiheit nahm oder ihn vielmehr zwang, in einem bestimmten Augenblick auf eine bestimmte Weise, die er nicht einkalkuliert hatte, zu handeln.

Während er Torrence zuhörte, wurde sein Gesicht immer ernster, und er schien nicht mehr an das Glas Bier zu denken, das er sich gönnen wollte.

»Das ist ein großer Laden mit einer automatischen Waschstraße. Ich mußte dem Meister meine Kennmarke zeigen. Jean-Charles Gaillard ist kein Stammkunde. Man erinnert sich nicht, ihn dort schon gesehen zu haben. Er hat gefragt, ob man ihm innerhalb einer Stunde seinen Wagen waschen könne. Er soll ihn um halb sechs wieder abholen...«

»Haben sie bereits mit der Arbeit begonnen?«

»Sie wollten es, aber ich habe sie gebeten, noch zu warten...«

Es galt auf der Stelle eine Entscheidung zu treffen.

»Was soll ich machen?«

»Du bleibst dort und achtest darauf, daß das Auto nicht angerührt wird... Ich schicke dir jemanden, der es hierher fährt... Sei unbesorgt... Seine Papiere sind in Ordnung.«

»Und wenn Gaillard zurückkommt?«

»Dann hast du einen Inspektor bei dir. Ich weiß noch nicht, wen... Mir ist es lieber, wenn ihr zu zweit seid. Du trittst sehr höflich auf, aber du sorgst dafür, daß er dich hierher begleitet.«

Er dachte an den jungen Autodieb, den er erwartete.

»Führ ihn nicht direkt in mein Büro. Laß ihn ein bißchen zappeln. Er wird dich wahrscheinlich von oben herab behandeln. Laß dich nicht beeindrucken. Verhindere vor allem, daß er telefoniert.«

Torrence, der nicht gerade begeistert schien, seufzte:

»Gut, Chef... Aber machen Sie schnell. Es würde mich wundern, wenn er bei dieser Hitze lange durch die Alleen im Bois wandeln würde...«

Maigret überlegte, ob er zum Untersuchungsrichter eilen sollte, um sich seinen Verantwortungsbereich absichern zu lassen. Doch er war nahezu sicher, daß die Behörde ihn hindern würde, nach seinem Instinkt zu handeln.

In dem Büro nebenan musterte er seine Inspektoren der Reihe nach.

»Vacher...«

»Ja, Chef...«

»Hast du schon mal einen amerikanischen Wagen gefahren?«

»Ja, gelegentlich...«

»Du flitzt zur Garage Moderne, Avenue de la Grande-Armée. Das ist ganz unten, in der Nähe der Porte Maillot. Da triffst du Torrence, der dir ein blaues Auto zeigt. Fahr es hier in den Hof, aber faß so wenig wie möglich an...«

»Verstanden...«

»Du, Janin, begleitest ihn, bleibst aber bei Torrence in der Tankstelle. Er hat seine Anweisungen.«

Er schaute auf die Uhr. Erst vor einer Viertelstunde war Dupeu zur Avenue d'Italie gefahren. Er wandte sich Lucas zu.

»Komm.«

Sie mußten sich zwar beeilen, aber sie hatten ihr Glas Bier verdient.

8

Bevor er den Mechaniker hereinführen ließ, hatte Maigret Dupeu gefragt:

»Wie ist es gelaufen?«

»Zuerst schien er überrascht, und er hat mich gefragt, ob ich mit Ihnen zusammenarbeite. Er wirkte auf mich eher neugierig als beunruhigt. Zweimal hat er wiederholt:

›Ist es auch wirklich der Kommissar Maigret, der mich sprechen will?‹

Dann hat er sich mit Benzin die Hände gewaschen und seinen Overall ausgezogen. Unterwegs hat er mir nur eine Frage gestellt:

›Hat man das Recht, eine Affäre wieder aufzurollen, über die gerichtlich schon geurteilt worden ist?‹ «

»Was hast du geantwortet?«

»Ich wüßte es nicht, nähme es aber nicht an. Während der ganzen Fahrt schwieg er dann verwirrt.«

»Führ ihn herein und laß uns allein...«

Mauran wäre höchst erstaunt gewesen, wenn er in dem Augenblick, da er in Maigrets Büro gebracht wurde, erfahren hätte, daß der berühmte Kommissar mehr Bammel hatte als er selbst. Maigret sah einen schlaksigen jungen Mann mit struppigem rotem Haar, porzellanblauen Augen und Sommersprossen an der Nase auf sich zukommen.

»Die anderen Male«, begann er, als wolle er gleich zum Angriff übergehen, »haben Sie sich damit begnügt, mich von Ihren Inspektoren verhören zu lassen...«

Er verriet Gerissenheit und gleichzeitig Naivität.

»Ich möchte Ihnen von vornherein sagen, daß ich nichts getan habe...«

Er hatte keine Angst. Zweifellos beeindruckte es ihn, dem großen Chef hier Auge in Auge gegenüberzustehen, aber er hatte keine Angst.

»Du bist sehr selbstsicher...«

»Warum sollte ich es nicht sein? Das Gericht hat bestätigt, daß ich unschuldig bin... Das heißt, fast unschuldig... Und ich habe mich entgegenkommend gezeigt, das wissen Sie besser als jeder andere...«

»Willst du damit sagen, daß du deine Komplizen verraten hast?«

»Sie hatten meine Naivität mißbraucht, der Anwalt hat es bewiesen... Er hat erklärt, daß ich eine schwere Kindheit gehabt habe, daß ich für meine Mutter sorgen muß, daß sie krank ist...«

Während er sprach, hatte Maigret einen merkwürdigen Eindruck. Der Mechaniker bediente sich eines etwas hochtrabenden Tons und übertrieb den Jargon eines Pariser Straßenjungen; zugleich aber funkelten seine Augen amüsiert, als sei er zufrieden mit seiner Rolle, die er spielte.

»Ich nehme an, Sie haben mich nicht wegen dieser alten Geschichte holen lassen? Seit ich einen ordentlichen Job habe, lasse ich mir von niemandem an den Wagen fahren... Also, was is'?«

Unaufgefordert setzte er sich hin, was recht selten ist, und zog sogar ein Päckchen Gauloises aus der Tasche.

»Darf ich?«

Und Maigret, der ihn unverwandt beobachtete, nickte nachdenklich.

»Und wenn man aus irgendeinem Grunde die Ermittlung wieder aufnähme?«

Mauran zuckte zusammen und wurde plötzlich mißtrauisch.

»Das ist nicht möglich...«

»Nehmen wir an, ich hätte noch einige Punkte zu klären...«

Auf Maigrets Schreibtisch klingelte das Telefon, und Torrences Stimme verkündete:

»Er ist hier.«

»Hat er protestiert?«

»Nicht sonderlich. Er behauptet, es eilig zu haben, und möchte Sie sofort sprechen...«

»Sag ihm, ich würde ihn empfangen, sobald ich Zeit habe...«

Gaston Mauran hörte mit gerunzelten Brauen zu, als ob er sich frage, was für eine Komödie hier gespielt werde.

»Das ist doch Bluff, oder?« bemerkte er, nachdem der Kommissar den Hörer aufgelegt hatte.

»Was ist Bluff?«

»Mich hierher zu holen... Daß man versucht, mir Angst zu machen... Sie wissen genau, daß das abgekartet ist.«

»Was ist abgekartet?«

»Ich bin da raus, oder? Mir kann man nichts mehr anhaben...«

In diesem Augenblick blinzelte er, wenn auch etwas linkisch, was den Kommissar noch mehr verwirrte.

»Hör mal, Mauran, Inspektor Dupeu hat sich mit dir beschäftigt...«

»Der mich hierher gebracht hat, ja... Ich hatte seinen Namen vergessen.. Er hat sich korrekt verhalten.«

»Was verstehst du unter korrekt?«

»Er hat sich eben korrekt verhalten!«

»Na und?«

»Verstehen Sie nicht?«

»Willst du damit sagen, daß er dir keine Fallen gestellt und daß er dich zuvorkommend vernommen hat?«

»Ich vermute, er hat mich so verhört, wie er mich verhören mußte...«

Hinter den Worten und in der ganzen Haltung des jungen Mannes verbarg sich etwas Zweideutiges, das Maigret zu ergründen versuchte.

»Das mußte er doch, oder nicht?«

»Weil du unschuldig warst?«

Man hatte den Eindruck, daß auch Mauran sich unbehaglich fühlte, daß er nichts mehr verstand, daß die Worte des Kommissars ihn ebenso aus dem Konzept brachten wie seine den Polizisten.

»Sagen Sie...« brachte er zögernd hervor, nachdem er an der Zigarette gezogen hatte.

»Was?«

»Nichts...«

»Was wolltest du sagen?«

»Ich weiß es nicht mehr... Warum haben Sie mich kommen lassen?«

»Was wolltest du sagen?«

»Ich glaube, da stimmt etwas nicht...«

»Ich verstehe nicht...«

»Wirklich nicht? Dann halte ich besser den Mund...«

»Dazu ist es etwas zu spät... Was hast du sagen wollen?«

Maigrets Ton war nicht drohend, aber entschlossen. Wie er da im Gegenlicht stand, bildete er einen mächtigen Brocken, den Gaston Mauran mit einer Art Panik zu betrachten begann.

»Ich möchte jetzt gehen...« stammelte er und erhob sich plötzlich.

»Nicht bevor du geredet hast.«

»Das ist also eine Falle? Wer hat Schiß bekommen?... Ist in der Geschichte einer, der nicht mitgespielt hat?«

»Wobei?«

»Sagen Sie mir erst, was Sie wissen...«

»Hier verhöre ich... Wobei mitgespielt?«

»Wenn es sein muß, werden Sie mich das bis morgen früh fragen, stimmt's? Man hat mir das schon erzählt, aber ich habe es nicht geglaubt...«

»Was hat man dir noch erzählt?«

»Daß man sanft mit mir umgehen würde...«

»Wer hat dir das gesagt?«

Der Junge wandte den Kopf ab, entschlossen, Schweigen zu wahren, obwohl er ahnte, daß er am Ende nachgeben würde.

»Das war nicht abgemacht«, murmelte er schließlich.

»Was?«

Da wurde Mauran plötzlich böse, stellte sich auf die Hinterbeine und schaute dem Kommissar ins Gesicht.

»Wissen Sie das etwa nicht? ... Und die tausend Piepen, wie? ...«

Maigrets Miene entsetzte ihn so, daß er die Arme sinken ließ. Er sah den gewaltigen Klotz auf sich zukommen und zwei mächtige Hände, die sich ihm entgegenstreckten, ihn an den Schultern packten und ihn zu schütteln begannen.

Maigret war noch nie in seinem Leben so blaß gewesen. Sein ausdrucksloses Gesicht glich einem Steinblock.

Seine kühle, eindrucksvolle Stimme befahl:

»Sag das noch einmal!«

»Die... die... Sie tun mir weh...«

»Sag das noch einmal!«

»Die tausend Francs...«

»Welche tausend Francs?«

»Lassen Sie mich los... Ich will Ihnen alles sagen...«

Maigret gab ihm seine Bewegungsfreiheit zurück, blieb aber leichenblaß und faßte sich plötzlich an seine Brust, in der das Herz erregt schlug.

»Ich bin vermutlich ein Idiot gewesen...«

»Gaillard?«

Mauran nickte.

»Er hat dir versprochen, daß man sanft mit dir umgehen würde?«

»Ja... Er hat nicht gesagt ›sanft‹... Er hat gesagt ›verständnisvoll‹...«

»Und daß du freigesprochen würdest?«

»Schlimmstenfalls würde ich Bewährung bekommen...«

»Er hat tausend Francs von dir verlangt, um dich zu verteidigen?«

»Nicht um mich zu verteidigen... Das kam noch hinzu...«

»Um sie einem anderen zu geben?...«

Der junge Mechaniker war so bewegt, daß ihm die Tränen in die Augen traten.

»Ihnen...«

Gut zwei Minuten stand Maigret mit geballten Fäusten reglos da, dann erst kehrte langsam etwas Farbe in sein Gesicht zurück.

Plötzlich wandte er seinem Besucher den Rücken zu und blieb noch eine Weile vor dem Fenster stehen, obwohl die Vorhänge zugezogen waren.

Als er sich wieder umdrehte, zeigte er fast seinen gewohnten Ausdruck, aber man hätte schwören mögen, daß er gealtert, daß er auf einmal sehr müde war.

Er setzte sich an seinen Schreibtisch, deutete auf einen Stuhl und begann sich mechanisch eine Pfeife zu stopfen.

»Rauch...«

Es klang wie ein Befehl, als wolle er Gott weiß welche Dämonen beschwören.

Leise, mit belegter, gedämpfter Stimme fuhr er fort:

»Ich nehme an, du hast mir die Wahrheit gesagt.«

»Ich schwöre es beim Kopfe meiner Mutter...«

»Wer hat dich zu Jean-Charles Gaillard geschickt?«

»Ein alter Mann, der am Boulevard de la Chapelle wohnt...«

»Hab keine Angst... Dein Prozeß wird nicht wieder aufgerollt... Es handelt sich um einen gewissen Potier, der einen Ramschladen besitzt...«

»Ja...«

»Du hast geklaut und ihm die gestohlenen Sachen gebracht...«

»Das ist nicht oft vorgekommen.«

»Was hat er dir gesagt?«

»Ich solle diesen Anwalt aufsuchen.«

»Und warum gerade den?«

»Weil er mit der Polizei unter einer Decke steckt... Ich begreife jetzt, daß das nicht stimmt... Er hat mich um tausend Francs gebracht.«

Maigret überlegte.

»Hör zu. Man wird gleich jemanden in dieses Büro führen. Du redest nicht mit ihm. Du schaust ihn dir nur an und folgst dem Inspektor ins Nebenzimmer.«

»Wissen Sie, ich möchte um Entschuldigung bitten... Man hat mir weisgemacht, das ginge immer so vor sich...«

Maigret rang sich ein freundliches Lächeln ab.

»Hallo! Torrence? Führ ihn bitte herein... Ich habe jemanden in meinem Büro, den du dabehältst, für den Fall, daß ich ihn noch brauche... Ja, sofort...«

Scheinbar friedlich rauchte er seine Pfeife, aber es war ihm, als stecke ein Kloß in seiner Kehle. Er starrte zur Tür, die sich gleich öffnen würde, sie ging auf; er erblickte den Rechtsanwalt in einem eleganten hellgrauen Anzug, sah, wie er mit ungehaltener Miene drei oder vier schnelle Schritte machte, den Mund öffnete, um etwas zu sagen, zu protestieren, und plötzlich Gaston Mauran entdeckte.

Torrence konnte dieser stummen Szene nichts entnehmen. Jean-Charles Gaillard war jäh stehengeblieben. Sein Gesichtsausdruck hatte sich verändert. Der junge Mann, dem nicht wohl zumute war, erhob sich von seinem Stuhl, ohne den Ankömmling anzusehen, und begab sich zur Tür.

Die beiden Männer sahen sich im Büro allein gegenüber. Maigret hatte die Hände flach auf den Schreibtisch gelegt und zwang sich krampfhaft, sitzen zu bleiben, um nicht mit schweren Schritten auf seinen Besucher zuzugehen und ihn rechts und links ins Gesicht zu schlagen, obwohl er größer und massiger war als er.

Statt dessen sagte er mit selten schwacher Stimme:

»Setzen Sie sich...«

Er mußte noch bedrohlicher wirken als in dem Moment, da er den jungen Mechaniker an den Schultern gepackt hatte, denn der Anwalt gehorchte automatisch, vergaß, gegen die Entwendung seines Autos zu protestieren, und dagegen, daß zwei Inspektoren ihn ohne Haftbefehl zum Quai des Orfèvres gebracht hatten, wo man ihn wie irgendeinen Tatverdächtigen warten ließ.

»Ich nehme an«, begann Maigret in überdrüssigem Ton, als sei diese Affäre für ihn bereits abgeschlossen, »Sie sind sich über die Situation klar...«

Und da der Anwalt zu einer Antwort ansetzte:

»Lassen Sie mich ausreden... Ich will mich so kurz wie möglich fassen, denn es fällt mir schwer, Ihre Gegenwart zu ertragen...«

»Ich weiß nicht, was dieser Junge...«

»Ich hab' gesagt, Sie sollen schweigen... Ich habe Sie nicht herkommen lassen, um Sie zu verhören... Ich werde keinerlei Erklärung von Ihnen verlangen... Wenn ich meinem ersten Impuls gefolgt wäre, hätte ich Sie gleich ins Untersuchungsgefängnis bringen lassen, ohne Sie zu sehen, und dort hätten Sie die Ergebnisse der Sachverständigen abwarten können...«

Er nahm die dritte Liste der Klienten Gaillards zur Hand, auf der diejenigen zusammengefaßt waren, die vor Gericht gestanden und freigesprochen oder zu leichten Strafen verurteilt worden waren.

Er las die Namen mit monotoner Stimme herunter, als ob er Litaneien bete. Dann hob er den Kopf und fügte hinzu:

»Ich brauche wohl nicht zu sagen, daß diese Personen verhört werden... Einige werden schweigen... Oder vielmehr zu Anfang schweigen... Wenn sie erfahren, daß die für einen bestimmten Zweck verauslagten Summen nie an die richtige Adresse gelangt sind...«

Wieder hatte sich Gaillards Gesichtsausdruck verändert. Dennoch bemühte er sich, Haltung zu bewahren, und setzte zu einer Entgegnung an:

»Ich weiß nicht, was dieser junge Lümmel...«

Da schlug Maigret mit der Faust auf den Tisch, daß alle darauf befindlichen Gegenstände hochhüpften.

»Schweigen Sie!« brüllte er. »Ich verbiete Ihnen, den Mund aufzumachen, bis ich Sie dazu auffordere.«

Man hatte den Faustschlag bis ins Büro der Inspektoren gehört, wo sich alle anblickten.

»Ich brauche Ihnen nicht zu erklären, wie Sie vorgegangen sind... Und ich verstehe jetzt, warum Sie Ihre Klienten sorgfältig ausgesucht haben. Da Sie wußten, daß sie freigesprochen oder mit einer geringen Strafe belegt werden würden, war es nicht schwer, ihnen einzureden, daß durch eine Anzahlung...«

Nein! Er konnte nicht mehr darüber sprechen.

»Ich habe allen Grund zu der Annahme, daß Sie nicht nur meinen Namen benutzt haben... Sie befaßten sich mit Einkommenssteuererklärungen... Ich habe mich vorhin mit Monsieur Jubelin in Verbindung gesetzt und hatte ein längeres Gespräch mit ihm...«

Seine Hand zitterte noch ein wenig, als er seine Pfeife wieder ansteckte.

»Die Ermittlung wird lang und schwierig sein. Aber ich kann Ihnen versichern, daß sie mit beispielloser Genauigkeit durchgeführt wird.«

Gaillard hatte es aufgegeben, ihn herausfordernd anzublicken, er senkte den Kopf, hielt die Hände auf seinen Knien, und man sah die leere Stelle an seiner Linken, wo die vier Finger fehlten.

Der Blick des Kommissars fiel auf diese Hand, und man hatte den Eindruck, als zögere er.

»Wenn die Sache vors Schwurgericht kommt, wird man Ihre Haltung während des Krieges berücksichtigen und sicher auch Ihre Ehe mit einer Frau, die ein glänzendes Leben gewöhnt war, und die Krankheit, durch die sie praktisch von der Welt abgeschnitten war...«

Er lehnte sich in seinen Sessel zurück und schloß die Augen.

»Man wird mildernde Umstände für Sie finden... Wozu brauchten Sie soviel Geld, zumal Ihre Frau nicht mehr ausging und Sie ein anscheinend einsames, der Arbeit geweihtes Leben führten? Ich weiß es nicht und ich frage Sie nicht danach...

Die Fragen werden Ihnen andere stellen, und vielleicht verstehen Sie, warum... Es ist das erste Mal, Monsieur Gaillard, daß...«

Wieder versagte ihm die Stimme, und unumwunden stand er auf und ging zu seinem Wandschrank, wo er nach der Cognac-Flasche und einem Glas griff. Diese Flasche war nicht für ihn bestimmt, sondern für manchen Besucher, der im Verlauf eines langen und dramatischen Verhörs einer Stärkung bedurfte.

Er leerte das Glas in einem Zug, kehrte zu seinem Platz zurück und steckte seine Pfeife wieder in Brand.

Er war jetzt etwas ruhiger, und seine Stimme klang gelöst, als ginge ihn die Affäre persönlich nichts mehr an.

»Im Augenblick sind Experten dabei, Ihren Wagen genauestens zu untersuchen... Es ist für Sie nichts Neues, wenn ich Ihnen sage, daß für den Fall, daß eine

Leiche darin transportiert worden ist, die Möglichkeit besteht, daß sie Spuren hinterlassen hat... Sie haben selber daran gedacht, denn nach meinem Besuch heute vormittag haben Sie das Bedürfnis verspürt, ihn waschen zu lassen...

Ruhe! Zum letztenmal fordere ich Sie auf, zu schweigen, sonst werden Sie unverzüglich in eine Zelle des Untersuchungsgefängnisses gebracht.

Ferner kann ich Ihnen mitteilen, daß ein Team von Spezialisten auf dem Weg in die Rue La Bruyère ist.«

Gaillard zitterte und stammelte:

»Meine Frau...«

»Die gehen nicht da hin, um sich mit Ihrer Frau zu beschäftigen. Heute morgen habe ich durch das Fenster eine Art Schuppen in Ihrem Hof gesehen. Er wird Quadratzentimeter um Quadratzentimeter durchsucht werden. Der Keller ebenfalls. Und das übrige Haus bis zum Speicher, wenn es sein muß. Heute abend werde ich Ihre beiden Dienstmädchen verhören... Ruhe! habe ich gesagt...

Der Anwalt, den Sie sich nehmen werden, dürfte keine Mühe haben, Vorsätzlichkeit auszuschließen... Die Tatsache, daß Ihr Wagen zufällig repariert werden mußte und Sie kein anderes Transportmittel hatten, um sich der Leiche zu entledigen, beweist das... Sie haben warten müssen, bis das Auto zurückgebracht wurde, und es dürfte für Sie nicht angenehm gewesen sein, zwei Tage und drei Nächte mit einem Leichnam im Hause zu verbringen...«

Er sprach nur noch mit sich selbst, ohne seinen Gesprächspartner anzublicken. Alle in den letzten Tagen gesammelten winzigen Hinweise fielen ihm ein und reihten sich zu einer Kette aneinander. Alle Fragen, die er sich gestellt hatte, fanden eine Antwort…

»Mazotti ist am 17. Mai erschossen worden, und wir haben jeden verhört, der in der letzten Zeit Opfer seiner Erpressungen geworden ist… Zumindest einer Ihrer Klienten, Emile Boulay, hat eine erste Vorladung erhalten…

Hat er sich gleich darauf mit Ihnen, der Sie für ihn die Steuererklärungen machten und ihm in zwei anderen, weniger wichtigen Angelegenheiten beigestanden haben, in Verbindung gesetzt? Er war also am 18. Mai hier, und man hat ihm die üblichen Fragen gestellt…

Dann wurde er am 22. oder 23. ein zweites Mal vorgeladen, ich weiß nicht, warum, höchstwahrscheinlich, weil Inspektor Lucas noch ein paar Details abfragen wollte…

Am Nachmittag des 22. Mai hat jedoch Boulay bei seiner Bank fünftausend Francs abgehoben… Er brauchte also sofort bares Geld… Er konnte nicht bis zum Abend warten, um es der Kasse eines seiner Nachtlokale zu entnehmen…

Und man findet nirgendwo eine Spur dieser Summe…

Ich frage Sie nicht, ob Sie sie erhalten haben… Ich weiß es…«

Er hatte die letzten Worte mit einer Verachtung ausgesprochen, wie er sie nie einer menschlichen Kreatur gegenüber zum Ausdruck gebracht hatte.

»Am 8. oder 9. Juni bekam Boulay eine dritte Vorladung für Mittwoch, den 12. Er kriegte es mit der Angst, denn ihm graute vor einem Skandal… Trotz seines Berufes, vielleicht sogar wegen seines Berufes, war er vor allem auf seinen guten Ruf bedacht.

Am Abend des 11. Juni, kurz vor seinem Verschwinden, ist er beunruhigt und auch wütend, denn er hat fünftausend Francs bezahlt, damit man ihn in Ruhe läßt...

Um zweiundzwanzig Uhr beginnt er, bei Ihnen anzurufen, aber es meldet sich niemand... Er versucht es noch mehrere Male, und als er Sie endlich erreicht, sind Sie bereit, ihn eine viertel oder eine halbe Stunde später zu empfangen...

Was er Ihnen in Ihrem Arbeitszimmer unter vier Augen gesagt hat, kann man sich leicht vorstellen. Er hatte bezahlt, damit er nicht in die Affäre Mazotti hineingezogen und sein Name nicht in der Zeitung genannt wurde.

Anstatt ihn in Frieden zu lassen, wie er es hätte erwarten können, wollte die Polizei ihn von neuem verhören, und auf den Fluren der Kriminalpolizei lief er Gefahr, Journalisten und Fotografen zu begegnen...

Er fühlte sich betrogen. Er war genauso empört wie eben Gaston Mauran... Er hat Ihnen angedroht, vor der Polizei nichts zu verbergen und sie an den abgeschlossenen Vertrag zu erinnern... Das war alles...

Wenn er lebend Ihr Haus verlassen hätte, wenn er am nächsten Morgen hier erschienen wäre und seinem Groll Luft gemacht hätte...

Der Rest geht mich nichts mehr an, Monsieur Gaillard. Mir liegt nichts an Ihrem Geständnis.«

Er nahm den Telefonhörer ab.

»Torrence? Du kannst ihn laufen lassen... Vergiß nicht, seine Adresse zu notieren, denn der Untersuchungsrichter wird ihn brauchen... Und dann komm und hol die Person ab, die sich in meinem Büro befindet...«

Voller Ungeduld wartete er stehend darauf, von der Gegenwart des Rechtsanwalts befreit zu werden.

Da murmelte Gaillard mit gesenktem Kopf und kaum vernehmbarer Stimme:

»Sie haben wohl nie eine Leidenschaft gehabt, Monsieur Maigret?«

Er tat so, als habe er das nicht gehört.

»Ich hatte zwei...«

Der Kommissar zog es vor, ihm den Rücken zuzukehren, fest entschlossen, sich nicht rühren zu lassen.

»Zuerst meine Frau, die ich um jeden Preis glücklich machen wollte...«

Sein Tonfall war bitter. Es folgte ein kurzes Schweigen.

»Als sie dann ihr Zimmer nicht mehr verlassen konnte und ich trotz allem das Verlangen nach Zerstreuung verspürte, bin ich zum Spieler geworden...«

Man hörte Schritte auf dem Flur. Es klopfte leise an die Tür.

»Komm rein!«

Torrence blieb im Türrahmen stehen.

»Führ ihn hinten in das Büro, bis ich vom Justizpalast zurück bin...«

Er schaute Gaillard nicht nach. Er nahm den Hörer ab, um den Untersuchungsrichter zu fragen, ob er ihn sofort empfangen könne.

Kurz darauf schritt er durch die kleine Glastür, die den Bereich der Polizei von dem der Juristen trennt.

Er blieb eine Stunde fort. Als er zurückkehrte, hielt er ein amtliches Schriftstück in der Hand. Er öffnete die Tür zum Büro der Inspektoren und fand den ungeduldig wartenden Lucas vor.

Ohne jede Erklärung reichte er ihm den auf den Namen Jean-Charles Gaillard ausgestellten Haftbefehl.

»Er ist mit Torrence in dem hinteren Büro... Ihr bringt ihn beide ins Untersuchungsgefängnis...«

»Sollen wir ihm Handschellen anlegen?«

Das war Vorschrift, von der es allerdings Ausnahmen gab. Maigret wollte nicht den Anschein erwecken, Rache zu üben. Die letzten Worte des Anwalts begannen in ihm nachzuklingen.

»Nein...«

»Was soll ich dem Wärter sagen?... Sollen ihm Krawatte, Gürtel und Schnürsenkel abgenommen werden?«

Immer wieder die Vorschriften, von denen es Ausnahmen gab! Maigret zögerte, schüttelte den Kopf und blieb allein in seinem Büro.

Als er an diesem Abend etwas verspätet zum Essen heimkam, bemerkte Madame Maigret, daß seine Augen ein wenig starr waren und glänzten und daß sein Atem nach Alkohol roch. Während der Mahlzeit machte er kaum den Mund auf, und er erhob sich, um den Fernsehapparat abzustellen, der ihm auf die Nerven ging.

»Gehst du noch weg?«

»Nein.«

»Hast du deinen Fall abgeschlossen?«

Er antwortete nicht.

Er hatte eine unruhige Nacht, stand schlechtgelaunt auf und beschloß, zu Fuß zum Quai des Orfèvres zu gehen, wie er es manchmal tat.

Er hatte kaum sein Büro betreten, da öffnete sich die Tür zum Arbeitszimmer der Inspektoren. Mit ernster und geheimnisvoller Miene schloß Lucas sie hinter sich.

»Ich habe eine Neuigkeit für Sie, Chef...«

Ahnte er, was der Inspektor ihm sagen würde? Lucas stellte sich diese Frage immer wieder, ohne je eine Antwort darauf zu wissen.

»Jean-Charles Gaillard hat sich in seiner Zelle erhängt...«

Maigret zuckte nicht mit der Wimper, machte den Mund nicht auf, stand da, schaute durch das offene Fenster auf das raschelnde Laub der Bäume, die Boote, die auf der Seine dahinglitten, und die Passanten, die sich wie Ameisen über den Pont Saint-Michel bewegten.

»Ich weiß noch keine Einzelheiten... Glauben Sie, daß...?«

»Was soll ich glauben?« fragte Maigret plötzlich aggressiv.

Und Lucas trat den Rückzug an:

»Ich frage mich...«

Er schloß schnell die Tür hinter sich, und erst eine Stunde später sah man einen entspannten Maigret auftauchen, der offenbar mit den laufenden Angelegenheiten beschäftigt war.

Noland, den 19. Juni 1962

Maigret verteidigt sich

1

Sagen Sie, Maigret...«

Eine Floskel, an die sich der Kommissar später erinnern sollte, die ihm im Augenblick jedoch nicht aufgefallen war. Alles war ihm vertraut: die Einrichtung, die Gesichter, und selbst die Gesten der Personen waren ihm so vertraut, daß er gar nicht mehr darauf achtete. Sie waren bei den Pardons, in der Rue Popincourt, wenige hundert Meter vom Boulevard Richard-Lenoir entfernt, wo die Maigrets seit mehreren Jahren einmal im Monat zu Abend aßen.

Und ebenso kamen der Arzt und seine Frau jeden Monat einmal zum Kommissar zum Abendessen. Das war für die beiden Damen eine Gelegenheit, in ihren Kochkünsten freundschaftlich zu wetteifern.

Wie immer hatte man lange bei Tisch gesessen. Die Tochter der Pardons, Solange, war zum zweitenmal schwanger, wirkte wie ausgestopft und machte den Eindruck, als wolle sie sich entschuldigen, daß sie so wenig anmutig aussah. Sie verbrachte ein paar Tage bei ihren Eltern, während ihr Mann, der in einem Vorort als Ingenieur tätig war, an einem Kongreß in Nizza teilnahm.

Es war Juni. Tagsüber war es drückend heiß gewesen, und am Abend zogen Gewitter auf. Durch das offene Fenster sah man zuweilen den Mond zwischen zwei schwarzen Wolken, deren Ränder in seinem Licht einen Augenblick weiß aufleuchteten.

Die Damen hatten nach alter Tradition, die sich seit dem ersten Essen herausgebildet hatte, den Kaffee serviert und saßen nun am anderen Ende des Raumes, wo sie leise miteinander sprachen, während sich die beiden Herren allein unterhielten. Sie befanden sich im Wartezimmer des Arztes, und auf einem Tischchen stapelten sich abgegriffene Zeitschriften.

Eine Kleinigkeit war allerdings anders als sonst. Während Maigret seine Pfeife stopfte und anzündete, war Pardon einen Moment in sein Sprechzimmer gegangen und mit einer Kiste Zigarren zurückgekommen.

»Ich biete Ihnen keine an, Maigret...«

»Danke... Sie rauchen jetzt Zigarren?«

Er hatte den Arzt nie etwas anderes als Zigaretten rauchen sehen. Nach einem kurzen Blick zu seiner Frau hinüber hatte Pardon gemurmelt:

»Sie hat mich darum gebeten.«

»Wegen der Artikel über Lungenkrebs?«

»Das hat sie ziemlich beeindruckt.«

»Glauben Sie daran?«

Pardon hatte mit den Schultern gezuckt.

»Selbst wenn ich daran glaubte...«

Und leise hatte er hinzugefügt:

»Ich gebe zu, unterwegs...«

Er mogelte. Zuhause hielt er sich an Zigarren, was gar nicht zu ihm paßte, aber anderswo rauchte er heimlich und im Verborgenen wie ein Gymnasiast Zigaretten.

Er war weder groß noch fett. Sein braunes Haar begann zu ergrauen, und sein Gesicht trug die Züge eines anstrengenden Lebens. Selten endete der Abend, ohne daß er plötzlich zu einem Kranken gerufen wurde und sich entschuldigen mußte, seine Gäste allein zu lassen.

»Sagen Sie, Maigret...«

Er hatte das zögernd gesagt, mit einer gewissen Scheu.

»Wir müssen doch ungefähr gleichaltrig sein...«

»Ich bin zweiundfünfzig...«

Der Arzt wußte das, da der Kommissar bei ihm in Behandlung war und er von ihm eine Karteikarte angelegt hatte.

»In drei Jahren Pensionierung. Bei der Polizei schickt man uns mit fünfundfünfzig Jahren angeln...«

Eine leise Melancholie. Die beiden Männer verspürten manchmal einen frischen Luftzug und sahen am Himmel einen Blitz, dem jedoch kein Donner folgte. In den gegenüberliegenden Häusern waren einige Fenster erleuchtet, ein alter Mann lehnte in einem dunklen Zimmer auf der Fensterbrüstung und schien zu ihnen herüberzustarren.

»Ich bin neunundvierzig... Auf dem Gymnasium machen drei Jahre Altersunterschied etwas aus. In unserem Alter nicht mehr...«

Maigret ahnte nicht, daß die Einzelheiten dieser schleppenden Unterhaltung ihm eines Tages wieder einfallen würden. Er schätzte Pardon sehr. Er war einer von den wenigen Menschen, mit denen er gerne den Abend verbrachte.

Der Arzt fuhr fort, wobei er ständig nach Worten suchte: »Sie und ich, wir haben etwa die gleiche Erfahrung im Umgang mit Menschen... Viele meiner Patienten könnten Ihre Klienten werden...«

Das stimmte, in diesem übervölkerten Stadtviertel begegnete einem alles, vom Besten bis zum Schlimmsten.

»Ich möchte Ihnen eine Frage stellen...«

Er war sichtlich verlegen. Sie waren Freunde, sicher, wie die beiden Damen befreundet waren. Dennoch scheuten sie sich, gewisse Themen zu berühren. Sie hatten zum Beispiel nie über Politik oder Religion gesprochen.

»Sind Sie in Ihrer ganzen Laufbahn«, fuhr Pardon fort, »jemals einem wirklich bösen Verbrecher begegnet...? Ich meine...«

Er suchte immer wieder nach Worten und bemühte sich, seinen Gedanken klar auszudrücken.

»...einem bewußten Verbrecher natürlich, der für sein Handeln verantwortlich ist, der aus purer Bösartigkeit handelt, aus Lasterhaftigkeit, wie mancher sagen würde... Ich spreche zum Beispiel nicht von den Kinderschändern, die fast alle frustrierte Wesen sind, deren geistiges Alter kaum zehn Jahre überschreitet, die sich in der Welt der Erwachsenen nicht zurechtfinden und sich der Trunksucht hingeben...«

»Sie sprechen also vom reinen Verbrecher?«

»Rein oder unrein... Sagen wir, vom totalen Verbrecher...«

»Nach dem Strafgesetzbuch?«

»Nein. Ihrer Meinung nach...«

Mit zusammengekniffenen Augen beobachtete Maigret seinen Freund durch den Rauch seiner Pfeife. Er betrachtete vor allem die Zigarre, die Pardon unbeholfen hielt und deren Asche auf den Teppich zu fallen drohte. Schließlich lächelte er, und der Arzt blickte seinerseits verlegen auf die Zigarre.

Sie verstanden sich. Es war diese Geschichte von den Zigarren und Zigaretten, die den Arzt der kleinen Leute geplagt und die ihn, vielleicht unbewußt, dazu gebracht hatte, diese Frage zu stellen.

Er war neunundvierzig, wie er eben gesagt hatte. Seit mehr als zwanzig Jahren beugte er sich täglich über Dutzende von Kranken, die ihn wie den lieben Gott ansahen und von ihm alles erwarteten, die Gesundheit, das Leben, einen Rat, die Lösung ihrer Probleme. Er hatte Männer, Frauen und Kinder gerettet. Er hatte anderen geholfen, sich in ihr Schicksal zu ergeben. Tag für Tag mußte er in wenigen Minuten Entscheidungen treffen, die unwiderruflicher waren als die der Richter.

Weil seine Frau ein paar Zeitungsartikel gelesen hatte, wurde er gebeten, auf Zigaretten zu verzichten, und er hatte nicht den Mut gehabt, ihr Kummer zu machen oder sie zu beunruhigen, indem er ihr Ansinnen ablehnte. Zu Hause zwang er sich deshalb, ungeschickt an einer Zigarre zu ziehen, die ihm sicher nicht schmeckte. Aber kaum war er draußen, steckte er sich am Steuer seines Wagens, der ihn ans Krankenbett eines Patienten brachte, mit der zitternden Hand eines Schuldigen eine Zigarette an.

Maigret antwortete nicht gleich auf die Frage, die sein Freund gestellt hatte. Fast hätte er erwidert:

»Und Sie?«

Doch das war zu einfach.

»Wenn ich unglücklicherweise gezwungen gewesen wäre, Untersuchungsrichter zu werden«, begann er zögernd, »oder wenn ich zum Geschworenen eines Schwurgerichts ernannt worden wäre, dann frage ich mich... Nein! Ich bin sicher, daß ich es nicht auf mich nehmen würde, einen Menschen zu verurteilen...«

»Was er auch verbrochen haben mag?«

»Nicht das Verbrechen zählt... Sondern das, was vorgeht oder was vorgegangen ist bei dem, der es begangen hat...«

»Sie haben also noch keinen Fall vor sich gehabt, bei dem Sie ohne Zögern verurteilt hätten?«

»Die Bosheit, wie Sie es genannt haben...? Auf den ersten Blick, ja... Ich habe in meinem Büro schon Leute gehabt, die ich einfach ohrfeigen mußte... Und je weiter ich dann mit meinen Ermittlungen kam...«

An dieser Stelle war das Gespräch über dieses Thema unterbrochen worden, denn eine der Damen war herangetreten, Maigret wußte nicht mehr, welche.

»Einen Armagnac?«

Pardon warf Maigret einen kurzen Blick zu.

»Nein... danke.«

»Übrigens, wann habe ich Sie das letzte Mal untersucht?«

»Vor etwa einem Jahr.«

Ein Donner erschallte und schien sich von Dach zu Dach fortzurollen, doch der Regen, auf den man seit Tagen wartete, wollte nicht fallen.

»Können wir einen Augenblick in mein Sprechzimmer gehen?«

Das erstgeborene Enkelkind der Pardons schlief dort in einem Klappbettchen.

»Seien Sie unbesorgt. Es schläft fest. Leider nur bis morgens um fünf... Sehen wir mal nach Ihrem Blutdruck...«

Maigret stand in Hemdsärmeln da, dann mit entblößtem Oberkörper. Pardon hatte unwillkürlich die ernste und ein wenig abwesende Miene eines praktischen Arztes aufgesetzt.

»Einatmen... Tiefer... Durch den Mund ausatmen... Gut... Legen Sie sich hierhin, und schnallen Sie Ihren Gürtel auf... Ich nehme an, Sie haben meinen Rat nicht befolgt, weniger und langsamer zu arbeiten?«

»Und Sie?«

»Ich weiß... Ich weiß... Und die Diät?«

Maigret schüttelte den Kopf.

»Wein, Bier, Schnaps? Trinken Sie wenigstens weniger?«

»Ich bin nur zu einem Ergebnis gekommen: mich zu schämen, wenn ich ein Glas Bier oder einen Calvados trinke. Zwischen zwei Ermittlungen trinke ich tagelang nur ein bißchen Wein zum Essen. Dann gehe ich in ein Café, um das gegenüberliegende Haus zu beobachten. Ich atme den säuerlichen Geruch der Pariser Bistros ein und...«

Wie Pardon mit seinen Zigaretten. Und dennoch waren sie beide Männer.

Wie gewohnt, waren die Maigrets durch die Rue du Chemin-Vert zu Fuß nach Hause gegangen.

»Was sagt er zur Untersuchung?«

»Gut.«

Natürlich mußte sich der Himmel diesen Augenblick aussuchen, um auf einen Schlag alles Wasser über Paris auszuschütten, das er in der wochenlangen Hitze angesammelt hatte.

»Sollen wir uns nicht in einer Toreinfahrt unterstellen?«

Das war nun schon eine alte Geschichte. Zehn Tage waren vergangen, seit die Maigrets bei den Pardons zu Abend gegessen hatten. Wieder war es heiß. Die Leute begannen in Urlaub zu fahren. Der Kommissar arbeitete in seinem Büro ohne Jacke, das Fenster stand weit offen, und die Seine zeigte die gleichen graugrünen Reflexe wie das Meer an manchen windstillen Tagen.

Um halb elf, als Maigret die Berichte seiner Mitarbeiter durchlas, klopfte Joseph, der alte Amtsdiener, in seiner Art an die Tür, die jeder im Hause kannte. Ohne eine Antwort abzuwarten, trat er ein und legte einen Brief auf den Schreibtisch des Kommissars.

Maigret runzelte die Brauen, als er den Aufdruck sah: Polizeipräfektur.

Im Umschlag eine Karte.

Kommissar Maigret wird gebeten, sich am 28. Juni um 11 Uhr im Büro des Herrn Polizeipräfekten einzufinden.

Maigret schoß das Blut in die Wangen wie einst dem Gymnasiasten, wenn er zum Rektor gerufen wurde. Am 28. Juni... Er schaute unwillkürlich auf den Kalender. Heute war ja Dienstag, der 28. Juni... Und es war halb elf... Die Aufforderung war nicht mit der Post gekommen, sondern durch einen Boten...

In den mehr als dreißig Jahren, die er der Kriminalpolizei angehörte, und in den zehn Jahren, die er seiner Abteilung vorstand, war es das erste Mal, daß er auf diese Weise zitiert wurde.

Er hatte ein gutes Dutzend Präfekten in ihrem Amt erlebt, mit denen er mehr oder weniger gut ausgekommen war, und einige hatten ihren Posten nur so kurze Zeit inne, daß er keine Gelegenheit gehabt hatte, mit ihnen zu sprechen.

Andere riefen ihn an, baten ihn zu sich in ihr Büro, und es handelte sich meistens um einen heiklen, selten um einen angenehmen Auftrag: dem Sohn oder der Tochter einer hochgestellten Persönlichkeit, wenn nicht gar der hochgestellten Persönlichkeit selbst, aus der Schlinge zu helfen.

Seine erste Reaktion war, zum Leiter der Kriminalpolizei zu stürzen. Der war mit Sicherheit auf dem laufenden. Doch am gleichen Morgen hatte er Maigret beim Rapport nichts gesagt, sich wie gewöhnlich unbeteiligt gezeigt und seine paar Fragen gestellt, ohne ihnen viel Bedeutung beizumessen.

Er hatte diese Stellung erst seit drei Jahren inne und besaß bei seiner Ernennung keinerlei Berufserfahrung, es sei denn, möglicherweise aus Romanen. Er war ein hoher Beamter, der verschiedenen Ministerien angehört hatte.

Maigret erinnerte sich noch an die Zeit, da der Leiter der Kripo aus den Reihen der Kommissare gewählt wurde. Seine Kollegen hatten ihn manchmal damit aufgezogen, daß sie immer wieder sagten, er werde noch einmal auf dem Sessel des großen Chefs landen.

Mit besorgter Miene ging er ins Nebenzimmer und warf seinen Mitarbeitern zu:

»Wenn man nach mir fragt, ich bin beim Präfekten.«

Zumindest zwei der Männer blickten überrascht zu

ihm auf. Lucas und Janvier hatten Beunruhigung und schlechte Laune in Maigrets Stimme gespürt, die sie besser kannten als die anderen.

Die Pfeife zwischen den Zähnen, stieg er die große, staubige Treppe hinunter, ging durch die Toreinfahrt, winkte dem wachhabenden Polizisten zu und folgte dem Quai des Orfèvres, um ein Stückchen weiter in den Boulevard du Palais einzubiegen.

Fast wäre er, bevor er dem großen Manitu gegenübertrat, in die gegenüberliegende Bar gegangen, um irgend etwas zu trinken, Bier, Weißwein oder irgendeinen Aperitif, aber in diesem Moment fiel ihm zum erstenmal das letzte Abendessen bei den Pardons ein, die Geschichte von den Zigaretten und die Untersuchung neben dem Klappbettchen.

Die Wachposten erkannten ihn, und er betrat den Fahrstuhl.

»Zum Büro des Präfekten.«

»Haben Sie eine Vorladung?«

Er zeigte sie widerwillig. Kam hier nicht herein, wer wollte? Man führte ihn in ein Wartezimmer, das er gut kannte.

»Warten Sie bitte.«

Was blieb ihm anderes übrig! Auch dieser Präfekt war ein Neuling. Zwei Jahre im Amt. Ein junger. Das war so Mode. Er war noch keine vierzig, aber da er die École Normale besucht hatte, konnte er später genügend Diplome sammeln, um an die Spitze irgendeiner Verwaltungsbehörde gestellt zu werden.

Den ›Eisernen Besen‹ hatten ihn die Zeitungen nach seiner ersten Pressekonferenz genannt. Denn wie die

Filmstars gaben die Präfekten jetzt Pressekonferenzen, zu denen sie das Fernsehen nicht einzuladen vergaßen.

»Meine Herren, Paris muß eine saubere Hauptstadt sein, und deshalb ist es unerläßlich, es mit einem eisernen Besen zu kehren. Zu viele Leute, zu viele Privatinteressen haben sich in den letzten Jahren in Dinge eingemischt...«

Elf Uhr fünf... Elf Uhr zehn... Viertel nach elf... An seinem Tischchen dämmerte der Amtsdiener mit seiner silbernen Kette vor sich hin oder streifte den Kommissar hin und wieder mit einem gleichgültigen Blick. Dabei war dieser Mann fast ebenso lange in diesem Haus tätig wie Maigret.

Ein Klingelzeichen ertönte. Der Amtsdiener erhob sich mißmutig, öffnete die Tür ein Stückchen, gab Maigret ein Zeichen, und der Kommissar betrat endlich den großen Arbeitsraum, in dem grüner Plüsch und Empirestil vorherrschten.

»Nehmen Sie Platz, Herr Kommissar.«

Eine sanfte, wohlklingende Stimme; ein schmales, sehr junges, von blonden Haaren umrahmtes Gesicht. Jeder wußte aus den Zeitungen, daß der Polizeipräfekt Morgen für Morgen, ehe er sich an seinen Schreibtisch setzte, ins Roland-Garros-Stadion ging, um sich durch ein paar Tennissätze in Form zu bringen. Er vermittelte den Eindruck von Gesundheit, Kraft und auch Gepflegtheit in der Kleidung, die er in London anfertigen lassen mußte. Er lächelte. Auf allen Fotos lächelte er. Sein Lächeln galt freilich niemandem. Er lächelte sich selbst so an, mit verschämter Befriedigung.

»Sagen Sie...«

Wie Pardon an jenem Abend, nur rauchte der Präfekt anstelle einer Zigarre eine Zigarette. Vielleicht, weil seine Frau nicht zugegen war?

Zeigte er dasselbe zufriedene Lächeln in Gegenwart seiner Frau?

»Sie sind schon recht jung zur Polizei gekommen, nehme ich an?«

»Mit zweiundzwanzig Jahren.«

»Wie alt sind Sie jetzt?«

»Zweiundfünfzig.«

Genau wie Pardon, aber wahrscheinlich aus anderen Gründen. Maigret setzte seine brummigste Miene auf und fingerte an seiner leeren Pfeife herum, ohne daß er sie zu stopfen wagte. Als wolle er das Schicksal ein wenig herausfordern, fügte er hinzu:

»Drei Jahre vor der Pensionierung...«

»Tatsächlich... Kommt Ihnen das nicht lang vor?«

Er fühlte, daß er rot wurde, und um seinem Zorn nicht nachzugeben, starrte er auf die Bronzebeschläge an den Schreibtischfüßen.

»Haben Sie direkt bei der Kripo angefangen?«

Die Stimme war noch immer von der gleichen Sanftheit, einer unpersönlichen, vielleicht angelernten Sanftheit.

»Zu meiner Zeit fing man nicht bei der Kripo an. Wie meine Kollegen damals habe ich in einem Kommissariat angefangen, im 9. Arrondissement...«

»In Uniform?«

»Ich war Sekretär des Kommissars. Später habe ich ein Praktikum im Streifendienst gemacht.«

Der Präfekt musterte ihn mit einer Neugier, die weder Wohlwollen noch Aggressivität verriet.

»Und anschließend haben Sie die verschiedenen Abteilungen durchlaufen?«

»Die Dezernate für die Metro, die Warenhäuser, die Bahnhöfe, die Sitte, das Glücksspiel...«

»Das scheint Ihnen in angenehmer Erinnerung geblieben zu sein?«

»Die Jahre auf dem Gymnasium auch...«

»Ich sage das nur, weil Sie gerne darüber sprechen.«

Diesmal wurde Maigret dunkelrot.

»Was soll das heißen?«

»Zumindest, wenn nicht die anderen an Ihrer Stelle darüber sprechen... Sie sind sehr bekannt, Monsieur Maigret, sehr volkstümlich...«

Man hätte meinen können, der Präfekt hätte ihn nur zu sich gerufen, um ihn zu beglückwünschen, so sanft blieb die Stimme.

»Ihre Methoden sind, wie Zeitungen mitteilen, recht ungewöhnlich...«

Der Manitu erhob sich, trat ans Fenster und schaute einen Augenblick den Wagen und Autobussen zu, die an dem Gerichtsgebäude vorbeifuhren. Als er in die Mitte des Raumes zurückkehrte, war sein Lächeln und damit seine Selbstzufriedenheit stärker geworden.

»An der Spitze der Leiter angelangt, denn Sie sind ja jetzt der Leiter Ihrer Kriminalabteilung, haben Sie sich von den Angewohnheiten Ihrer Anfänge nicht freimachen können... Sie verbringen wenig Zeit in Ihrem Büro, habe ich mir sagen lassen?«

»Ja, recht wenig, Herr Präfekt.«

»Sie befassen sich gerne persönlich mit Aufgaben, für die normalerweise Ihre Inspektoren zuständig sind...«

Schweigen.

»Einschließlich dessen, was Sie Beschatten nennen...«

Diesmal stopfte Maigret entschlossen und mit zusammengebissenen Zähnen seine Pfeife.

»So kann man Sie stundenlang in kleinen Bars, in Cafés und an vielen anderen Orten sehen, wo man einen Beamten Ihres Ranges nicht anzutreffen erwartet...«

Sollte er sie anzünden oder nicht? Er wagte es noch nicht. Er beherrschte sich, saß in seinem Sessel, während der schlanke und elegante Präfekt hinter seinem Mahagoni-Schreibtisch auf und ab ging.

»Das sind überalterte Methoden, die zu ihrer Zeit vielleicht ihr Gutes gehabt haben...«

Das Streichholz kratzte und ließ den jungen Mann aufschrecken, aber er bemerkte nichts. Dasselbe Lächeln kehrte zurück, nachdem es für eine Sekunde verschwunden war.

»Diese alte Polizei hat ihre Traditionen... Die Spitzel zum Beispiel... Man unterhält freundschaftliche Beziehungen zu Personen, die am Rande des Gesetzes leben; man schließt die Augen vor ihren kleinen Vergehen, dafür sind sie ihrerseits unsereinem behilflich... Setzen Sie immer noch Spitzel ein, Monsieur Maigret?«

»Wie jede Polizei in der Welt.«

»Drücken Sie auch die Augen zu?«

»Wenn es erforderlich ist.«

»Haben Sie sich nie klar gemacht, daß sich seit der Zeit Ihrer Anfänge viel verändert hat?«

»Ich habe neun Leiter der Kripo ihr Amt wechseln sehen und elf Polizeipräfekten.«

Es ging nicht anders! Das war er sich selbst und allen

Kollegen am Quai schuldig, den alten jedenfalls, denn die jungen Inspektoren nahmen gern das Verhalten dieses Tennisspielers an. Wenn der Präfekt den Schlag einsteckte, so ließ er zumindest nach außen nichts merken. Er hätte diplomatisch vorgehen können. Wer weiß? Vielleicht würde er eines Tages Botschafter.

»Kennen Sie Mademoiselle Prieur?«

Der eigentliche Angriff begann. Auf welchem Gebiet? Maigret vermochte es noch nicht zu erahnen.

»Sollte ich sie kennen, Herr Präfekt?«

»Allerdings.«

»Aber es ist das erste Mal, daß ich ihren Namen höre.«

»Mademoiselle Nicole Prieur... Haben Sie auch noch nie etwas von Monsieur Jean-Baptiste Prieur gehört, dem Berichterstatter im Staatsrat?«

»Nein.«

»Er wohnt Boulevard de Courcelles 42.«

»Ich widerspreche Ihnen nicht.«

»Er ist der Onkel von Nicole, die bei ihm lebt.«

»Ich glaube Ihnen, Herr Präfekt.«

»Und ich, ich frage Sie, Herr Kommissar, wo Sie heute nacht um eins gewesen sind.«

Diesmal war der Ton trockener, und die Augen lächelten nicht mehr.

»Ich erwarte Ihre Antwort.«

»Ist das ein Verhör?«

»Nehmen Sie es, wie Sie wollen. Ich habe Ihnen eine präzise Frage gestellt.«

»Darf ich Sie fragen, in welcher Eigenschaft?«

»Als Ihr Vorgesetzter.«

»Gut.«

Maigret ließ sich Zeit. Er war in seinem Leben noch nie so gedemütigt worden, und seine Finger umklammerten den Pfeifenkopf so fest, daß das Blut aus ihnen wich.

»Ich hab' mich um halb elf schlafen gelegt, nachdem ich mit meiner Frau ferngesehen habe.«

»Haben Sie zu Hause gegessen?«

»Ja.«

»Wann sind Sie ausgegangen?«

»Darauf komme ich noch, Herr Präfekt. Kurz vor Mitternacht, das Telefon hatte geläutet...«

»Ich nehme an, Ihre Nummer steht im Telefonbuch?«

»Genau.«

»Ist das nicht lästig? Können nicht alle möglichen Leute und vielleicht nur zum Spaß Sie erreichen?«

»Das habe ich auch gedacht. Jahrelang habe ich meine Nummer nicht öffentlich bekanntgegeben, aber die Leute haben sie trotzdem herausgekriegt. Nachdem ich sie fünf- oder sechsmal geändert hatte, habe ich sie ins Telefonbuch aufnehmen lassen, wie es jeder macht...«

»Was für Ihre Spitzel bequem ist... Außerdem können die Sie persönlich anrufen, anstatt sich an die Kripo wenden zu müssen, und so schanzen sie Ihnen in den Augen der Öffentlichkeit das gesamte Verdienst an einer Ermittlung zu...«

Maigret zwang sich, zu schweigen.

»Man hat Sie also kurz vor Mitternacht angerufen? Wann war das genau?«

»Ich habe zuerst im Dunkeln gesprochen. Es war ein langes Gespräch. Als meine Frau das Licht anschaltete, war es zehn Minuten vor zwölf.«

»Wer hat da mit Ihnen telefoniert? Jemand, den Sie kennen?«

»Nein. Eine Frau.«

»Hat sie ihren Namen genannt?«

»Da noch nicht.«

»Also nicht während des Telefongesprächs, das Sie *angeblich* mit ihr geführt haben?«

»Ich *habe* es geführt.«

»Na schön! Sie hat sich mit Ihnen in der Stadt verabredet?«

»In gewissem Sinne, ja.«

»Was wollen Sie damit sagen?«

Er begann zu begreifen, daß er naiv gewesen war, und es fiel ihm schwer, sich das vor diesem Grünschnabel mit dem zufriedenen Lächeln einzugestehen.

»Sie war gerade in Paris angekommen, wo sie zuvor niemals gewesen war...«

»Wie bitte?«

»Ich wiederhole Ihnen, was sie mir gesagt hat. Sie hat hinzugefügt, sie sei die Tochter eines Magistratsbeamten in La Rochelle, achtzehn Jahre alt und ersticke in der Atmosphäre einer zu strengen Familie, zumal ihr eine Schulfreundin, die seit einem Jahr in Paris ist, ihr den Zauber und die Möglichkeiten der Hauptstadt gepriesen habe...«

»Originell, was?«

»Ich habe schon weniger originelle Bekenntnisse gehört, die deswegen nicht minder aufrichtig waren. Ist Ihnen die Zahl junger Mädchen aus gewissen besseren Kreisen, wie man sagt, bekannt, die jedes Jahr...«

»Ich lese die Statistiken.«

»Ich gebe zu, daß ihre Geschichte nicht gerade neu war, und wenn sie es gewesen wäre, hätte ich mich vielleicht nicht für sie interessiert. Sie war zu Hause abgehauen, ohne ihren Eltern etwas zu sagen; sie hatte nur einen Koffer mit Kleidungsstücken und persönlichen Dingen sowie ihre Ersparnisse mitgenommen...

Ihre Freundin erwartete sie am Bahnhof Montparnasse. Diese Freundin war nicht allein. Ein etwa dreißigjähriger Mann begleitete sie, den sie als ihren Verlobten vorstellte...«

»Ein brünetter Herr, wie bei den Kartenlegerinnen?«

»Sie sind in einen roten Lancia gestiegen, und knapp zehn Minuten später haben sie vor einem Hotel gehalten.«

»Wissen Sie, vor welchem Hotel?«

»Nein.«

»Vermutlich auch nicht, in welchem Stadtviertel es liegt?«

»Richtig, Herr Präfekt, aber ich habe in meinem Beruf ungewöhnlichere Geschichten erlebt, die trotzdem nicht weniger wahr waren. Dieses junge Mädchen kannte Paris nicht. Sie kam zum erstenmal hierher. Eine Jugendfreundin erwartete sie und stellte ihr ihren Verlobten vor. Man fuhr mit ihr im Auto durch Straßen und über Boulevards, die sie noch nie gesehen hatte. Schließlich hielt man vor einem anscheinend drittklassigen Hotel, wo sie ihr Gepäck abstellte, und man ging mit ihr essen. Man gab ihr zu trinken...«

Maigret erinnerte sich an die rührende Stimme am Telefon, die einfachen, aber aufrichtigen, bewegenden Worte, an Sätze, die man unmöglich erfinden konnte, wie ihm schien.

»Ich bin tatsächlich noch ein bißchen betrunken«, gab sie zu. »Aber ich weiß nicht einmal, was ich getrunken habe...

›Komm, schau dir meine Wohnung an‹, hat meine Freundin zu mir gesagt.

Und die beiden haben mich in eine Art modernes Studio geführt, wo mir gleich bange wurde vor den Grafiken und vor allem vor den Fotos, die die Wände schmückten... Meine Freundin lachte...

›Hast du davor Angst? Zeig ihr doch, Marco, daß es gar nicht so furchtbar ist...‹ «

»Wenn ich recht verstehe, hat sie Ihnen das am Telefon gesagt, und Sie hörten es sich im Bett, an der Seite Ihrer Frau, an.«

»Richtig, allerdings hat sie mir einige Einzelheiten vielleicht erst später erzählt.«

»Es gab also ein Später?«

»In einem bestimmten Augenblick hat sie es vorgezogen, einfach wegzulaufen, und da stand sie allein in Paris, ohne Gepäck, ohne ihre Handtasche und ohne ihr Geld...«

»Und da kam sie auf den Gedanken, Sie anzurufen? Sie kannte natürlich Ihren Namen aus den Zeitungen... Sie hatte zwar ihre Handtasche nicht, aber sie hat Geld gefunden, um Sie von einer Telefonzelle aus anzurufen...«

»Aus einem Lokal, in das sie gegangen ist, wo sie etwas bestellt und eine Telefonmünze verlangt hat... Die Wirte lassen sich im allgemeinen nicht im voraus bezahlen.«

»Sie sind ihr also zu Hilfe geeilt. Warum haben Sie das

zuständige Polizeikommissariat nicht beauftragt, ihr aus der Klemme zu helfen?«

Weil Maigret einen Verdacht gehegt hatte, aber er war entschlossen, nicht darüber zu reden. Überdies wollte er künftig so wenig wie möglich darüber aussagen.

»Sehen Sie, Herr Kommissar, das fragliche Mädchen ist keineswegs eine kleine Provinzlerin, und ihre Version vom Hergang des Geschehens ist auch völlig anders als die Ihre. Monsieur Jean-Baptiste Prieur war heute morgen beunruhigt, als seine Nichte nicht zum Frühstück erschien und er erfuhr, daß sie nicht in ihrem Zimmer war.

Sie ist morgens um halb neun aufgelöst und fast verstört nach Hause gekommen. Ihr Bericht hat den Staatsrat derart erregt, daß er persönlich den Innenminister angerufen hat. Nachdem ich von der Sache unterrichtet war, habe ich einen Stenographen damit beauftragt, die Aussage von Mademoiselle Prieur zu protokollieren. Sie stehen drei Jahre vor der Pensionierung, Monsieur Maigret...«

Pardons Worte fielen ihm wieder ein:

›Sagen Sie, Maigret... Sind Sie in Ihrer ganzen Laufbahn...?‹ Der reinen Bösartigkeit begegnet! Dem Bösen, das um des Bösen willen geschieht! Dem Bösen, das in vollem Bewußtsein vollbracht wird! Aber wer?

»Was erwarten Sie von mir, Herr Präfekt? Meinen Abschied?«

»Ich würde ihn annehmen müssen.«

»Wer hindert Sie daran?«

»Sie werden den Bericht lesen, der inzwischen abgetippt worden ist. Und Sie werden mir schriftlich Ihre

Version der Ereignisse bis ins geringste Detail wiederholen. Ich verbiete Ihnen natürlich, Mademoiselle Prieur zu belästigen und wen auch immer in dieser Angelegenheit zu vernehmen. Ich lasse Sie wieder rufen, sobald ich Ihre Aussage erhalten habe.«

Er ging zur Tür und öffnete sie, immer noch spielte ein vages Lächeln um seine Lippen.

2

Maigret hatte auf den Aufzug verzichtet und stand auf der dritten oder vierten Stufe der weißen Marmortreppe, als die Tür wieder aufging. Es war der einarmige Amtsdiener, der nicht jeden Morgen Tennis spielen konnte.

»Der Herr Präfekt bittet Sie, noch einen Augenblick zurückzukommen, Herr Kommissar.«

Er verharrte einen Moment, zögerte und wußte nicht, ob er die paar Stufen wieder hinaufsteigen oder weiter hinuntergehen sollte. Schließlich durchquerte er erneut das Vorzimmer, und der Präfekt öffnete ihm selbst seine Tür.

»Ich habe vergessen, darauf hinzuweisen, daß ich keinerlei Gerede am Quai des Orfèvres in dieser Angelegenheit wünsche. Und erst recht werde ich Sie für das geringste Echo in der Presse zur Verantwortung ziehen.«

Da der Kommissar sich nicht rührte, fügte er als Verabschiedung hinzu:

»Ich danke Ihnen.«

»Ich Ihnen auch, Herr Präfekt.«

Hatte er es gesagt? Hatte er es nicht gesagt? Er wußte es nicht mehr. Er erblickte den Amtsdiener, winkte ihm einen Gruß zu und stieg diesmal die Marmortreppe ganz hinunter. Draußen war er überrascht, die Sonne, die Hitze, die geschäftigen Männer und Frauen, den Strom der Autos, die Farben und Gerüche des Alltags wiederzufinden.

Er verspürte einen Krampf in der Brust, und wie ein Herzkranker legte er unwillkürlich die Hand darauf und blieb einen Augenblick stehen.

Pardon hatte ihm versichert, daß das nicht weiter schlimm sei, nur ein Luftschlucken. Dennoch waren diese Anfälle etwas beängstigend, vor allem, wenn sie von Schwindel begleitet waren. Die Gegenstände und die Passanten verschwammen wie auf einem verwackelten oder ungenau eingestellten Foto.

An der Ecke des Boulevards stieß er die Tür einer Café-Bar auf, deren eine Fensterhälfte zum Quai wies und wo er seit Jahren im Vorübergehen etwas trank.

»Ein Bier, Herr Kommissar?«

Er hatte Atembeschwerden. Seine Stirn war schweißbedeckt, und er betrachtete sich ängstlich im Spiegel zwischen den auf Regalen aufgereihten Flaschen.

»Einen Cognac...«

Er war nicht mehr rot, sondern blaß, der Blick starr.

»Einen einfachen oder einen doppelten?«

»Einen doppelten«, erwiderte er voller Ironie.

Immer noch wegen Pardon. Es war unglaublich, wie dieses scheinbar so banale Gespräch, das er mit seinem Freund geführt hatte, an Bedeutung gewann. Der Arzt hatte ihm geraten, weniger zu trinken, aber er selber, der zu Hause seiner Frau zuliebe Zigarren rauchte, steckte sich draußen schnell eine Zigarette an.

›Sind Sie in Ihrer Laufbahn...‹

Dem gemeinen Verbrecher begegnet, der Bösartigkeit um ihrer selbst willen? Er lächelte nicht einmal mehr ironisch.

»Noch einen, François...«

Die Uhr zeigte auf zwanzig vor zwölf. Alles hatte sich in einer knappen halben Stunde abgespielt, einer halben Stunde, die ihm wie ein Graben in seinem Leben vorkam. Von nun an gab es für ihn die Vergangenheit und die Gegenwart, das Vorher und Nachher. Nachher?

Die Bilder blieben verschwommen. Und wenn er hier auf die Fliesen des Cafés fallen würde, inmitten der Leute, die ihren Aperitif tranken, ohne auf ihn zu achten?

Nimm dich zusammen, Maigret! Keine Sentimentalität! Keine Kindereien! Wie viele Männer, die er in seinem Büro verhört hatte, fühlten ihr Herz zu stark schlagen oder hatten den Eindruck, es könnte stehenbleiben? Auch ihnen hatte er ein Glas Cognac gereicht, den er in seinem Wandschrank aufbewahrte.

»Was macht das?«

Er bezahlte. Er schwitzte. Es war wirklich heiß. Auch die anderen wischten sich hin und wieder mit dem Taschentuch über die Stirn. Warum blickte ihn François so an, als habe er sich plötzlich verändert?

Er torkelte nicht. Er war nicht betrunken. Man wird

nicht von zwei Cognac betrunken, selbst von doppelten nicht. Er wartete brav das grüne Licht ab, ehe er die Straße überquerte, und begab sich dann zu der berühmten Nummer 38 am Quai des Orfèvres.

Er war auf diese Rotznase von Präfekten nicht mehr wütend, dem er vorher so gerne die Faust ins Gesicht gedonnert hätte. Der Polizeipräfekt war in dieser Affäre nur eine Schachfigur.

Sicher, er schätzte die Polizisten alten Schlages nicht. Maigret war der letzte, der aus jener Zeit stammte. Er hatte nacheinander die anderen ihren Abschied nehmen sehen und sich an jüngere Gesichter gewöhnen müssen, an eine andere Art der Berufsauffassung.

Von den Alten war am Quai eigentlich nur Barnacle übriggeblieben, ein Inspektor, der schon dort war, als Maigret anfing, und der immer denselben Posten innehatte, da es ihm nicht gelungen war, auch nur ein einziges Examen zu bestehen.

Man nannte ihn den Verschnupften, wegen seines praktisch ewigen Schnupfens, oder den Mann mit den großen Füßen; denn er fand für seine empfindlichen Füße nie die passenden Schuhe. Und da er für schwierigere Aufgaben nicht zu verwenden war, schickte man ihn von Tür zu Tür, wie einen Staubsauger-Vertreter, um die Conciergen oder manchmal die Bewohner einer ganzen Straße zu verhören.

Armer Barnacle! Maigret hatte sich ihm nie so nahe gefühlt. Der Inspektor quittierte seinen Dienst in drei Monaten. Und Maigret?

Mit erhobener Hand grüßte er die wachhabenden Polizisten, stieg langsam die Treppe hinauf und mußte in der Mitte anhalten, weil ihm wieder sein Herz nicht regelmäßig zu schlagen schien.

Er betrat sein Büro, schloß die Tür hinter sich und schaute sich um, als sei ihm dieser Anblick ungewohnt. Dennoch kannte er jede Einzelheit. Die Gegenstände hatten mit den Jahren Zeit gehabt, zu erstarren, den Eindruck von etwas Ewigem zu erwecken. Er war versucht, den Wandschrank zu öffnen, in dem sich das Waschbecken befand, aber auch die berühmte Cognacflasche für geschwächte Klienten.

Er zuckte mit den Schultern und ging zu den Inspektoren hinüber.

»Was Neues, Kinder?«

Man blickte ihn an wie François, der Kellner in der Bar. Lucas erhob sich.

»Wieder ein Raubüberfall auf einen Juwelierladen...«

»Nimmst du das in die Hand?«

Schwankend stand er zwischen Wirklichkeit und Unwirklichkeit.

»Ruf meine Frau an und sag ihr, daß ich nicht zu Mittag komme... Und bevor du gehst, bestell ein paar Sandwiches und Bier...«

Seine Mitarbeiter fragten sich, was mit ihm wohl los war. Aber was konnte er ihnen sagen, da er es selbst noch nicht wußte? Zum erstenmal nahm man den Kampf mit ihm auf und forderte von ihm Rechenschaft.

Er zog seine Jacke aus, öffnete den zweiten Fensterflügel und ließ sich in seinen Sessel fallen. Sechs Pfeifen lagen auf dem Schreibtisch aufgereiht, ferner Akten, die er noch nicht aufgeschlagen hatte, und sicher auch Schriftstücke, die er zu unterzeichnen hatte.

Er suchte sich eine Pfeife aus, die größte, stopfte sie langsam, und als er sie anzündete, schmeckte sie nicht recht. Er mußte aufstehen, um aus seiner Jacke die Papiere zu holen, die der Präfekt ihm gegeben hatte.

Man hatte ja einen Stenographen zu Monsieur Jean-Baptiste Prieur am Boulevard de Courcelles geschickt, um die Aussage der jungen Nichte aufzunehmen. Dieser Stenograph war wahrscheinlich ein Inspektor. Aus welcher Abteilung hatte man ihn geholt?

Berichterstatter beim Staatsrat. Maigret erinnerte sich dunkel, die Worte »Staatsrat« über einer monumentalen Tür an der Place du Palais-Royal gelesen zu haben. Das war ein Organ, das ganz oben in der Regierungshierarchie stand, doch wie die meisten Franzosen hatte er nur eine recht vage Vorstellung von seinen Befugnissen.

Der Staatsrat, schien ihm, wachte über die Verfassungsmäßigkeit der Gesetze und Erlasse und entschied sicher auch über die Zulässigkeit der Klagen von Einzelpersonen und Verbänden gegen den Staat.

Berichterstatter, das bedeutete also, daß die Person dieses Titels damit beauftragt war, dem Rat die anstehenden Klagen vorzutragen, die Akten vorher zu studieren und eine begründete Ansicht zu äußern.

Aussage von Mademoiselle Nicole Prieur, 18 Jahre, Studentin, wohnhaft bei ihrem Onkel, Monsieur Jean-Baptiste Prieur, Berichterstatter beim Staatsrat, Boulevard de Courcelles 42, am 28. Juni, neun Uhr dreißig, morgens.

Boulevard de Courcelles: große Gebäude gegenüber dem Park Monceau, breite Portale, Chauffeure, die im

Hof die Wagen polierten, und Conciergen in Uniform wie der Amtsdiener des Polizeipräfekten.

Am Montagabend, nachdem ich mit meinem Onkel gegessen hatte, habe ich mich zu einer Freundin begeben, Martine Bouet, Boulevard Saint-Germain, deren Vater Arzt ist. Ich habe die Metro genommen, denn mein Onkel brauchte das Auto...

Maigret machte sich Notizen. Nach dem Abendessen am Tag zuvor hatte er mit seiner Frau ferngesehen, ohne auch nur zu ahnen, was ihn wenig später erwarten würde.

In Martines Zimmer haben wir den größten Teil des Abends damit verbracht, neue Schallplatten zu hören, die sie zum Geburtstag erhalten hatte. Martine ist auf Musik ganz verrückt. Ich auch. Ein bißchen weniger als sie.

Wie unschuldig und jungfräulich das doch alles war! Die beiden Mädchen hörten in dem Zimmer Musik... Was für Musik? Bach? Modische Schlager? Jazz?

Ich bin um halb zwölf gegangen und hatte zuerst vor, mit der Metro heimzufahren. Als ich jedoch auf der Straße war, hatte ich Lust, ein bißchen zu laufen, denn die Nacht war frisch, und am Tag war es so drückend gewesen...

Er versuchte, sie sich vorzustellen, im Salon am Boulevard de Courcelles, wie sie mit gewichtiger Miene diese Aussage diktierte. Die Sätze konnten aus einem Aufsatz stammen. War ihr Onkel zugegen? Hatte es Korrekturen gegeben, Neuansätze?

Darauf bin ich in die Rue de Seine eingebogen, um zu den Quais zu gelangen, denn ich gehe wahnsinnig gern auf den Quais spa-

zieren, besonders nachts... Erst dort habe ich gemerkt, daß ich bei Martine zwei Platten vergessen hatte, die ich mitgebracht hatte, um sie ihr vorzuspielen.

Mein Onkel hat die Angewohnheit, zeitig schlafen zu gehen, denn er steht morgens früh auf. Ich wußte, daß er nur für etwa eine Stunde das Haus verlassen hatte. Ich hatte Angst, daß Martine mich zu Hause anrufen würde, um mir zu sagen, daß ich meine Platten vergessen hatte...

Das war möglich. Alles war möglich, Maigret wußte das jetzt besser denn je. Dennoch klang dieser Abschnitt weniger klar als der Anfang des Berichts.

Ich befand mich vor einem kleinen Lokal, dessen Wirt am Fenster saß und seine Zeitung las. Ich sehe noch deutlich die an die Scheibe gemalten Buchstaben Chez Désiré.

Ein altmodisches Bistro, mit Zinntheke, fünf oder sechs lackierten Holztischchen und dürftiger Beleuchtung. Ich bin hineingegangen...

Bald würde Maigret auf der Bildfläche erscheinen, und er fragte sich, wie seine Person wohl eingeführt werden würde. Zu dieser Stunde hatte er am Tag zuvor friedlich neben seiner Frau im Ehebett geschlafen.

Ich habe gleich eine Telefonmünze verlangt, und der Wirt hat sich mißmutig erhoben, als sei er über diese Störung verärgert. Ich bat ihn, mir einen Kaffee an irgendeinen Tisch zu bringen, und bin in die Kabine gegangen.

Nachdem Martine sich gemeldet hatte, haben wir eine Weile geplaudert. Sie wollte wissen, wo ich war. Ich habe ihr geantwortet, daß ich aus einem wunderbaren, altmodischen Bistro anrufe, in dem nicht einmal eine Katze war... Oder vielmehr doch: da war eine Katze, eine große, getigerte, auf dem Schoß des Wirts... Einen Augenblick war die Rede davon, daß sie auch kommen wollte, aber ich habe ihr gesagt, daß ich nicht lange bleiben würde, daß ich noch ein paar Schritte laufen wollte, ehe ich die Metro nahm...

Bei Maigret gewann der Spürsinn des Polizisten wieder die Oberhand. Sie hatte bestimmt ihre Freundin angerufen, denn dieses Detail ließ sich nachprüfen. Sie war auch in dem Lokal Chez Désiré, denn dort hatte Maigret sie ein wenig später getroffen. Es waren also zwei Telefongespräche geführt worden, eines mit Martine, das andere mit dem Kommissar.

Sie sprach aber nur von einer Münze. Maigret drängte es, zu erfahren, ob von einer zweiten die Rede sein würde.

Unsere Unterhaltung hat etwa zehn Minuten gedauert, vielleicht etwas länger. Wir hatten uns gerade erst getrennt, sicher, aber junge Mädchen haben sich immer etwas zu erzählen... Man glaubt, alles gesagt zu haben, und schon fällt einem ein neues Thema ein...

Das bedeutete, daß der erste Anruf nicht Martine gegolten hatte, sondern Maigret, wodurch er Zeit fand, sich anzuziehen, in ein Taxi zu springen und zur Rue de Seine zu fahren.

Ich habe mich dann an den Tisch gesetzt, wo mein Kaffee serviert war. Der Wirt hatte wieder am Fenster Platz genommen, seine Katze saß auf seinem Schoß. Auf einem Stuhl lag eine Abendzeitung, und da ich sie noch nicht gelesen hatte, begann ich sie zu überfliegen, bis mein Kaffee etwas abgekühlt war.

Ich weiß nicht, wieviele Minuten darüber verstrichen sind...

Auch hier mußte sie mit der eventuellen Zeugenaussage des Schankwirts rechnen. In jenem Augenblick hat sie sich sicher gefragt, ob der Kommissar nach der Komödie, die sie ihm am Telefon vorgespielt hatte, kommen würde oder nicht. Die Zeitberechnung war jedenfalls genau.

»Herein!« rief Maigret.

Es war der Kellner der Brasserie Dauphine, der ein Tablett mit Sandwiches und zwei Flaschen Bier brachte.

»Stellen Sie das dorthin...«

Er hatte weder Hunger noch Durst. Mit gerunzelter Stirn schloß er die Tür, die der Kellner beim Hinausgehen nicht richtig zugemacht hatte.

Eine Einzelheit stimmte jedenfalls: die Tasse Kaffee. Und als Maigret ins Désiré gekommen war, lag auch eine aufgeschlagene Zeitung auf einem Stuhl neben dem jungen Mädchen.

Die Zeit war mir recht kurz vorgekommen, aber ich möchte nicht beschwören, daß sie es wirklich war, denn mein Onkel wirft mir oft vor, daß ich kein Zeitgefühl habe... Ich zog mein Portemonnaie aus der Tasche... Ich trug ein leichtes Kostüm mit zwei Taschen, so daß ich keine Handtasche mitzunehmen brauchte... Das gehört auch zu meinen Fehlern, meine Handtaschen immer irgendwo zu vergessen. Darum wähle ich meistens Kleider mit Taschen.

Raffiniert! Damit war die Geschichte mit der angeblich gestohlenen Handtasche geklärt.

In diesem Moment ist ein ziemlich großer, breitschultriger Mann mit massivem Gesicht hereingekommen...

Besten Dank für die Beschreibung!

Ich täusche mich vielleicht, aber ich hatte den Eindruck, daß er mich eine Weile durch das Fenster beobachtet hatte... Ich sehe noch undeutlich eine Gestalt, die ihm glich, auf dem Bürgersteig auf und ab gehen...

Zuerst habe ich geglaubt, er käme auf mich zu, doch er setzte sich an den Nachbartisch oder ließ sich vielmehr auf einen Stuhl fallen und wischte sich über die Stirn... Ich weiß nicht, ob er schon etwas getrunken hatte... Jedenfalls hatte ich diesen Gedanken...

Achtung! Von hier an mußte ihre Aussage unbedingt mit dem übereinstimmen, was der Schankwirt später sagen würde.

Sein Gesicht kam mir bekannt vor, ohne daß ich es mit einem Namen verbinden konnte... Dann fiel mir ein, daß ich sein Foto in den Zeitungen gesehen hatte...

Er schien meinen Gedanken erraten zu haben und sagte zu mir:

»Sie täuschen sich nicht... Ich bin wirklich Kommissar Maigret.«

Das war ein Fehler. Maigret hätte einen solchen Satz nie ausgesprochen. Doch das Mädchen mußte auf plausible Weise erklären, daß sich sofort eine Unterhaltung entwickelt hatte.

Der immer noch auf seinem Stuhl sitzende Désiré war ein lästiger Zeuge.

In Wirklichkeit hatte er sich beim Eintritt des Kommissars nicht erhoben und ihm nur über seine Zeitung hinweg einen Blick zugeworfen. Man konnte sich fragen, warum er sein Lokal geöffnet hielt. Vielleicht aus Gewohnheit? Oder um in Ruhe und allein seine Zeitung lesen zu können, anstatt sich an der Seite seiner Frau schlafen zu legen?

Ich gehöre nicht zu den jungen Mädchen, die den Filmstars und Berühmtheiten hinterherlaufen, um sie um ein Autogramm zu bitten. Die Prominenz empfängt mein Onkel jede Woche am Boulevard de Courcelles.

Ich war jedoch erfreut, einen Polizisten aus der Nähe zu sehen, und obendrein den, von dem man am meisten spricht. Ich hatte ihn mir gewichtiger, vor allem fetter vorgestellt... Was mich auf den ersten Blick am stärksten überrascht hat, war sein munterer Ausdruck, und ich habe mich gleich gefragt, ob er nicht schon ein paar Gläschen getrunken hatte...

Man kam also darauf zurück! Und plötzlich fiel Maigret der berühmte Abend bei den Pardons ein, der nun endgültig eine lächerliche Bedeutung in seinem Denken annahm. Man warf ihm vor, getrunken zu haben! Auch jetzt hatte er getrunken. Zwei Cognac. Doppelte! Der Kellner der Café-Bar würde es bezeugen können. Und vor ihm stand Bier auf dem Tablett. Wie aus Trotz schenkte er sich ein Glas ein, griff wütend nach einem Sandwich, biß hinein, legte es aber gleich wieder hin. Er hatte keinen Hunger. Er ärgerte sich schwarz und tauchte immer tiefer in eine irreale Welt ein, in der er die Hauptrolle spielte, ohne recht zu wissen, was das für eine Rolle war. In einem Alptraum ist man sich bewußt, daß alles unwirklich ist. Selbst wenn man sich während des Schlafs in der Wirklichkeit glaubt, setzt das Erwachen der Zusammenhanglosigkeit bald ein Ende.

Hier aber war die Wirklichkeit zusammenhanglos. Er schlief nicht. Er träumte nicht. Er hatte eine Aussage vor sich, die nicht irgendein anonymer Brief oder der Bericht eines Irren war, sondern ein offizielles Dokument, das ihm der Polizeipräfekt persönlich überreicht hatte.

Und der Polizeipräfekt schenkte ihm Glauben. Würde Maigret letzten Endes nicht auch daran glauben? Er rief sich ins Gedächtnis, was der Szene im Lokal vorausgegangen war. Das Klingeln des Telefons, dann die Stimme des jungen Mädchens, er selbst, der im Dunkeln zuhörte und zögerte, den Hörer wieder aufzulegen, und schließlich Madame Maigret, die die Nachttischlampe anmachte und fragte:

»Was ist denn?«

Er zuckte die Achseln, hörte immer noch darauf, was die abgehackte und flehentliche Stimme ihm berichtete.

In jenem Augenblick befand er sich noch im Bereich des Verläßlichen, zu Hause, in einem Zimmer, das er schon seit mehr als fünfundzwanzig Jahren bewohnte. Auch seine Frau neben ihm war Wirklichkeit.

Sie reichte ihm seine Pfeife, die er vor dem Schlafengehen nicht ausgeklopft hatte, und zündete ein Streichholz an. Sie wußte, wenn er plötzlich aus dem Schlaf gerissen wurde, rauchte er gerne ein paar Züge aus seiner Pfeife, um richtig wach zu werden. Auch das Büro, in dem er saß, hatte er schon lange inne. Er hatte es für wirklich gehalten, jetzt war er sich dessen nicht mehr so sicher. Wer weiß, was geschah, wenn Maigret dem Präfekten seine Version vom Ablauf der Geschehnisse überreichen würde?

Was hatte ihm der mächtige Chef gesagt, der seit zwei Jahren versprach, Paris sauberzufegen, und der jeden Morgen im Roland-Garros-Stadion Tennis spielte, wo er sich bereitwillig fotografieren ließ?

Beiläufig hatte er sich niederträchtig ungerecht im Hinblick auf die Berühmtheit des Kommissars gezeigt. Dabei hatte Maigret sie nie gesucht. Im Gegenteil. Wie oft waren seine Ermittlungen dadurch erschwert worden, daß man ihn überall kannte! War es seine Schuld, wenn die Journalisten eine Legende um ihn gewoben hatten?

Nun gut! Wo war er stehengeblieben? Ach ja... Der Präfekt hatte sich etwa folgendermaßen ausgedrückt:

»Sie sind also, weil eine Unbekannte Ihnen eine rührselige und recht unwahrscheinliche Geschichte erzählt hat, mitten in der Nacht aufgestanden und in das Bistro geeilt, das sie Ihnen genannt hatte... Als Kriminalkommissar ist Ihnen nicht eingefallen, das nächste Polizeikommissariat anzurufen und einen Inspektor da hinzuschicken, um sich der Sache anzunehmen...«

Er hatte nicht einmal unrecht. Denn seine Frau hatte ihm fast das gleiche gesagt.

»Warum schickst du nicht einen Inspektor hin?«

Eben weil die Geschichte nicht eindeutig war, weil die Fakten, die man ihm am Telefon berichtete, nicht immer zusammenstimmten.

War das Leben nicht oft zusammenhanglos? Nun hatte er wieder einmal den Beweis dafür, allerdings mit dem Unterschied, daß er diesmal selbst im Mittelpunkt dieser Zusammenhanglosigkeit stand.

Einen Punkt für den Polizeipräfekten. Übrigens war

Maigret auf ihn nicht mehr wütend. Es verlangte ihn nicht mehr, ihm seine Faust ins Gesicht zu donnern. Der Präfekt war nur ein Bauer in dieser Affäre, und auch er selbst machte im Augenblick keine gute Figur.

Er leerte sein Glas, füllte es wieder, stellte es in Reichweite und nahm sich die Zeit, eine Pfeife anzustecken, bevor er sich über die Schreibmaschinenseiten beugte.

Er hat sich Weißwein bestellt. Der Wirt hat ihn gefragt:

»Eine Flasche?«

Er hat es bejaht, und man hat ihm ein Glas und eine kleine Flasche gebracht. Er hat mir angeboten, auch davon zu trinken, aber ich habe ihm geantwortet, daß ich gerade einen Kaffee getrunken hätte. Ich weiß nicht mehr, wie er seine Unterhaltung dann fortgeführt hat. Er hat etwa gesagt:

»Die meisten Leute machen sich eine falsche Vorstellung von unserem Beruf... Sie auch, möchte ich wetten...«

»Man spricht vor allem von Ihren Verhören, von den Geständnissen, die Sie am Ende erwirken...«

»Das ist der Schluß... Was zählt, ist die Routinearbeit... Sehen Sie, heute bin ich hinter einem gefährlichen Gangster her, den ich fast mit Sicherheit in einer der Bars dieses Viertels finden werde...«

Trotz des rührenden Tons hielt der Bericht, den sie am Telefon gegeben hatte, die Geschichte von ihrer Freundin und von dem unheimlichen Marco, einer Prüfung eher stand als die Sätze, die sie Maigret in den Mund legte.

»Wenn es Ihnen Spaß macht, mich zu begleiten...«

Er ist aufgestanden, wohl in der Überzeugung, daß ich mitgehen würde. Er hat Geld auf den Tisch geworfen, und als ich meine Rechnung begleichen wollte, hat der Wirt geantwortet, das sei bereits erledigt.

Ich bin mit ihm zusammen hinausgegangen.

»Warten Ihre Eltern auf Sie?«

»Mein Onkel kümmert sich nicht darum, wann ich nach Hause komme. Er hat Vertrauen in mich...«

»Na schön, kommen Sie...«

Aus Neugier habe ich nachgegeben. Ich erinnere mich, durch die Rue Jacob gegangen zu sein und dann in einer kleinen Nebenstraße, deren Namen ich vergessen habe, eine Bar betreten zu haben, in der sich viele Leute um die Theke drängten.

Ich betrachtete vor allem die Gesichter um mich herum und fragte mich, ob der Verbrecher, den der Kommissar suchte, einer von den Gästen war. Er hat mir ein Glas gereicht. Es war Whisky. Ich habe gezögert, ihn zu trinken, aber ich hatte Durst, denn ich hatte einen bitteren Kaffee heruntergekippt, der kalt geworden war. Ich nehme an, mein Glas ist dann ohne mein Wissen wieder gefüllt worden, so daß ich zwei Whisky getrunken habe statt, wie ich glaubte, einen. Die Leute standen dicht beieinander. Es war heiß, und das Lokal war verräuchert.

»Kommen Sie... Ich habe hier nur zwei Zuhälter entdeckt, die mich nicht interessieren... Der Mann, den ich suche, ist woanders...«

»Ich möchte lieber nach Hause gehen...«

»Geben Sie mir noch eine halbe Stunde, und Sie haben sicher das Glück, einer sensationellen Festnahme beizuwohnen, von der man morgen auf den Titelseiten der Zeitungen berichten wird...«

Damit ihre Geschichte glaubhaft blieb, mußte er Zeit gehabt haben, sie betrunken zu machen. Sie mußte es auch bei Andeutungen belassen, damit es unmöglich war, die Lokale wiederzufinden, in die er sie angeblich geführt hatte. Alles in allem mußten die beiden Geschichten sich überlagern, und obwohl sie beide falsch waren, wenigstens die gleichen Anhaltspunkte in der Wirklichkeit aufweisen.

Das zweite war ein Kellerlokal, in dem Jazz gespielt wurde. Die Leute tanzten... Ich kenne die Keller von Saint-Germain-des-Prés nicht, aber ich nehme an, es war einer von ihnen. Der Kommissar hat mir wieder zu trinken gegeben. Ich hatte schon die Kontrolle über mich verloren... Ich merkte, daß ich schwankte, und ich habe geglaubt, ein Gläschen würde mir guttun.

Dann wird es immer verschwommener, mit Lücken in meinem Gedächtnis... Auf dem Bürgersteig hat er mich untergefaßt und dann, unter dem Vorwand, daß ich hinfallen könnte, seinen Arm um meine Taille gelegt. Ich habe versucht, ihn zurückzustoßen. Er hat mich zu einer Tür geführt, ich mußte einen schwach beleuchteten Flur entlanggehen. Er hat mit jemandem hinter einem Schalter gesprochen, einem alten, schlecht rasierten Mann mit weißen Haaren...

Ich sehe noch eine schmale Treppe vor mir, den roten Läufer, numerierte Zimmertüren, den Kommissar, der einen Schlüssel umdreht...

Automatisch wiederholte ich:

»Nein!... Nein!... Ich will nicht...«

Er lachte. Wir befanden uns in einem Zimmer, in der Nähe eines Betts...

»Lassen Sie mich! Lassen Sie mich, oder ich schreie...«

Ich würde schwören, daß er geantwortet hat:

»Sie vergessen: die Polizei, das bin ich!«

Das stimmte fast. Natürlich nicht der letzte Satz. Und das Mädchen hat sich nicht gewehrt. Maigret hatte sie auch nicht von Bar zu Bar geführt, und er hatte ihr nichts zu trinken bestellt.

Tatsache war die Begegnung im Désiré, allerdings waren andere Worte gewechselt worden. Das Fräulein nannte sich zu diesem Zeitpunkt zwar Nicole, aber sie behauptete, ihr Familienname sei Carvet und sie sei die Tochter eines Friedensrichters in La Rochelle. Ihre Freundin, von der sie mit Marco abgeholt worden war, hieß Laure Dubuisson und war die Tochter eines Fischhändlers in derselben Stadt.

»Wenn ich recht verstehe, wissen Sie weder, wo Ihre Freundin wohnt, noch wohin man Sie gebracht hat und wo Sie Ihr Gepäck gelassen haben. Am Ende sind Sie nicht in der Lage, das Hotel wiederzuerkennen, aus dem Sie weggelaufen sind, ohne Ihre Handtasche mit Ihren Ersparnissen mitzunehmen...«

Sie war noch betrunken, und ihr Atem roch nach Alkohol.

»Was wir jetzt in erster Linie für Sie brauchen, ist ein Bett für die Nacht... Kommen Sie...«

Es stimmte, daß er Geld auf den Tisch geworfen hatte. Ebenso stimmte es, daß er sie auf dem Boulevard Saint-Germain untergefaßt hatte, um sie zu stützen, und daß er später, als sie noch stärker schwankte, den Arm um ihre Taille gelegt hatte. Er kannte ein ordentliches, nicht teures Hotel in der Rue des Écoles, das Hôtel de Savoie. Sie waren unterwegs nicht eingekehrt, wie Nicole behauptete.

»Wie konnten Sie Ihrer Freundin schreiben, wenn Sie ihre Adresse nicht wußten?...«

Mit belegter Stimme antwortete sie:

»Glauben Sie, daß ich lüge, daß ich Ihnen ein Märchen erzähle? Ich habe ihr postlagernd geschrieben, so! Laure hat immer das Geheimnisvolle geliebt... Als sie noch klein war, in der Schule, wollte sie einem einreden...«

Sie erinnerte sich nicht mehr daran, was Laure ihnen einreden wollte. Er hörte kaum zu, wollte sie nur schnell loswerden.

Es stimmte fernerhin, daß der Nachtportier im Hôtel de Savoie schlecht rasiert war und weiße Haare hatte und daß er ihm einen Schlüssel gereicht und gemurmelt hatte:

»Zweiter Stock links...«

Einen Aufzug gab es dort nicht.

»Helfen Sie mir, die Treppen hinaufzusteigen... Ich kann mich kaum noch auf den Beinen halten.«

Er hatte ihr geholfen, und jetzt waren Wahrheit und Fabelei nicht mehr recht voneinander zu trennen.

»Ich kann nicht mehr, Monsieur Maigret... Ich bin total betrunken, nicht wahr? Ich schäme mich... Ich wage nie wieder zu meinen Eltern zurückzukehren.«

Sie erreichten das zweite Stockwerk, und Maigret drehte tatsächlich den Schlüssel im Schloß.

»Schlafen Sie, und machen Sie sich keine Sorgen. Morgen früh werde ich mich mit dieser Sache befassen.«

Im Zimmer stolperte sie, fiel zu Boden und versuchte nicht, sich zu erheben. In wenigen Augenblicken würde sie eingeschlafen sein.

Er hob sie auf, zog ihr die Schuhe und die Jacke ihres Kostüms aus. Er war im Begriff zu gehen, da stöhnte sie:

»Ich habe Durst!«

Er betrat den winzigen Waschraum, spülte das Zahnputzglas aus und füllte es mit frischem Wasser. Als er zurückkam, saß sie auf dem Bett und bemühte sich, ihren Rock auszuziehen.

»Mein Gürtel drückt mich…«

Sie trank und starrte ihn dabei verzweifelt an.

»Wollen Sie mir nicht helfen? Wenn Sie wüßten, wie schlecht mir ist! Ich glaube, ich muß mich erbrechen…«

Er hatte ihr beim Auskleiden geholfen, und sie hatte nur ihren Unterrock anbehalten.

Sie hatte sich nicht übergeben.

»Nun?« hatte ihn seine Frau gefragt, als er nach Hause zurückgekehrt war.

»Eine seltsame Geschichte… Man wird morgen weitersehen…«

»Ist es ein hübsches Mädchen?«

»Ich muß gestehen, daß ich nicht darauf geachtet habe… Sie war sternhagelvoll…«

»Was hast du mit ihr gemacht?«

»Ich habe sie in ein Hotel gebracht, wo ich sie zu Bett bringen mußte…«

»Du hast sie entkleidet?«

»Was sollte ich machen…«

»Hast du keine Angst?«

Madame Maigret hatte Spürsinn. Auch er war nicht zufrieden. Als er um neun in sein Büro kam, rief er gleich das Hôtel de Savoie an und erfuhr, daß die Person von Nummer 32 weggegangen sei und gesagt habe, Kommissar Maigret, der sie hergebracht habe, werde die Rechnung begleichen.

Zehn Minuten später berichtete ihm der Telefonist der Kripo, daß es in La Rochelle keinen Friedensrichter namens Carvet gebe und daß auch kein Carvet im Telefonbuch stehe. Desgleichen kein Dubuisson.

3

Sie vergessen: die Polizei, das bin ich!

Maigret stand vor dem offenen Fenster, beide Hände in den Hosentaschen, die Pfeife zwischen die Zähne geklemmt. Er hatte nicht den Mut gehabt, Nicole Prieurs Aussage ein zweites Mal zu lesen. Lange hatte er niedergeschlagen, angewidert und ohne einen Funken von Kampfgeist auf seinem Sessel gehockt. Lange hatte er sich wie ein Fremder in seinem Büro gefühlt und nur vage die Geräusche der Stimmen und das Kommen und Gehen im Büro der Inspektoren wahrgenommen.

Noch drei Jahre blieben ihm bis zur Pensionierung. Auch Pardon hatte das betont. Warum? Weil er ihn abgearbeitet fand? Weil er bei der Untersuchung etwas festgestellt hatte, was nicht in Ordnung war und worüber er nicht mit ihm sprechen wollte?

Er hatte ihm angeraten, weniger zu trinken, das heißt, das Trinken überhaupt aufzugeben. Einen Schluck Wein zu den Mahlzeiten. Bald würde man ihm eine Diät verordnen. Dann würde er zu bestimmten Stunden Tabletten nehmen müssen. Er stand auf der Schwelle zur Welt der Greise, deren Organe nacheinander anfällig oder kraftlos werden, wie alte Autos, bei denen man einzelne Teile laufend auswechseln muß. Nur werden für die Menschen noch keine Ersatzteile verkauft.

Er merkte nicht, wie schnell die Zeit verstrich. Die Sonnenstellen im Büro, auf dem Teppich und an der Wand wanderten unaufhörlich weiter, ohne daß er es wahrnahm.

Er besaß weder Kampfkraft noch das geringste Verlangen, sich zu verteidigen. Er nahm die Niederlage hin. Eine Weile spürte er sogar eine gewisse Erleichterung. Keine Verantwortung mehr. Keine aufreibenden Abende oder Nächte, in denen man einen Menschen in die Zange nehmen mußte, dessen Geständnis einen Ermittlungsfall beendete.

Sie vergessen: die Polizei, das bin ich!

Vielleicht war es dieser kleine Satz, der ihn rettete. Er war schon fast in Meung-sur-Loire, wo das Haus für sie bereit stand, für seine Frau und ihn, mit dem Garten, den er bestellen würde, wie seine Nachbarn, mit den Blumen und dem Gemüse, das er morgens und bei Sonnenuntergang friedlich gießen würde, und mit den Angelruten, die im Schuppen aufgereiht waren...

»Sie vergessen: die Polizei...«

Das paßte so gar nicht zu seinem Charakter, das ergab einen so falschen Ton, daß endlich ein Lächeln sein Gesicht entspannte und der Augenblick eintrat, da er langsam lockerer wurde. Er fand wieder zu sich, betrachtete die Sandwiches, die er verschmäht hatte. Er nahm eins, biß ab und öffnete die restliche Bierflasche. Dann ging er kauend ans Fenster und blickte durch das reglose Laub der Bäume am Ufer auf die Seine hinab.

So bekam er allmählich wieder Kontakt mit der Außenwelt, mit den Passanten, die vorübergingen, einem Pärchen, das eng umschlungen den Pont Saint-Michel überquerte, in der Mitte stehenblieb, um Schleppkähne darunter herfahren zu sehen, dem Wasser zuzuschauen oder irgend etwas zu betrachten, denn im Grunde zählte nur ihre Lebensfreude, die in ihrer Umarmung Ausdruck fand.

Nebenan klapperten Schreibmaschinen. Die Inspektoren sahen sicher hin und wieder fragend zur Tür ihres Chefs und wechselten beunruhigte Blicke.

Maigret kehrte an seinen Schreibtisch zurück, um den letzten Satz der Aussage von Nicole Prieur zu lesen, denn da stand noch etwas:

Er hat mich nicht mißbraucht. Ich nehme an, er hat es im letzten Augenblick mit der Angst zu tun bekommen...

Er stopfte sich eine Pfeife und trat ans Fenster zurück, gefestigter und mit leichtem Funkeln in den Augen. Dann seufzte er und öffnete endlich die Tür zum Nebenraum.

Lucas war nicht da. Viele andere waren irgendwo in Paris unterwegs. Der junge Lapointe hatte Urlaub. Janvier tippte einen Bericht in die Maschine. Alle, die noch da waren, wußten, daß er sie anblickte, wagten jedoch aus Diskretion nicht, den Kopf zu heben, denn wenn sich der Kommissar so lange in sein Büro zurückzog, mußte etwas Ernstes vorgefallen sein.

Die Uhr zeigte auf drei.

»Kommst du bitte mit deinem Block, Janvier.«

Janvier war neben Lapointe der beste Stenograph der Abteilung und ging gleich in Maigrets Büro, dessen Tür er hinter sich schloß. In seinem Blick lag eine Frage, die er nicht auszusprechen wagte.

»Setz dich... Ich diktiere...«

Es war weniger lang, als er gedacht hatte. Noch vor einer Stunde hätte er Erklärungen abgegeben, Hypothesen aufgestellt. Jetzt beschränkte er sich auf die Fakten und vermied alles, was einem Kommentar ähneln konnte.

Je weiter er in seinem Bericht fortschritt, desto ernster wurde Inspektor Janvier, er runzelte die Brauen und warf hin und wieder seinem Chef einen ängstlichen Blick zu.

Zwanzig Minuten genügten.

»Tipp das in drei Exemplaren...«

»In Ordnung, Chef...«

Maigret zögerte einen Augenblick. Der Präfekt hatte ihn in sein Büro zurückkommen lassen, um ihm ausdrücklich einzuschärfen, über diese Angelegenheit mit niemandem zu sprechen.

»Lies...«

Er schob ihm die Aussage des jungen Mädchens hin. Nachdem er zwanzig Zeilen gelesen hatte, errötete Janvier, wie Maigret am Morgen in der Polizeipräfektur errötet war.

»Wer konnte denn...«

Der brave Janvier! Lucas und er arbeiteten am längsten mit Maigret zusammen, und die drei Männer brauchten nicht viele Worte, um sich zu verstehen.

Und ohne zu überlegen, stellte Janvier die gleiche Frage, für deren Formulierung Maigret mehr Zeit benötigt hatte, weil sie ihn direkt betraf.

»Wer?«

»Das möchte ich eben gerne wissen... Wer?«

Sie hatten öfter mit mehr oder weniger nymphomanischen oder hysterischen jungen Frauen zu tun, die regelmäßig ihre kleine Schau am Quai des Orfèvres abzogen. Es waren sogar Stammgäste darunter, die man zu bestimmten Zeiten wiedersah, wie die sogenannten Mondscheintöter, die bei den Zeitungen beliebt waren.

Maigret hatte natürlich diese Hypothese ins Auge gefaßt, aber eine Verrückte hätte ihre Doppelrolle nicht gespielt, ohne einen einzigen Fehler zu begehen. Diese Doppelrolle mußte ihr jemand einstudiert haben.

»Während du diesen Bericht tippst, werde ich mich einem Experiment zuwenden, von dem ich das Ergebnis zu kennen glaube...«

Wie Janvier, der es gleich erraten hatte.

»Sprich über diese Sache nicht mit den Kollegen. Der große Manitu betrachtet sie als ein Staatsgeheimnis. Wenn dir noch Zeit bleibt, versuch, über Monsieur Jean-Baptiste Prieur etwas herauszukriegen...«

Als Maigret gerade das Zimmer verlassen wollte, murmelte Janvier:

»Ich hoffe, Sie ärgern sich nicht darüber, Chef!«

»Ich habe meine Entlassung angeboten.«

»Er hat abgelehnt?«

»Er hat gesagt, er würde sie annehmen müssen, aber...«

»Und?«

»Ich bleibe. Solange man mich nicht vor die Tür setzt. Ich bin entschlossen, mich zu verteidigen...«

Ein Taxi brachte ihn zunächst in die Rue de Seine, wo er lässig die Tür zum Désiré aufstieß. Der Wirt stand hinter dem Tresen und bediente eine Gruppe von Gipsarbeitern in weißen Kitteln, die einen Schoppen Rotwein tranken. In einer Ecke saß ein Mann fortgeschrittenen Alters vor einer Tasse Kaffee und schrieb einen Brief.

Désiré brauchte nur einen Blick auf ihn zu werfen, um den Gast der vergangenen Nacht wiederzuerkennen, aber er ließ sich nichts anmerken, vermied, ihm ins Gesicht zu schauen, und machte sich mit den Gläsern und Flaschen zu schaffen.

»Einen Weißwein... Diesmal einen offenen...«

Der Mann mit den runden Augen und dem gelblichen Teint, der unter der Hitze zu leiden schien, stellte ein Glas auf die Theke und hantierte mit einer Flasche.

»Sechzig Centimes...«

Die Gipsarbeiter kümmerten sich nicht um Maigret. Auch der Briefschreiber nicht, der Schwierigkeiten mit seinem Kuli zu haben schien.

»Sagen Sie, Herr Wirt...«

Désiré wandte sich ihm mißmutig zu.

»Habe ich hier gestern abend nicht etwas liegenlassen? Habe ich nicht meinen Schirm vergessen?«

»Niemand hat einen Schirm stehenlassen.«

»Erinnern Sie sich an das junge Mädchen, das auf mich gewartet hat, nachdem es mich angerufen hatte? Hat sie eine oder zwei Telefonmünzen von Ihnen verlangt?«

Der Wirt schwieg mit verstockter Miene.

»Das geht mich nichts an. Übrigens entsinne ich mich nicht, was gestern abend vorgefallen ist, und ich will nicht darüber reden...«

»War heute morgen jemand hier, der Sie zum Schweigen aufgefordert hat?«

Die Arbeiter spitzten plötzlich die Ohren und beobachteten den Kommissar, den sie von Kopf bis Fuß musterten.

»Das macht sechzig Centimes...« wiederholte der alte Gimpel.

Maigret legte ein Francstück auf die Theke und wandte sich zur Tür.

»Sie haben das Wechselgeld vergessen... Ich nehme kein Trinkgeld...«

Im Hôtel de Savoie in der Rue des Écoles ging es nicht viel anders zu. Die Chefin war eine rundliche Frau mit rotgefärbten Haaren, die noch einige Reize bewahrt hatte. Sie befand sich im Büro neben dem Schlüsselbrett.

»Guten Tag, Madame...«

Er wußte auf den ersten Blick, den sie ihm zuwarf, daß sie ihn erkannte. Trotzdem stellte er sich vor.

»Kommissar Maigret von der Kriminalpolizei...«

»Ja, bitte...?«

»Letzte Nacht habe ich ein junges Mädchen hierher gebracht, und ich bin gekommen, um ihr Zimmer zu bezahlen, denn sie hatte kein Geld bei sich...«

»Sie schulden mir nichts.«

»Sie hat bezahlt?«

»Das spielt keine Rolle. Sie schulden mir nichts.«

»Es war also heute morgen jemand hier, um für sie zu bezahlen und Ihren Nachtportier auszufragen?«

»Hören Sie, Herr Kommissar, ich weiß, wer Sie sind, und ich habe nichts gegen Sie, aber ich möchte keine Unannehmlichkeiten haben. Ich kenne diese Person nicht und weiß auch nicht, wovon Sie sprechen. Meine Bücher sind in Ordnung. Die Polizei hat uns nie etwas vorzuwerfen gehabt und das Finanzamt auch nicht...«

»Ich danke Ihnen.«

»Es tut mir leid, Ihnen keine andere Auskunft geben zu können...«

»Ich verstehe.«

Man hatte schnell gehandelt. Überflüssig, Martine Bouet anzurufen, die Freundin, bei der Mademoiselle Prieur den Abend verbracht hatte, um Schallplatten zu hören. Sie würde auch nicht mehr sagen. Er war übrigens fast sicher, daß Nicole vom Désiré am Boulevard Saint-Germain angerufen hatte.

Der Polizeipräfekt hatte diese Affäre nicht angezettelt. Er schätzte die Polizisten der alten Schule nicht sonderlich, und das war sein gutes Recht. Insbesondere mochte er Maigret nicht, über den die Zeitungen nach seinem Geschmack zu viel schrieben. Auch das war sein gutes Recht.

Der Innenminister hatte ihn am Morgen bestürzt angerufen, um ihn über eine Geschichte zu informieren, die ihnen beiden Schwierigkeiten bereiten konnte.

Diese Leute waren weder Helden noch Heilige. Sie hatten ihre Stellung nur durch Intrigen erhalten, die sie lieber vergaßen, und sie mußten mancherlei einstecken, um sich auf ihrem Posten zu halten.

War Maigret in eine zweifelhafte Geschichte oder sogar in einen Skandal verwickelt? Ein einflußreicher Würdenträger des Landes beschwerte sich und drohte, sich an eine noch höhere Stelle zu wenden?

All das war menschlich. Und welche Genugtuung für den Besen-Präfekten, einen älteren und noch populäreren Mann vor sich zu haben und ihm mit sanfter Stimme die Leviten lesen zu können!

Paris briet in der Sonne. An den Häuserfronten waren die meisten Fensterläden geschlossen, um ein bißchen Kühle in den Räumen zu halten. Hier und dort standen Männer am Ufer und angelten, und es gab noch andere Verliebte als jene auf der Brücke von Saint-Michel, insbesondere zwei, die ihre Schuhe und Strümpfe ausgezogen hatten und ihre nackten Füße ins Wasser baumeln ließen. Sie lachten und betrachteten ihre Zehen, mit denen sie komische Bewegungen machten.

»Janvier!«

»Ich komme, Chef...«

Er telefonierte gerade. Als er Maigrets Büro betrat, brachte er den abgetippten Bericht mit. Der Kommissar begann ihn zu lesen. Er las jedoch nur vier oder fünf Zeilen.

»Bist du sicher, nichts vergessen zu haben?«

»Ich habe genau verglichen. Dennoch würde ich gerne...«

Nein! Maigret hatte keine Lust, seine eigenen Sätze noch einmal durchzugehen. Er unterschrieb mit breiter Handschrift, nahm ein amtliches Kuvert aus seinem Schreibtisch, versah es mit der Adresse und klingelte nach dem Amtsdiener.

»Das muß gleich durch einen Boten zum Büro des Polizeipräfekten gebracht werden...

Ich höre, Janvier...«

»Ich habe einen meiner Freunde angerufen, einen Anwalt, der oft in den Kreisen der hohen Verwaltung zu tun hat.«

»Kennt er unseren Prieur?«

»Der ist ein erstklassiger Jurist, gegenwärtig einer der besten, wie es scheint. Er ist verheiratet gewesen, seine Frau ist vor etwa zehn Jahren bei einem Autounfall ums Leben gekommen. Sein Vater war Reeder...«

»In La Rochelle?«

»Sie haben es erraten.«

Sie lächelten beide. Es kommt selten vor, daß jemand, der lügt, alles erfindet. Das junge Mädchen, das ihm am Telefon diese rührende Geschichte erzählt hatte, stammte, wie es sagte, aus La Rochelle. Ihr Vater war Magistratsbeamter und ihre Freundin die Tochter eines Fischhändlers...

»Fahr fort.«

»Er hat noch einen Bruder dort, der mit Schiffen zu tun hat. Er selbst verfügt über ein beachtliches Vermögen und hat eine große Wohnung am Boulevard de Courcelles. Sein anderer Bruder, Christophe, der in Marokko lebte, verheiratet war und eine Tochter hatte, hat sich aus Gründen, die mein Freund nicht kennt, das Leben genommen. Seine Frau ist von der Bildfläche verschwunden. Sie soll einen Amerikaner geheiratet haben und in Texas wohnen. Ihre Tochter schließlich ist Nicole Prieur, die Sie ja kennen...«

»Nichts weiter?«

»Das Fräulein hat im letzten Jahr ihr Abitur gemacht und studiert nun an der Sorbonne...«

»Was ist sie für ein Typ?«

»Mein Freund hat noch keine Gelegenheit gehabt, ihr zu begegnen, aber er meint, seine Frau habe sie irgendwo gesehen. Er will mit ihr darüber reden, wenn er nach Hause kommt...«

Kein Grund für Monsieur Jean-Baptiste Prieur, den Berichterstatter beim Staatsrat und bedeutenden Juristen, Maigret zu hassen, dessen Namen er vielleicht nicht einmal kannte, und erst recht kein Grund, ihn in Machenschaften zu verwickeln, bei denen seine Nichte ihren Ruf aufs Spiel setzte.

»Ich würde viel darum geben, um mich mit diesem Mädchen unter vier Augen unterhalten zu können...«

»Ich fürchte, Chef, daß sie Ihnen dazu keine Gelegenheit bieten wird...«

»Hast du eine Idee, wer daran interessiert sein könnte, mich aus dem Verkehr zu ziehen und diese Affäre zu lancieren?«

»Sie sind sicher vielen Leuten im Weg... Ganz zu schweigen von denen, die seit zwei Monaten am hellichten Tag Juweliergeschäfte ausrauben... Noch heute morgen in der Avenue Victor-Hugo.«

»Haben sie Spuren hinterlassen?«

»Keine einzige.«

»Haben sie geschossen?«

»Auch nicht. Sie sind seelenruhig im Wagen wieder abgefahren, und niemand hat reagiert, nicht einmal der Juwelier, der hinter seinem Ladentisch so aufgeregt war, daß er eine Minute gebraucht hat, ehe er den Alarmknopf drückte... Denken Sie über etwas nach?«

»Vielleicht... Wo war ich gestern vormittag um elf Uhr?«

Janvier wußte es, denn er hatte das kleine schwarze Auto gesteuert.

»Bei Manuel.«

»Und am Tag davor, zur gleichen Zeit?«

»Bei Manuel.«

»Und...«

Dreimal in einer Woche hatte Maigret Manuel Palmari, den ehemaligen Inhaber des Clou Doré in der Rue Fontaine, aufgesucht, der jetzt als Rentner in seinem bürgerlichen Appartement in der Rue des Acacias wohnte.

»Es ist vielleicht idiotisch, aber ich hätte Lust, noch einmal zu ihm zu fahren, um ihm einige Fragen zu stellen...«

Das mochte verrückt erscheinen, aber waren die Ereignisse der vergangenen Nacht nicht auch verrückt?

Palmari, der in der Unterwelt meistens Manuel genannt wurde, hatte dreißig Jahre lang den Montmartre beherrscht, wo er als junger Zuhälter angefangen hatte.

Hatte er seit der Zeit, als der damals ebenfalls junge Maigret ihn kennenlernte, noch andere Dinge betrieben? Der Kommissar, zu jenem Zeitpunkt Inspektor, hatte ihn dessen stark verdächtigt, ohne ihm jedoch etwas nachweisen zu können.

Im Verlauf dieser dreißig Jahre waren viele Gauner aus der Gegend der Pigalle verschwunden. Die einen waren von Rivalen umgebracht worden; anderen war, nach einigen Jahren Gefängnis, die Aufenthaltsgenehmigung entzogen worden. Wieder andere hatten zwischen Marseille und Nizza ein mehr oder weniger zweifelhaftes Lokal aufgemacht.

Manuel, der bald fett geworden war, hatte die Mittel aufgetrieben, um sich den Clou Doré kaufen zu können, der damals nur eine billige Kneipe im Stile des Désiré war, allerdings mit dem Unterschied, daß dort vor allem üble Burschen verkehrten.

Der Tresen war bald in eine moderne Bar umgewandelt worden, und dann wurde ein Restaurant mit einigen Tischen daraus. Die Gäste waren nun keine schrägen Jüngelchen mehr, sondern fuhren in dicken amerikanischen Wagen vor.

Maigret aß dort manchmal zu Mittag und wartete, bis der kleine in Rot und Gold gehaltene Raum sich leerte.

»Sag mal, Manuel...«

»Ja, Herr Kommissar...«

»Der Typ mit der Narbe im Augenwinkel, der da hinten in der Ecke saß...«

»Sie wissen doch, Gäste, ich sehe sie kommen und gehen, ich serviere ihnen Essen und Trinken, ich kassiere ihr Moos, und mehr weiß ich von ihnen nicht...«

Manuel war ein geborener Komödiant. Er spielte sowohl sich wie den anderen etwas vor, und manchmal, wenn er mit seiner Rolle zufrieden war, zwinkerte er seinen Zuhörern mit den Augen zu.

»Wir kennen uns nun schon lange, nicht wahr?«

»Wir waren beide noch schlank und jung, was, Monsieur Maigret!«

»Und du hattest keinen einzigen Sou.«

»Ich habe fast am Hungertuch genagt, das stimmt, ein Beweis, daß ich mir nie etwas habe zuschulden kommen lassen...«

»Oder daß du bereits zu gerissen warst...«

»Sie halten mich für gerissen? Ich bin kaum zur Schule gegangen und kann gerade noch die Zeitung lesen...«

»Manuel!«

»Ja?«

»Der Typ mit der Narbe...«

»Gut! Verstanden... Ich kann nichts über ihn sagen... Diese Narbe da, die hatte er vor zwei Monaten noch nicht... Zwei Monate, das heißt, März... Und im März...«

Im März war es zu einer Schlägerei zwischen zwei Banden in der Nähe der Pigalle gekommen, bei der auch Schüsse gefallen waren; ein Toter war auf dem Bürgersteig liegengeblieben, und zwei Verletzte waren wie durch ein Wunder verschwunden.

Der Besen-Präfekt, der Tennis spielte und geschworen hatte, Paris zu säubern, schätzte die Spitzel nicht, und die alten Methoden waren ihm zuwider.

Und ausgerechnet zu einem Spitzel begab Maigret sich in dem von Janvier gesteuerten Wagen, zu Manuel, der vor drei Jahren, als er im Morgengrauen aus dem Clou Doré heraustrat, um die Läden zuzumachen, von einem halben Dutzend Kugeln aus einer Maschinenpistole in den Schenkel und in den Bauch getroffen worden war. Von dem Krankenhaus, in das er transportiert worden war, hatte er sich bald in eine der besten Privatkliniken in Neuilly bringen lassen. Alle Welt, angefangen bei den Ärzten, war davon überzeugt, daß er nicht mit dem Leben davonkommen würde.

Auch in Neuilly hatte Maigret ihn mehrmals besucht.

»Sie bereiten mir Kummer, Herr Kommissar... Sehen Sie, Ihr einziger Fehler bei der Polizei ist, daß Sie den Leuten nie Glauben schenken... Es müssen zwei Typen in dem Auto gesessen haben, das ist sicher, denn man kann nicht eine Maschinenpistole bedienen und gleichzeitig das Steuer halten... Aber, Ehrenwort, ich habe sie nicht gesehen, und zwar aus dem einfachen Grund, weil ich ihnen den Rücken zugekehrt habe... Wenn man eiserne Läden herunterläßt, wendet man der Straße den Rücken zu, nicht wahr?«

»Du hattest dich noch nicht gebückt. Du kamst gerade erst aus der Tür.«

»Aber ich hatte mich schon dem Haus zugewendet. Überlegen Sie einmal, Sie sind doch ein gebildeter Mann. Die Typen versuchen, mich umzulegen... Daraufhin gibt man mir zu verstehen, daß ich nie wieder mit beiden Beinen marschieren kann... Ich würde den Rest meines Lebens wie ein Greis im Rollstuhl verbringen... Schön! Glauben Sie, ich wollte die Kerle, die mir das angetan haben, nicht lieber hinter Gittern sehen?«

Er hatte nicht ausgepackt. Maigret hatte das erwartet. Einige Wochen später waren zwei junge Gauner in der Gegend von Toulon abgeknallt worden, Gauner, die Paris nach der Schießerei fluchtartig verlassen hatten.

»Wissen Sie, Herr Kommissar, diese Burschen kommen und gehen ohne ersichtlichen Grund. Wenn man die zählen wollte, die plötzlich entdecken, daß die Luft in Paris ungesund wird...«

Das Auto fuhr die Champs-Elysées hinauf, um den Arc de Triomphe herum und die Avenue Mac-Mahon hinab, um dann links in die Rue des Acacias einzubiegen.

Es war ein bürgerliches, friedliches Viertel, wo hier und da zwischen zwei Mietshäusern eine kleine Privatvilla mit nachgedunkelter Fassade stand.

»Soll ich mit hinaufgehen, Chef?«

»Nein... Such deinen Kollegen... Ich weiß nicht, wer heute Dienst hat...«

»Der dicke Lourtie.«

»Du wirst ihn schon hier irgendwo finden. Er soll dir sagen, was Aline heute morgen gemacht hat.«

Aline war auch eine Person aus dem Kreis. Zur Zeit des Clou Doré hatte sie dort im Restaurant bedient; sie war damals ein mageres Mädchen mit unordentlichem schwarzem Haar und stechenden dunklen Augen. Man wußte, daß sie Manuels Geliebte war, der sie auf der Straße aufgelesen hatte.

In der Klinik hatte er für sie ein kleines Zimmer bekommen, das durch eine Tür mit seinem verbunden war. Sie hatte auf seine Anweisung einen Geschäftsführer für den Clou Doré gefunden und sah dort manchmal nach dem Rechten und überprüfte die Einnahmen.

Innerhalb von drei Jahren hatte sie ihre Kantigkeit abgelegt und war rundlich geworden. Ihre Frisur war nicht mehr unordentlich, und in ihrer diskret koketten Kleidung spielte sie die »kleine Dame«.

Das Wohnhaus war unauffällig, komfortabel, mit einem großräumigen, lautlosen Fahrstuhl und Mahagonitüren. Maigret drückte auf den Knopf der vierten Etage, klingelte dann an der linken Tür. Ein Weilchen vernahm er das leise Geräusch des gummibereiften Rollstuhls, der aus dem Hintergrund der Wohnung kam.

»Wer ist da?« fragte Manuel durch die Tür.

»Maigret.«

»Schon wieder!«

Die Tür öffnete sich.

»Treten Sie ein... Ich bin allein... Ich wollte gerade ein Nickerchen machen, als Sie geklingelt haben.«

Manuel hatte jetzt schönes, seidiges weißes Haar, das seinem Gesicht eine gewisse Würde verlieh. Er trug ein makellos weißes Hemd, seidene Hosen und rote Pantoffeln.

»Also Sie sind es, ein Mann, der mich so lange kennt und dem ich so viele Dienste erwiesen habe... Nein... Bleiben wir nicht im Salon... Ich frage mich übrigens, warum ich einen Salon habe, denn er paßt nicht zu mir, und ich empfange nie jemanden...«

Er hatte sich seinen eigenen Winkel eingerichtet, ein kleines Zimmer zur Straße hinaus. Dort befanden sich der Fernsehapparat, ein Plattenspieler, zwei oder drei unterschiedlich große Transistorgeräte, Zeitungen, Illustrierte und Hunderte von Kriminalromanen. In einer Ecke stand eine rote Couch, daneben ein Sessel, der ebenso bezogen war.

Manuel rauchte nicht. Er hatte nie geraucht. Er trank auch nicht.

»Wissen Sie, ich rede nicht gern nur so daher, aber ich sage Ihnen gleich, daß ich eines Tages ärgerlich werde. Ich bin ein freier Bürger und nicht vorbestraft. Ich bezahle meine Konzession für mein Restaurant in der Rue Fontaine und meine Steuern auf Heller und Pfennig... Ich lebe hier wie eine Maus in ihrem Loch... Wegen meines Beins kann ich die Wohnung nicht verlassen, und man muß mich ausziehen, man muß mich wie ein Baby waschen, ins Bett bringen und mir beim Aufstehen helfen...«

Maigret kannte sein Gegenüber und wartete auf das Ende der Komödie. Vorläufig spielte Manuel noch den Mürrischen.

»Mein Telefon dort neben Ihnen wird abgehört... Sagen Sie nicht etwa nein... Ich bin nicht von gestern... Sie auch nicht... Daß man meine Gespräche registriert, ist mir schnuppe. Aber daß man Aline nicht in Frieden läßt, das ist ein anderes Paar Stiefel...«

»Hat jemand sie belästigt?«

»Hören Sie, Monsieur Maigret... Sie sind schlauer als ich...«

»Das möchte ich bezweifeln.«

»Was? Sie wollen behaupten, daß ich, der kaum lesen und schreiben kann...« Sein Leitmotiv. Er war darauf so stolz wie andere auf ihre Diplome!

Maigret zog lächelnd an seiner Pfeife und murmelte:

»Wenn ich so gerissen wäre wie Sie, Manuel, würden Sie längst hinter Gittern sitzen, das wissen Sie genau.«

»Da haben wir's! Immer das alte Lied... Um auf Aline zurückzukommen, heute geht ihr ein großer Dicker nach. Gestern war's ein kleiner Brünetter. Morgen wird's ein anderer sein. Sie kann nicht zwei Koteletts und Käse einkaufen, ohne daß ihr einer Ihrer Männer auf den Fersen ist...

Sie, nun ja, Sie sind korrekt, und ich mag Sie, aber das ist noch kein Grund, mich fast jeden Tag wie einen kranken Verwandten zu besuchen. Warum bringen Sie mir keine Süßigkeiten und Blumen mit? Wenn Sie mir nur ein für allemal sagen würden, was Sie wissen wollen...«

»Heute handelt es sich um eine persönliche Angelegenheit.«

»Persönlich für wen?«

»Kennen Sie Nicole?«

»Was für eine Nicole? Paris ist voll von Nicoles... Was tut sie denn, Ihre Nicole?«

»Sie studiert an der Sorbonne.«

»An was?«

»An der Universität, wenn Sie das vorziehen.«

»Und ich soll ein Mädchen kennen, das zur Universität geht?«

»Ich stelle hier die Fragen. Sie heißt Nicole Prieur.«

»Nie gehört, den Namen.«

»Sie lebt bei ihrem Onkel, nicht weit von hier, am Boulevard de Courcelles. Dieser Onkel, Jean-Baptiste Prieur, ist Berichterstatter beim Staatsrat.«

Manuels Verblüffung war nicht vorgetäuscht, oder er war ein noch besserer Komödiant als Nicole selbst.

»Ist das Ihr Ernst? Aber mein Gott, ich weiß nicht einmal, was das ist, der Staatsrat! Meinen Sie, ich kenne all diese hohen Tiere?«

»Kennen Sie auch Désiré nicht, der ein kleines Bistro in der Rue de Seine hat?«

»Diesen Namen höre ich zum erstenmal...«

»Und auch die beiden kleinen Burschen nicht, die heute morgen in der Avenue Victor-Hugo gearbeitet haben...«

Manuel richtete sich in seinem Rollstuhl auf.

»Hoppla! Vorsicht! Wenn Sie darauf hinauswollen und den ganzen Quatsch erzählt haben, um mich da hineinzuziehen, dann spiele ich nicht mehr mit. Gelegentlich habe ich Ihnen freundlicherweise einen Tip gegeben... Schön! Man hat nicht eine Bar am Pigalle, ohne sich mit der Polizei gut zu stellen...

Ich höre Radio wie jedermann. Ich weiß also, was heute morgen passiert ist und wovon Sie sprechen... Was sollte ich mit dieser Geschichte zu tun haben? Seit drei Jahren rühre ich mich nicht vom Fleck, und sozusagen niemand besucht mich. Ich möchte wissen, wie ich unter diesen Umständen den Bandenchef spielen sollte.

Letztes Mal war es auch ein Juweliergeschäft, am Boulevard Saint-Martin, über das Sie mit mir sprachen... Und das Mal davor...«

»Wo ist Aline?«

»Sie ist einkaufen.«

»Hier im Viertel?«

»Weiß ich nicht... Wenn Sie es unbedingt wissen wollen, sie ist Schlüpfer und Büstenhalter kaufen gegangen. Ihr Inspektor wird es Ihnen heute abend bestätigen können.«

»War sie heute früh auch weg?«

»Heute vormittag war sie beim Zahnarzt, gegenüber... Wenn das Fenster des Doktors offen gewesen wäre, hätte ich sie im Behandlungsstuhl sehen können.«

Gegenüber stand kein Mietshaus, sondern eine einstöckige Villa mit einem Mansardengeschoß. Das Haus war aus Stein gebaut, der ein dunkles Grau angenommen hatte. Das Schieferdach zeigte in der Sonne die gleichen bläulich-rosa Reflexe wie die Seine zu bestimmten Stunden.

»Hat sie schon lange Zahnschmerzen?«

»Seit drei Tagen.«

Wenn Aline bereits vorher beim Zahnarzt gewesen wäre, hätte Maigret es aus dem Bericht der Inspektoren erfahren, die sie seit drei Wochen beschatteten.

»Wie heißt er?«

»Wer?«

»Der Zahnarzt.«

»Man kann sein Schild von hier aus sehen... Ich kann es aus der Entfernung nicht entziffern... Sie hat mir gesagt, daß es gegenüber einen Dentisten gebe, und für seinen Namen habe ich mich nicht interessiert. Ich weiß nur, daß seine Assistentin oder Sprechstundenhilfe, wie Sie wollen, eine hagere Bohnenstange ist, die ich um nichts in der Welt in meinem Bett haben möchte... Sehen Sie, da kommt Aline zurück...«

Er hatte ein feines Gehör, denn obwohl sie der Salon und die Diele von der Wohnungstür trennten, hatte Manuel vernommen, daß der Schlüssel im Schloß gedreht wurde.

4

Die Tür zum Salon stand offen, und man sah Aline, wie sie ihn mit Trippelschrittchen auf ihren hohen Absätzen, in ein orangefarbenes Leinenkostüm gekleidet und mit säuberlich frisiertem Haar, schnell durchquerte. In der einen Hand trug sie eine Handtasche, die so schwarz war wie ihr Haar, und in der anderen zwei Tüten, die eine mit dem Aufdruck des Wäschegeschäfts du Lido, die zweite mit dem eines Warenhauses in der Rue Marbeuf.

Sie hatte Maigret von weitem bemerkt, aber nicht mit der Wimper gezuckt und keine Miene gemacht, ihn zu erkennen, und als sie das Zimmer betrat, in dem sich die beiden Männer aufhielten, ging sie an ihm vorbei, als existiere er gar nicht, und beugte sich herab, um Manuel einen Kuß auf die Stirn zu drücken.

»Nun, Papa, ist der schon wieder hier?«

Sie war zweiundzwanzig Jahre alt. Palmari näherte sich den Sechzigern. Dieses »Papa« hatte jedoch nichts Töchterliches. Es war in Alines Mund ein kleiner Kosename, und das Lächeln des ehemaligen Inhabers des Clou Doré schien zu sagen:

›Sehen Sie, was sie für eine Frau ist?‹

Tatsächlich mußte diese junge Göre, die mit sechzehn Jahren auf dem Boulevard Sébastopol auf den Strich gegangen war, jetzt auf der Straße für eine elegante Bürgerin gehalten werden, für die junge Frau eines Arztes, eines Ingenieurs oder Rechtsanwalts.

»Fehlt nur noch, daß er seinen Schlafanzug und seine Pantoffeln mitbringt, nicht zu vergessen seine Zahnbürste und seinen Rasierapparat...«

Sie redete, ohne den Kommissar anzuschauen, mit einer hohen Stimme und einem starken Vorstadtakzent. Sie übertrieb ihn absichtlich, so wie Manuel den Komiker spielte. Man hätte meinen können, zwei Komödianten, die ihren einstudierten Dialog hersagen und ihre Rollen bis ins Kleinste beherrschen.

Ein seltsames Mädchen! Trotz ihres brünetten Typs, ihrer nußbraunen Augen und ihrer gebräunten Haut, stammte sie nicht aus dem Süden, sondern aus einem kleinen Dorf im Morbihan, woher sie als Kindermädchen nach Paris gekommen war.

Sie hatte etwa sechs Monate in einem sehr reichen Haushalt in Neuilly gearbeitet, wo man nicht gezögert hatte, ihr ein kleines dreijähriges Mädchen und ein in der Wiege liegendes Baby anzuvertrauen, selbst als sie schon die Tanzvergnügen der Gravilliers und in der Rue de Lappe besuchte.

Sie hatte ihre beiden Tüten auf die Couch geworfen und fuhr in ihrem stark übertriebenen Vorstadtjargon fort:

»Was will er denn diesmal?«

»Sei nicht so boshaft, Aline. Du weißt doch, daß der Kommissar mein Freund ist.«

»Dein Freund vielleicht. Mir geht er auf den Wecker. Und ich verabscheue den Gestank seiner ekelhaften Pfeife.«

Maigret fühlte sich nicht beleidigt, zog bedächtig an seiner Pfeife und betrachtete Aline. Er vermutete, daß sie es war, die in Erinnerung an ihre früheren Herrschaften dieses komfortable und bürgerliche Appartement haben wollte, während Manuel sich einst mit dem dunklen Zwischengeschoß zufriedengegeben hätte, das er über seinem Restaurant bewohnt hatte.

Sie mußte auf Ansehen bedacht sein.

»Kennst du jemanden, der beim Staatsrat arbeitet?« fragte sie der Behinderte mit einer ironischen Spitze.

»Wenn er dich das fragt, antworte ihm, daß ich nicht einmal weiß, was das ist... Siehst du, wie er schon auf meine Tüten schielt. Wetten wir, daß keine fünf Minuten vergehen, bis er sehen will, was da drin ist. Vielleicht ist er am Ende ein Lüstling, der sich beim Befummeln von Damenwäsche aufgeilt.«

Das Telefon klingelte. Der Mann in seinem Rollstuhl runzelte die Brauen, blickte den Apparat an, dann den Kommissar.

»Hallo... Wie? Ja, er ist hier... Es ist für Sie, Monsieur Maigret...«

»Was hab' ich dir gesagt? Das nächste Mal wird er sich auch noch seine Post herschicken lassen...«

»Hallo... Ja... Ich höre...«

Es war Janvier, der aus einem kleinen Café in der Straße anrief.

»Ich rufe Sie für alle Fälle an, Chef... Lourtie steht neben mir... Er hat sich von dem Mädchen abschütteln lassen... Sie ist von zu Hause direkt zur Metro-Station des Ternes gegangen. Sie hat eine Fahrkarte erster Klasse gelöst und ist zu dem Bahnsteig der Linie hinuntergestiegen, die zum Étoile führt. Lourtie ist ihr gefolgt. Als sie in den Wagen stieg, hat er ihn durch die andere Tür betreten. In dem Augenblick, als die Türen sich wieder schlossen, ist sie hinausgesprungen, und Lourtie hat sich nicht mehr hinauszwängen können. Er ist hierher zurückgegangen, und sie ist gerade in einem Taxi angekommen...«

»Danke.«

»Läuft alles nach Wunsch?«

»Nein.«

Sie hatte sich auf die Couch neben die beiden Tüten gesetzt und schaute mit übereinandergeschlagenen Beinen immer nur Manuel an, nicht aber den Gast, dem gegenüber sie sich geschworen zu haben schien, ihn nicht anzusprechen; sie sagte:

»Das ist der Polyp vom Dienst... Sie können sich ruhig ablösen, ich kenne allmählich ihre Visagen... Der von heute ist ein großer, aufgeschwemmter, der jeden Augenblick einen Schlaganfall zu kriegen droht.«

»Sag mal, Kleine...«

»Wir haben doch nicht die Schweine zusammen gehütet, der und ich, Papa... Hast du ihm erlaubt, mich zu duzen?«

»Soll ich Sie Mademoiselle nennen?«

»Wäre es nicht korrekter, wenn er mich Madame nennen würde?«

Man machte sich über ihn lustig, und Manuel, der stolz auf die Göre war, die er geformt hatte, blickte sie mit liebenswürdiger Zärtlichkeit an.

»Du kannst sicher sein, Aline, daß er uns nichts Böses will...«

»Warum haben Sie den Inspektor abgeschüttelt, der Ihnen gefolgt ist?«

»Ich nehme an, es ist ihm noch nie passiert, daß er es sich in letzter Minute anders überlegt hat.«

Immer noch richtete sie ihre Worte an Manuel.

»Zuerst hatte ich die Absicht, in die Galeries Lafayette zu gehen. Als ich dann in der Métro war, dachte ich, ich würde das, was ich suchte, auch in unserem Viertel bekommen... Er kann es ja sehen... Er kann es sogar berühren... Ich brauchte dann meine Höschen und meine BHs nicht zu waschen, bevor ich sie trage...«

Der kleine Krieg hatte schon lange vor ihrer Zeit begonnen. Er war zwischen Palmari und dem Kommissar ausgebrochen, als der junge Zuhälter, noch schmächtig und ohne einen Sou, das Lokal in der Rue Fontaine bar gekauft hatte. Wie durch Zufall geschah das wenige Wochen nach einem Raubüberfall auf ein Juweliergeschäft. Zum erstenmal hatten die Verbrecher eine Technik angewandt, die sich bezahlt machen sollte, die jedoch damals geradezu tollkühn erschien. Zwei Männer zerschlugen mit einem Hammer die Schaufensterscheibe und rafften die Schmuckstücke zusammen, ohne auf die Passanten zu achten, die zu überrascht waren, um etwas zu unternehmen, noch auf den Juwelier, der in seinem Laden gestikulierte. Darauf sprangen sie in das Auto, in dem ein Komplize auf sie wartete, und verloren sich im Straßenverkehr.

Weder die Schmuckstücke noch die Täter waren je ausfindig gemacht worden. Innerhalb von zwei Jahren waren damals etwa zehn Überfälle dieser Art verübt worden, bis man einen dieser Gangster verhaftete, einen jungen, noch nicht vorbestraften Mann namens

Génaro, der geschwiegen und fünf Jahre Gefängnis abgesessen hat.

Palmari wurde immer wohlhabender, verwandelte seine Kneipe in eine elegante Bar und dann in ein teures Restaurant.

»Das Geschäft geht gut«, antwortete er Maigret lediglich, wenn der ihn mit unschuldiger Miene ausfragte. »Auch mit meinen Gäulen habe ich keinen schlechten Erfolg...«

Und tatsächlich schloß er sonntags sein Restaurant, um sich je nach Jahreszeit nach Auteuil, nach Longchamp oder Vincennes zu begeben.

Dreimal waren die Juwelenräuber verhaftet worden. Fast alle waren Gäste des Clou Doré. Keiner hatte etwas ausgeplaudert oder verraten, wie sie die Ware abzusetzen gedachten.

Zwei Jahre, drei Jahre, vier Jahre lang passierte nichts. Dann wurden die Juwelendiebstähle im gleichen Stil fortgesetzt, und zwar mit Männern, deren Personenbeschreibung sich von der der Vorgänger unterschied, als habe der Chef eine neue Bande zusammengestellt.

»Hören Sie mal her, meine Kleine...«

»Schon wieder bin ich seine Kleine! Frag ihn doch mal, ob wir miteinander geschlafen haben, er und ich.«

»Das reicht! Ich kann mit einem Haftbefehl wiederkommen oder, wenn Ihnen das lieber ist, Sie mit in mein Büro nehmen, um Sie dort zu verhören. Kennen Sie eine gewisse Nicole Prieur?«

Sie überlegte und wandte sich wiederum an Manuel.

»Kennst du die? Mir sagt dieser Name nichts.«

»Ein junges Mädchen, das am Boulevard de Courcelles wohnt, wo es bei seinem Onkel lebt, der eine hochgestellte Persönlichkeit ist.«

»Kennst du wichtige Leute außer dem Kommissar, Papa?«

»Sehr gut! Ich werde wiederkommen... Ich will Ihnen beiden nur das eine sagen, und zumindest Manuel wird es begreifen: Es gibt irgendwo in Paris Leute oder eine Einzelperson, die entschlossen sind, sich meiner zu entledigen.«

Aline setzte zu einem neuen Spott an, aber ihr Liebhaber blickte sie streng an, um ihr zu bedeuten, sie solle schweigen. Er zeigte plötzlich Interesse.

»Man will Ihnen an den Kragen?«

»Nein, was man beabsichtigt, ist meine Entlassung, genauer gesagt, meine Pensionierung.«

»Das würde sicher vielen gelegen kommen...«

Aline konnte nicht umhin, mit ihrer spitzen Zunge zu bemerken:

»Da hast du recht! Angefangen bei mir!«

»Fahren Sie fort, Herr Kommissar.«

»Man hat mir durch ein Mädchen ein Bein stellen lassen.«

»Und Sie sind gestolpert?«

»Nein.«

»Das hätte mich bei Ihnen auch gewundert. Ich erinnere mich, es seinerzeit auch versucht zu haben.«

»Das Ergebnis ist das gleiche. Man hat sorgfältig eine raffinierte Komödie aufgezogen, damit es so aussah, als sei ich hinter dieser Person mit wüsten Absichten hergestiegen.«

»Dieser Nicole Soundso?«

»Ja.«

Maigret war ernster geworden und schaute Manuel in die Augen.

»Entweder bin ich jemandem sehr im Wege, jemandem, dem ich auf der Spur bin oder der das ahnt...«

Er machte eine Pause, und Manuel, nun auch ernst, wiederholte:

»Fahren Sie fort.«

»Es muß jemand sein, der sehr intelligent ist und meine Gewohnheiten und die polizeilichen Methoden kennt... Jemand, der sich verfolgt fühlt und sich sagt, daß er in Ruhe gelassen wird, wenn er sich meiner entledigt... Fällt Ihnen dabei niemand ein, Manuel?«

Aline schwieg, da sie spürte, daß sie in das Gespräch der beiden Männer nicht mehr eingreifen durfte. Man begab sich jetzt auf ein Gebiet, das ihr zu hoch war.

»Das könnte auch ein Lüstling sein...« begann Manuel.

»Ich habe daran gedacht. Ebenso habe ich einen Racheakt in Betracht gezogen. Ich habe die Liste der Affären durchgesehen, mit denen ich mich in der letzten Zeit und sogar in den vergangenen Jahren befaßt habe. Keiner der Betreffenden hatte gleichzeitig das Motiv und die Möglichkeiten, den Anschlag auszuüben...«

»Und nun wollen Sie von mir einen Rat haben?«

»Sie wissen sehr genau, daß Ihnen seit einiger Zeit die Polizei auf den Fersen ist...«

»Und daß Sie Aline auf der Straße beschatten lassen. Ich frage mich immer noch, warum...«

»Vielleicht werden Sie es eines Tages erfahren.«

»Falls man Sie nicht entläßt, wenn ich recht verstehe?«

»Genau.«

»So daß Sie mich verdächtigen, mich, die Geschichte mit dem betreffenden Mädchen inszeniert zu haben, mit dieser Nichte von ich weiß nicht mehr welchem hohen Tier.«

»Für alle Fälle habe ich Sie aufgesucht...«

Ein recht bedrückendes Schweigen trat ein.

»Kennen Sie Leute, die zu einem Anschlag dieser Art fähig sind, Manuel?«

»Ich kenne ein paar, die Ihnen gerne eine Kugel in den Pelz brennen würden, aber sie kämen nie auf den Gedanken, Sie in eine Sittlichkeitsgeschichte zu verwickeln.«

Nachdem er sich geräuspert hatte, fügte er hinzu:

»Was mich betrifft, so bin ich vielleicht kein kleiner Heiliger, aber ich schwöre Ihnen bei Alines Kopf, daß ich von dieser Sache nichts gewußt habe, bevor Sie hier herkamen. Alles andere wird man sehen...«

Überraschenderweise ließ sich die Stimme der jungen Frau wieder vernehmen. Sie wandte sich nicht mehr an Manuel. Ihr Ton war nicht mehr so schrill und schneidend. Der Akzent war nahezu verschwunden.

»Wenn Sie erzählen würden, was geschehen ist, würde mich das vielleicht auf eine Idee bringen... Wenn es sich um eine Frau handelt, ist es oft besser, sich an eine andere Frau zu wenden...«

Der Besen-Präfekt wäre wahrscheinlich vor Empörung erstickt, wenn er erfahren hätte, daß ein Kommissar, der Leiter einer Kriminalabteilung, einer ehemaligen Prostituierten und einem Mann, der zu Recht oder zu Unrecht als einer der Bandenführer der Unterwelt galt, Vertraulichkeiten unterbreitete.

Mit wenigen Sätzen erzählte Maigret sein Abenteuer. Aline lächelte nicht. Je weiter er in seinem Bericht fortschritt, desto mehr verfinsterte sich ihre Stirn, und unbeweglich saß sie am Rand der Couch, die Beine immer noch übereinandergeschlagen, das Kinn in die Hände gestützt.

»Sie haben kein Foto von ihr?«

»Nein.«

»Und Sie sind noch nicht zum Boulevard de Courcelles gegangen, um sie unter vier Augen zu verhören?«

»Dazu bin ich nicht berechtigt.«

»Nun, mein Alter... Dann muß sie verknallt sein!«

Überrascht von ihrem Ausruf, wandte Maigret sich ihr impulsiv zu.

»Warum verknallt?«

»Versetzen Sie sich an ihre Stelle... Da ist ein junges Mädchen aus guter Familie, reich, lebt bei einem Onkel, der ein wichtiger Mann ist, undsoweiter, undsoweiter. Sie hat Sie nie gesehen. Sie kennt Sie sicher nur, weil sie Ihren Namen in den Zeitungen gelesen hat...

Dennoch spielt sie Ihnen eine Komödie vor, die schlecht ausgehen könnte. Sie kommt morgens um acht nach Hause zurück, sie weiß, daß ihr Onkel sie wütend erwartet und ihr unangenehme Fragen stellen wird... Wie alt ist die Jungfer, sagten Sie?«

»Achtzehn Jahre.«

»Das ist genau das Alter. Wenn Sie meine Meinung hören wollen, das Mädchen ist nach einem Mann verrückt, der mit ihr macht, was er will. Er hat ihr diktiert, was sie sagen sollte, und er hat das Szenario zusammengestellt. An dem Tag, an dem Sie ihn fassen werden...«

Und mit einem Anflug von Bewunderung fügte sie hinzu:

»Wenn solche Mädchen sich ins Zeug legen, sind sie geradezu schlimmer als die Nutten... Was meinst du, Papa?«

»Dasselbe wie du... Die Geschichte gefällt mir nicht...«

Hatten sie sich, als Maigret bereits auf der Treppe war, lachend angeblickt? Der Kommissar hätte das Gegenteil schwören mögen. Er hatte sie eher besorgt zurückgelassen.

Er wiederum hatte nichts erfahren, und er kam sich nicht gerade stolz vor, als er das Bistro aufsuchte, wo seine beiden Kollegen auf ihn warteten. Es lag gleich neben der Villa des Zahnarztes.

»Ein Bier!«

Er hatte Durst. Was kümmerte ihn Pardon. Er begann, sich über das Gespräch mit dem Doktor in der vergangenen Woche zu ärgern. Der Arzt hatte ihm geraten, sich zu schonen, und hatte ihm zu verstehen gegeben, daß er allmählich vergreise und bald nur noch zum Angeln an der Loire tauge. Der Polizeipräfekt wäre davon begeistert gewesen.

»Ich bitte um Verzeihung, Chef«, stammelte Lourtie, der an der Theke lehnte. »Ich konnte nicht ahnen, daß diese Frau...«

»Schon gut.«

»Soll ich bleiben?«

»Bis die Ablösung da ist... Komm, Janvier.«

Und ein wenig später während der Fahrt:

»Fahr über den Boulevard de Courcelles.«

Sie achteten auf die Hausnummern. Die 42 lag genau gegenüber dem großen Eingang zum Park Monceau, einem Portal mit vergoldeten Pfeilen. Man hörte das Schreien der Kinder, die ein Wächter in blauer Uniform beaufsichtigte. Das Wohnhaus war sehr groß. Die gewaltige, hohe Einfahrt war von zwei Männern flankiert, und man konnte sich die Equipagen vorstellen, die einst zügig in den Hof fuhren; die Ställe waren inzwischen zu Garagen umgebaut worden.

Eine Festung. So nannte Maigret diese Häuser in seinem Innersten. Da herrschte keine Concierge in der Pförtnerloge, sondern ein Mann in Livree, und sicher roch es hier nicht nach brutzelndem Ragout. Die Treppe mußte aus Marmor sein, und die weiträumigen, hohen Wohnungen waren wahrscheinlich mit Teppichen ausgelegt, die die Schritte dämpften.

Diese Häuser in den besseren Vierteln hatten ihn bei seiner Ankunft in Paris stark beeindruckt. Die Diener trugen damals noch die gestreiften Westen, die Dienstmädchen ihre Spitzenhäubchen und die Kindermädchen, die die Kinderwagen durch den Park schoben, englische Gouvernantentracht.

Oft hatte er seither in solchen Häusern Ermittlungen durchführen müssen, und immer hatte er die gleiche Verlegenheit empfunden, vielleicht auch eine gewisse Aggressivität, die jedoch nicht aus einem Neid herrührte.

Die Erfahrung hatte ihn gelehrt, daß die meisten Bewohner gewissermaßen unantastbar waren. Wenn sie nicht selbst einflußreiche Persönlichkeiten waren, hatten sie zumindest hochgestellte Freunde und drohten, wie Prieur, sich direkt beim Innenminister zu beschweren.

Janvier fuhr jetzt ganz langsam. Der Wagen stand fast. Der Kommissar murmelte:

»Diese Hure!«

Dann sagte er im Bewußtsein seiner Ohnmacht in resigniertem, bitterem Ton:

»Fahr weiter! Zum Quai.«

Zum Quai des Orfèvres, wo man das Recht hatte, jedermann vierundzwanzig Stunden oder gar zwei oder drei Tage lang mit Fragen zu bombardieren, dazwischen gab es Einlagen mit Bier und Sandwiches, kurze Pausen auf einem Strohsack. Jedermann, mit Ausnahme dieser Leute, mit Ausnahme von Mademoiselle Nicole Prieur.

Janvier schwieg, er begriff, daß dies nicht der richtige Augenblick war, den Mund aufzumachen.

»Ein junges Mädchen dieser Gesellschaftsschicht reist sicher ins Ausland«, bemerkte Maigret plötzlich. »Also muß sie einen Paß haben. Infolgedessen gibt es eine Karteikarte mit ihrem Foto bei der Polizeipräfektur...«

Er kannte dieses Büro gut, wo diese Karteikarten in grünen Metallschränken alphabetisch geordnet waren, und schon hundertmal hatte er sich an den Beamten gewandt, einen gewissen Loriot, der nicht zögerte, ihm seine Schubladen aufzuziehen.

Aber nicht für Mademoiselle Prieur! Er war gezwungen, anders vorzugehen. Aline hatte recht: Er brauchte so schnell wie möglich ein Foto von dem Mädchen.

»Hat Barnacle immer noch seine Leica?«

»Er würde sich eher von seiner Frau trennen als von seinem Fotoapparat...«

»Hat er eine Frau?«

Merkwürdig: seit mehr als dreißig Jahren kannte Maigret Inspektor Barnacle, und er hatte nie etwas von dessen Privatleben gewußt. Er glaubte, er sei Junggeselle. Mit seinem schwarzen, zu weiten Anzug mit den blankgescheuerten Ellbogen und den ausgefransten Ärmeln, den er schon jahrelang trug und an dem immer ein Knopf fehlte, mit seiner Miene eines Menschen, der unter der Last seines Mißgeschicks gebeugt geht, gemahnte Barnacle eher an einen frischgebackenen Witwer, dessen Kummer noch nicht die Zeit gefunden hatte, sich zu legen.

Er gehörte dem Quai schon an, als Maigret zum erstenmal durch das Portal geschritten war. Maigret hatte ihn Monsieur genannt, und diese Gewohnheit behielt er bei. So daß auch die Inspektoren Monsieur Barnacle zu ihm sagten, allerdings mit einer ironischen Spitze, als sei Monsieur ein Vor- oder Beiname.

In seinem Büro klingelte er nach dem alten Amtsdiener.

»Schicken Sie mir Monsieur Barnacle her, wenn er im Hause ist...«

In den Büros und auf den Fluren wurde es allmählich stiller. Es war bald sechs Uhr. Die Sonne stand hoch am Himmel, und es regte sich noch kein Windhauch, die Vorhänge zu beiden Seiten der Fenster hingen faltenlos gerade herab.

»Sie haben mich zu sich gebeten, Herr Kommissar?«

»Setzen Sie sich, Monsieur Barnacle...«

Der Inspektor war nur zweieinhalb Jahre älter als er. Würde Maigret in zweieinhalb Jahren auch dieses resignierte Gesicht zeigen, diese freudlosen Augen ohne jede Neugier, diese schlaffe, welke Haut, diese herabhängenden Schultern?

War Barnacle nicht immer so gewesen? Er war verheiratet. Also war er mehr oder weniger verliebt gewesen. Er hatte einem jungen Mädchen den Hof gemacht, hatte ihr Veilchen geschenkt und war mit ihr Arm in Arm spazierengegangen und hin und wieder stehengeblieben, um sie zu küssen. Das war beinahe unvorstellbar.

»Er ist nicht nur verheiratet«, hatte Janvier eben gesagt, »sondern seine Frau soll sich sogar in ihrem Viertel noch anderweitig vergnügen. Sie kommt oft spät nach Hause, manchmal kehrt sie nachts gar nicht heim, und er macht nach dem Dienst das Abendessen und den Haushalt...«

Barnacle war bestimmt keine Leuchte, aber wenn man ihn einmal auf eine Spur setzte, gab er sie nicht auf, und er blieb so unbemerkt in der Menschenmenge von Paris wie einige der grauen Mauern, die mit halb abgerissenen Plakaten beklebt sind.

»Ich möchte Sie mit einem Auftrag betrauen, Monsieur Barnacle, aber ich zögere noch, denn wenn man an höherer Stelle Wind davon bekommt, riskieren Sie Ihre vorzeitige Pensionierung.«

»Das bedeutet nur, daß ich mich drei Monate weniger durch die Straßen der Stadt zu schleppen brauche...«

Es klang kein Vorwurf aus seiner Stimme heraus. Barnacle war nicht verbittert und niemandem böse; und sicher nahm er auch seiner Frau nichts übel.

»Ich werde Ihren Auftrag ausführen, Herr Kommissar.«

»Es handelt sich darum, ein junges Mädchen zu fotografieren... Wo, wann, wie, das weiß ich nicht, das ist Ihre Angelegenheit...«

»Ich bin es gewöhnt.«

Das stimmte. Schon oft hatte man sich Barnacles fotografisches Talent und sein ärmliches Äußeres zunutze gemacht. Wenn man das Foto eines Verdächtigen brauchte, postierte er sich an einer Stelle, wo dieser wahrscheinlich vorbeikommen würde, und spielte mit seiner umgehängten Leica einen der ambulanten Fotografen, wie man sie immer zahlreicher auf den Champs-Elysées, den großen Boulevards und fast überall in Paris sieht.

Er hatte sich sogar kleine Karten mit einem Namen, einer fiktiven Adresse und einer Telefonnummer drukken lassen, die er den Leuten in die Hand drückte.

»Sie wohnt am Boulevard de Courcelles und studiert an der Sorbonne. Sie hat eine Freundin am Boulevard Saint-Germain, die Tochter von Doktor Bouet, dessen Nummer Sie im Telefonbuch finden. Darüber hinaus weiß ich nicht, bei wem sie verkehrt oder wo sie den Tag verbringt.«

»Hat sie ein Auto?«

»Wenn ja, dann erst seit kurzem, denn sie ist erst achtzehn Jahre alt. Ihr Onkel ist eine bedeutende Persönlichkeit, Berichterstatter beim Staatsrat, und ich nehme an, daß er einen Wagen mit Chauffeur hat... Ich sage Ihnen gleich, wenn Sie sich an den Concierge wenden, wird er sich sofort mit dem Büro des Polizeipräfekten in Verbindung setzen. Der hat uns nämlich strikt verboten, uns mit ihr zu befassen... Ist Ihnen die Sache klar?«

»Es wird wahrscheinlich ein wenig länger dauern... Können Sie mir sagen, wie sie etwa aussieht?«

Maigret beschrieb ihm Nicole Prieur.

»Bei dem gegenwärtigen Wetter«, sagte Barnacle vor sich hin, »besteht die Chance, daß sie den Nachmittag zu Hause verbracht hat. Leute dieser Art essen spät zu Abend... Vielleicht bleibt mir die Zeit...«

An der Tür drehte er sich noch einmal um, und über sein graues Gesicht huschte so etwas wie ein Lächeln.

»Wenn es Scherereien geben sollte, tun Sie um Gottes willen nichts für mich... Ich habe schon lange Lust, zu denen einmal Scheiße zu sagen.«

Maigret kam aus dem Staunen nicht heraus. Dieses schicksalsergebene Schaf, das Barnacle immer gewesen war, erwies sich drei Monate vor der Pensionierung als wütender Bock. Grinsend fügte Barnacle hinzu:

»Sie haben kein Recht, mir meine Pension zu nehmen... Sie schulden sie mir, verstehen Sie? Das ist mein Geld, das Geld, das sie in all den Jahren von meinem Gehalt abgezogen haben.«

Maigret unterschrieb die Schriftstücke, die auf seinem Schreibtisch lagen. Ohne das Foto ließ sich nichts Neues unternehmen. Er kam sich leer und überflüssig vor.

Dennoch öffnete er aus Gewohnheit wie jeden Abend, bevor er das Kommissariat verließ, die Tür zum Büro der Inspektoren. Lucas war noch da, dessen Schädel kahler geworden war, seit er mit dem Kommissar zusammenarbeitete.

»Komm mal einen Moment...«

Es ärgerte ihn, daß er ihn nicht informieren konnte. Nicht wegen der Anweisung des Polizeipräfekten, denn

Janvier hatte er es ja auch gesagt, sondern weil er nicht den Mut hatte, diese demütigende Geschichte noch einmal zu erzählen.

»Komm rein... Du kannst dich setzen.«

»Geht es Ihnen nicht gut, Chef?«

»Nein, nicht sonderlich... Aber das macht nichts... Kennst du zufällig jemanden, der an der Sorbonne studiert?«

»Welches Fach?«

»Das weiß ich nicht.«

»Wissen Sie, es gibt Tausende von Studenten und Studentinnen...«

Lucas blickte auf den Teppich und schien nachzudenken.

»Ich kenne einen der Pförtner, der mit meiner Frau entfernt verwandt ist, aber der ist eben nur ein Pförtner...«

»Steht ihr gut miteinander?«

»Ich sehe ihn alle drei oder vier Jahre bei einem Familientreffen, einem Begräbnis oder einer Hochzeit.«

»Kannst du ihn anrufen und dich irgendwo mit ihm verabreden? In einem Café zum Beispiel?«

»Ich will sehen, ob er gerade Dienst hat...«

»Sprich von hier aus.«

Der Mann, der ein Cousin von Frau Lucas war, hieß Oscar Coutant, und schließlich hatte man ihn an der Strippe.

»Lucas, ja... Wie geht es dir? Nein... Es geht ihr sehr gut... Sie bittet mich, dich herzlich zu grüßen... Tante Emma? Die haben wir mindestens drei Monate nicht gesehen... Ja, immer noch so taub... Sag mal... Ich würde dich gern irgendwo treffen, um dich etwas zu fragen... Nichts Wichtiges... Ich möchte mich nur da unten nicht sehen lassen... Wie bitte? Halb sieben? Das schaffe ich noch... Das erste links vom Boulevard Saint-Michel aus? Ich bin gleich da...«

Lucas warf Maigret einen fragenden Blick zu.

»In Ordnung... Also bis gleich, Alter.«

Und zum Kommissar:

»Ich habe ihn gerade noch erreicht, als er aufbrechen wollte. Er erwartet uns in einer Bar in der Rue Monsieur-le-Prince, wo er gewöhnlich einkehrt, um seinen Aperitif zu trinken. Das ist sein Heimweg... Was soll ich ihn fragen?«

»Es ist besser, wenn ich mitkomme... Ruf schnell ein Taxi...«

›Nur einen Schluck Wein zu den Mahlzeiten‹, hatte Pardon verordnet.

Die wievielte Bar war es, in die Maigret seit vierundzwanzig Stunden einkehren mußte? Er hätte natürlich Fruchtsaft bestellen können...

Oscar Coutant hatte mit seinen einundvierzig Jahren die rundliche Figur der Männer, die den ganzen Tag keine Bewegung haben und gern ihren Aperitif trinken. Man merkte, daß er stolz auf seine Stellung war, die er sicher würdevoll, wenn nicht salbungsvoll ausfüllte. Er war bei der Sorbonne angestellt. Berühmte Professoren drückten ihm im Vorbeigehen die Hand. Die Studenten, die er sich nicht scheute, bei Gelegenheit zurechtzuweisen, trugen bekannte Namen und würden eines Tages Bankiers oder Minister sein.

»Darf ich dich Kommissar Maigret, meinem Chef, vorstellen...«

»Sehr erfreut... Ich habe Sie noch nie bei uns gesehen...«

Damit meinte er natürlich nicht seine Wohnung, sondern die Sorbonne.

»Ich stehe zu Ihren Diensten, Herr Kommissar. Man trifft immer gern berühmte Leute. Und was die Berühmtheit anbelangt, nun Sie! Ich habe Sie mir kräftiger vorgestellt, wenn ich das sagen darf... Kräftiger und größer... Wir dürften die gleiche Figur haben, und ich für meine Person wiege achtzig... Was nehmen Sie? Einen kleinen Anis? Jules! Bring mir noch mal das gleiche und zwei Anis für die Herren... So, Sie interessieren sich also für einen unserer Zöglinge?«

»Ich wüßte gerne, ob Sie eine Studentin namens Nicole Prieur kennen.«

»Die Nichte des...«

»Ja...«

»Sie gehört zu der Étoile-Bande, jungen Leuten, die uns viel zu schaffen machen und denen gegenüber man fest durchgreifen muß. Es sind etwa zwanzig, Jungen und Mädchen, die in heißen Sportwagen ankommen, in Jaguars, Ferraris, was weiß ich, und die sie auf den Parkplätzen der Professoren abstellen... Glücklicherweise haben nicht alle Professoren ein Auto und fahren meistens mit der Metro...«

»Was studiert sie?«

»Warten Sie, da muß ich mir den Plan vergegenwärtigen... Wir sind zwar ständig auf dem laufenden, aber es sind so viele Namen zu behalten...«

Wenn man ihm zuhörte, konnte man glauben, er trüge die ganze Last der Sorbonne auf den Schultern.

»Ah... Jetzt fällt es mir ein... Sie studiert Kunstgeschichte, mit einer Kommilitonin, der Tochter eines Arztes, Bouet...«

»Wer gehört noch zu der Étoile-Bande?«

»Wir nennen sie so, weil die meisten von ihnen in der Umgebung des Arc de Triomphe wohnen, in der Avenue Hoche, Avenue Marceau, Avenue Foch undsoweiter. Der Wildeste ist der Sohn eines südamerikanischen Botschafters, der ein blaues Ferrari-Kabriolett fährt... Er heißt Martinez und wird immer von einer Schar von Mädchen begleitet... Ein anderer, ein großer Blonder, ist der Sohn von Dariman, chemische Produkte... Wissen Sie, zu der Bande gehören nicht immer dieselben. Man streitet sich... Neue kommen hinzu... Den Abend und einen guten Teil der Nacht verbringen sie in einem Klub...«

»Wissen Sie, wo?«

»In den Zeitungen war die Rede davon... Natürlich verkehre ich nicht an solchen Orten und kenne mich deshalb nicht so aus. Es ist in der Avenue de la Grande-Armée oder in der Gegend. Im Restaurant im Erdgeschoß kann jeder essen, der das Geld dazu hat. Der Klub ist im Keller, und man scheint Mitglied sein zu müssen, um Zutritt zu haben... Warten Sie... Ich suche den Namen... Ich habe ihn auf der Zunge...«

»Der Club des Cent Clefs?« warf Lucas ein.

»Ja, so heißt er... Woher weißt du das?...«

»Weil ich das wie du in der Zeitung gelesen habe. Wenn man einmal als Mitglied aufgenommen worden ist, erhält man einen symbolischen Schlüssel, einen vergoldeten Schlüssel, der einem die Pforten des Klubs öffnen soll.«

Maigret erhob sich. Der Cousin wollte schon eine neue Runde bestellen und sich in unendlichen Betrachtungen über die Sorbonne ergehen.

»Ich danke Ihnen und bitte Sie, mich entschuldigen zu wollen...«

Wenig später ließ er sich am Boulevard Saint-Michel in die Polster eines Taxis fallen und orderte:

»Boulevard Richard-Lenoir.«

»Jawohl, Herr Kommissar.«

Vielleicht würde jetzt der Polizeipräfekt auch den Taxifahrern verbieten, ihn zu erkennen!

Selten hatte er ein solches Verlangen gehabt, nach Hause zu kommen und die liebevollen und fröhlichen Augen seiner Frau wiederzusehen.

5

Sobald sie seine Schritte auf der Treppe hörte, kam sie im geblümten Morgenrock und in Pantoffeln, um ihm die Tür zu öffnen. Die Wohnung roch nach Bohnerwachs.

»Verzeih, daß ich nicht angezogen bin, aber als du mir telefonisch sagen ließest, daß du nicht zum Mittagessen kommen würdest, dachte ich, du seist mit einem neuen Fall beschäftigt, und das wollte ich nutzen, um das Parkett zu bohnern. Was hast du denn? Hast du Sorgen?«

»Ich bin mit einem neuen Fall beschäftigt, wie du sagst. Dem Fall Maigret.«

Er lächelte, wenn auch gezwungen, denn es ist nicht leicht, am Ende einer Laufbahn wie der seinen die Vorgesetzten an einem zweifeln zu sehen, vor allem, wenn es sich um einen jungen, stolzen und vom Ehrgeiz gepackten Hahn handelt wie den Polizeipräfekten.

Sein Unmut vom Vormittag hatte sich gelegt, dennoch blieb ein bitterer Bodensatz zurück, den der Kommissar vor seinen Mitarbeitern zu verbergen suchte, insbesondere vor seinem braven Janvier und vor Lucas.

»Es könnte sein, daß wir noch eher in Meung-sur-Loire sind als wir glauben...«

»Wovon redest du?«

»Von der Geschichte in der letzten Nacht... Von jenem Mädchen, das hier angerufen hat und das ich in der Rue de Seine getroffen habe...«

»Sag nicht, daß man sie tot aufgefunden hat!«

»Für mich ist es fast noch schlimmer. Sie ist erst morgens um acht nach Hause gekommen. Sie wohnt am Boulevard de Courcelles, und ihr Onkel ist eine wichtige Persönlichkeit der Republik...«

»Merkwürdig, ich habe den ganzen Tag an dieses Mädchen gedacht und an das, was sie erzählt hat. Irgend etwas ging mir da wider den Strich...«

»Sie beschuldigt mich, sie in dem Lokal angesprochen zu haben, in das sie eingekehrt war, um eine Freundin anzurufen, und versucht zu haben, sie zu verführen, indem ich ihr versprach, sie einer Festnahme beiwohnen zu lassen. Ihre Unschuld ausnutzend, hätte ich sie von

Bar zu Bar geschleppt und betrunken gemacht, um sie dann, als sie nicht mehr ganz bei sich war, in ein Hotelzimmer zu bringen, wo ich sie gegen ihren Willen ausgezogen haben soll...«

»Wer glaubt denn sowas?«

»Scheinbar all diese Herren, angefangen beim Innenminister bis hin zum Polizeipräfekten...«

»Hast du gekündigt?«

»Noch nicht.«

»Ich hoffe, du wirst dich verteidigen.«

»Ich versuche es seit heute vormittag um elf... Und auch aus diesem Grunde möchte ich dich zum Abendessen in die Stadt einladen...«

»Das trifft sich gut. Denn da ich nicht wußte, wann du nach Hause kommen würdest, habe ich nichts Warmes gemacht... Was soll ich anziehen?«

»Das Beste, was du hast...«

Wenige Minuten später versuchte er unter der Dusche zu verstehen, was seine Frau zu ihm sagte. Sie mußten beide sehr laut sprechen.

»Hast du das Mädchen verhört?«

»Man untersagt mir, mich ihr oder ihrer Wohnung zu nähern.«

»Warum hat sie das getan? Hast du eine Ahnung?«

»Noch nicht... Das kommt vielleicht heute abend...«

Sie kleideten sich an und sprachen sich gegenseitig Mut zu. Madame Maigret war nicht erschrocken, und sie hatte das Wort Kündigung als erste ausgesprochen. Keinen Augenblick hatte sie an ihrem Mann gezweifelt, und sie hatte nichts von ihrer guten Laune verloren.

»Wo gehen wir hin?«

»In ein Restaurant in der Avenue de la Grande-Armée, das im Michelin zwei Sterne hat.«

Es waren die längsten Tage des Jahres. Die Sonne war noch nicht untergegangen, und Paris öffnete all seine Fenster, um die erfrischende Abendluft einzulassen. Die Männer rauchten in Hemdsärmeln ihre Pfeife oder eine Zigarette und betrachteten die Passanten, die Frauen riefen sich im Nachthemd von einem Fenster zum anderen etwas zu, und wenn man auf den Bürgersteigen entlangschritt, vernahm man unharmonische Radioklänge.

Die beiden stiegen zur Metro hinunter. Die Kollegen hänselten Maigret deswegen. Er war einer der wenigen am Quai, die kein Auto besaßen. Das hing teilweise damit zusammen, daß er damals, als er im richtigen Alter war, fahren zu lernen und Vergnügen daran zu finden, nicht die Mittel dazu hatte.

Jetzt war es zu spät. Er würde wahrscheinlich die Nase in die Luft halten und den Sonnenstrahlen im Laub der Bäume zuschauen, sich nach einem Passanten oder einer Fußgängerin umblicken oder sich im Verlauf einer Ermittlung in einer seiner mißmutigen Träumereien verlieren.

Er dachte voller Ironie daran, während er neben seiner Frau in dem Waggon saß, wie sie und die anderen Fahrgäste hin und her geschüttelt wurden, von links nach rechts und von rechts nach links, nach vorne und nach hinten und von hinten nach vorn.

Freilich hätte seine Frau ihn fahren können. Viele Männer lassen sich von ihren Frauen chauffieren.

»Könntest du dir vorstellen, daß ich für eine Tonne

Blech bei einer Geschwindigkeit von hundert Stundenkilometern verantwortlich bin? Ich hätte dermaßen Angst, jemandem etwas anzutun! Zumal einen die Verkehrspolizisten ständig zwingen, noch schneller zu fahren...«

Janvier hatte einen Citroën 6 CV. Lucas sprach davon, sich einen kaufen zu wollen. Auch Maigret würde sich einen anschaffen müssen, wenn er in Meung-sur-Loire lebte, es sei denn, er wollte mit seiner Frau das Leben eines Provinzehepaares aus dem Jahre 1900 führen. Auf dem Lande würde er sich vielleicht daran gewöhnen, ohne befürchten zu müssen, daß er die roten Ampeln für Kinderballons hielt. Und nach Paris würde er wie früher mit der Eisenbahn fahren.

»Woran denkst du?«

»An nichts...«

An nichts und an alles, an das Leben, an seine Laufbahn, an die Unterredung am Vormittag im Büro des Polizeipräfekten, an Manuel in seinem Rollstuhl und an das merkwürdige Mädchen, das Aline doch war.

Das Restaurant, dessen Scheiben diskret mit Tüll verhängt waren, befand sich fast am Ende der Avenue. Es war behaglich, elegant und halb leer, denn ein Teil seiner Stammgäste war schon auf dem Lande oder am Meer. Rechts vom Eingang führte eine Treppe zum Kellergeschoß, vor der ein großer roter Vorhang hing.

»Wünschen Sie einen Tisch an einem der Fenster?«

»Hier.«

Maigret deutete auf einen, der der Treppe gegenüberstand, bat seine Frau, auf der Bank Platz zu nehmen, und studierte die Speisekarte.

»Möchtest du Ente ›à l'orange‹ essen?«

»Was gibt es denn noch?«

»Eine ganze Seite voll...«

Schließlich wählten sie eine Kaltschale und die Ente, die zum Tagesmenü gehörte. Der Geschäftsführer hatte die Kellner um sich versammelt und flüsterte ihnen sicher zu:

»Das ist Kommissar Maigret...«

Alle sahen neugierig zu ihm herüber. Er war daran gewöhnt, aber im Gegensatz zur Meinung des Präfekten war es ihm nicht sehr angenehm.

»Hast du einen Grund, warum du ausgerechnet dieses Restaurant ausgesucht hast? Wir sind doch nie hierhergegangen...«

»Ich schon, vor langer Zeit, im Verlauf irgendeiner Ermittlung... Wenn ich mich nicht täusche, war ich hinter einem internationalen Schwindler her, der die Angewohnheit hatte, hier zu Mittag zu essen.«

»Das Haus scheint angesehen zu sein.«

»Internationale Schwindler essen nur in angesehenen Häusern und steigen in den besten Hotels ab.«

Es war neun Uhr. Eine junge Frau kam herein und begab sich zur Treppe. Sie sah nicht wie ein Gast aus, eher wie eine Garderoben- oder Toilettenfrau.

Zehn Minuten später erschien ein Mann mit müden Gesichtszügen. Auch er gehörte nicht zur goldenen Jugend, sondern stand auf der schlechten Seite der Schranke, auf der Seite derer, die die anderen bedienen.

Der Klub da unten öffnete sicher erst später, und man bereitete jetzt alles vor wie morgens in den kleinen Bars und Cafés. Durch den roten Vorhang hörte man gedämpft ein paar Takte Musik, dann andere, in verschiedenen Tonarten; man probierte Schallplatten aus, um die Lautstärke zu regeln.

»Findest du sie besser als meine?«

»Nein... Nichts ist im Restaurant besser als bei uns zu Hause.«

Sie sprach von der Ente. Sie plauderten über alles mögliche. Hin und wieder, wenn sie sich nicht beobachtet fühlte, blickte Madame Maigret ihren Mann ernst an und versuchte herauszukriegen, wie tief er getroffen war. Er hatte einen alten Saint-Émilion bestellt, an dem sie kaum nippte.

Fragte sie sich auch, ob er zuviel trank und ob das nicht zu einem guten Teil der Grund für seine Müdigkeit war? Denn er schien erschöpft. Sie hatte mit Pardon zwischen zwei Türen flüsternd darüber gesprochen. Ihr Mann hatte das gemerkt. Was hatte der Arzt ihr geantwortet?

»Käse? Ich sehe einen Brie, der gut durch ist.«

»Ich nehme ein kleines Stück davon.«

»Sagen Sie, Herr Ober... Der Klub, der da unten ist...«

»Ja, Monsieur... Der Club des Cent Clefs...«

»Warum hundert?«

»Das gehört nicht zu meinem Ressort... Ich kümmere mich um das Restaurant, nicht um den Klub.«

»Hat dort jedermann Zugang?«

»Nein. Das ist ausschließlich privat. Man muß unbedingt Mitglied sein.«

»Und wie kann man das werden?«

»Möchten Sie wirklich beitreten?«

Er schien überrascht und blickte abwechselnd den Kommissar und Madame Maigret an, die diese Prüfung erröten ließ.

»Erstaunt Sie das?«

»Nein… Ja… Es ist vor allem ein Klub junger Leute, die hier herkommen, um zu tanzen… Sie werden sicher bald eintreffen… Soll ich den Leiter herbitten?«

Er war bereits auf dem Weg zum Kellergeschoß, wo er recht lange blieb und aus dem er in Begleitung eines jungen Mannes im Smoking zurückkehrte, den Maigret zu kennen glaubte.

»Das ist Monsieur Landry, der Ihnen Auskunft erteilen kann.«

Landry reichte ihm die Hand.

»Guten Abend, Herr Kommissar…«

Er verneigte sich vor Madame Maigret.

»Sehr geehrt, Madame… Nur wenige Leute haben in Paris das Glück, Sie zu kennen, denn Ihr Gatte zeigt sich nicht gerne in der Öffentlichkeit… Gestatten Sie?«

Er packte einen Stuhl mit der Lehne, nahm Platz und zog ein silbernes Zigarettenetui aus seiner Tasche.

»Der Rauch stört Sie vermutlich nicht.«

Er war etwa fünfunddreißig Jahre alt. Sein Smoking war untadelig geschnitten, und er trug ihn mit der Ungezwungenheit jener, die ihn jeden Abend anziehen.

Ein hübscher Junge, man konnte ihm vielleicht vorwerfen, daß er zu selbstsicher wirkte und etwas Spöttisches, wenn nicht Aggressives in seinem Blick hatte. Sein Lächeln war charmant, ja bezaubernd, aber man spürte, daß er bei der geringsten Bedrohung seine Krallen zeigen würde.

»Ich höre eben, daß Sie sich für unseren Klub interessieren.«

»Ich bin versucht, ihm beizutreten... Es sei denn, daß es eine Altersgrenze gibt...«

»Anfangs war davon die Rede... Man hat von dreißig Jahren gesprochen, wodurch jedoch ausgezeichnete Leute ausgeschlossen worden wären... Sie haben von den Cent Clefs gehört, Herr Kommissar?«

»Andeutungsweise, und ich bin etwas überrascht, Sie hier wiederzusehen... Sie haben dort die Stellung des Leiters inne, wie man mir sagte...«

»Des Leiters, des Sekretärs, gewissermaßen des Mannes für alles... Heute nennt man das ›Animateur‹.«

Maigret hatte ihn kennengelernt, als Landry kaum älter als achtzehn Jahre war. Er stammte aus der Provinz. Sein Vater war Postdirektor in Angers oder in Tours, jedenfalls in einer der großen Städte an den Ufern der Loire. Er war gewillt, in Paris seinen Weg zu machen, er schrieb Artikel für die Zeitungen und mischte sich geschickt bei Empfängen und Parties unter die Menge, wo er mit bekannten Leuten sprechen konnte.

Eines Tages hatte er Maigret am Quai des Orfèvres aufgesucht und selbstbewußt den Presseausweis einer Wochenzeitung gezückt, die auf sensationelle Enthüllungen spezialisiert war.

Marcel Landry zweifelte an nichts, vor allem nicht an sich selbst.

»Verstehen Sie, Herr Kommissar, was unsere Leser interessiert, ist nicht die Organisation der Kripo, über die die Tagespresse oft berichtet hat, sondern es sind die

Kulissen eines Hauses, wo, wenn ich so sagen darf, die ganze schmutzige Wäsche von Paris landet...

Ich hoffe, der Ausdruck schockiert Sie nicht... Es handelt sich natürlich nicht darum, Namen zu veröffentlichen. Und ich darf hinzufügen, daß meine Zeitung nicht zögern würde, einen recht hohen Preis dafür zu zahlen...«

Er war damals noch zu jung, als daß Maigret sich über ihn hätte ärgern können, und so hatte ihn der Kommissar ziemlich sanft vor die Tür gesetzt. Zwei oder drei Jahre später hatte er seine Stimme im Radio gehört, wo er Sprecher beim Werbefunk geworden war.

Dann war eine Lücke entstanden. Landry gehörte zu den Menschen, die man eine Zeitlang überall trifft, denen man gewohnheitsgemäß die Hand drückt, ohne eigentlich zu wissen, wer sie sind, die plötzlich ohne ersichtlichen Grund verschwinden und die man irgendwo in neuer Gestalt wieder auftauchen sieht.

Von welchen obskuren Geschäften hatte Landry in diesen Jahren gelebt? Wenn er dem Gesetz zuwidergehandelt hatte, so war es der Polizei nicht zu Ohren gekommen. Man hatte ihn als Sekretär einer Schlagersängerin wiedergefunden, die ihn als dienstbaren Begleiter anstellte.

Nachdem er sie zwei oder drei Jahre später verlassen hatte, schrieb er Memoiren, in denen er das intime Leben der Sängerin bis in die geringsten Details enthüllte, so daß sie einen Prozeß gegen ihn anstrengte.

Hatte sie ihn gewonnen oder verloren, Maigret wußte es nicht mehr; und nun stand er vor ihm, der junge Mann von einst, lächelnd und gleichzeitig etwas nervös, um sechzehn oder siebzehn Jahre gealtert, aber immer noch in einem Zustand bemerkenswerter Frische.

»Der Club des Cent Clefs, müssen Sie wissen, unterscheidet sich von den Klubs, die jede Woche in Paris eröffnet werden, vor allem dadurch, daß er ein richtiger Klub ist. Man muß wirklich Mitglied sein, damit sich der rote Vorhang vor dem Kellergeschoß hebt. Was die Zahl hundert anbelangt, so steht sie für die beschränkte Anzahl der Mitglieder, die gegenwärtig übrigens nur fünfundachtzig oder sechsundachtzig beträgt...«

»Die jungen Herren und Damen gehören begüterten Familien an, vermute ich.«

»Um eine Auswahl zu treffen, haben wir den Beitrag auf sechshundert Franken festgesetzt. Dagegen ist der Verzehr kaum teurer als üblich... Tanzen Sie?«

Maigret war so überrascht, daß er den Sinn der Frage nicht sofort erfaßte.

»Wie bitte?«

»Ich fragte Sie, ob Sie gerne tanzen, moderne Tänze natürlich, denn Sie werden nicht erwarten, daß hier Walzer oder Polka getanzt wird... Tanzen Sie auch, Madame Maigret?«

Da sie nicht wußte, was sie antworten sollte, blickte sie ihren Mann hilfesuchend an.

»Ja... wir tanzen beide... Erstaunt Sie das?«

»Ein wenig... Ich habe Sie nie auf einer Tanzfläche gesehen, und so, wie man Sie darstellt...«

»Als dicken Tolpatsch, der mit mürrischer Miene an seiner Pfeife suckelt...«

»Das habe ich nicht gesagt... Haben Sie ernstlich vor, dem Klub beizutreten?«

»Allen Ernstes.«

»Kennen Sie zwei Mitglieder des Klubs, die für Sie bürgen können? Auch das zeigt Ihnen, daß es sich um einen wirklichen Klub handelt. Jeder Bewerber muß von zwei Bürgen eingeführt werden, und ein Komitee von zwölf Mitgliedern entscheidet mehrheitlich über seine Zulassung...«

»Wenn ich einen Blick auf die Liste der Mitglieder werfen dürfte, würde ich dort sicher mehr als zwei mir bekannte Personen finden, die meine Kandidatur unterstützen würden...«

Marcel Landry zuckte nicht mit der Wimper. Sie wußten beide, daß sie Komödie spielten. Landry musterte den Kommissar mit einem scharfen, eher ärgerlichen als beunruhigten Blick, fand zu seinem Lächeln zurück und wandte sich der Treppe zu. Als er zurückkam, hielt er ein in rotes Leder gebundenes Verzeichnis in der Hand.

»Dieses Buch steht den Mitgliedern immer auf einem Tischchen hinter dem Vorhang zur Verfügung. Wie Sie sehen, enthält es nicht nur die Namen und Adressen der Mitglieder, sondern auch die der Bürgen jedes einzelnen...

Es würde mich überraschen, wenn Sie darunter einige Ihrer Klienten fänden...

Unter dem Buchstaben A: Abouchère, Sohn des Senators Abouchère... Graf d'Arceau... Bei uns trägt er seinen Titel nicht... Sein Vater ist Mitglied des Jockey-Klubs, und er wird es ebenfalls werden, wie es sein Großvater und der Vater seines Großvaters gewesen sind... Barillard, von der Ölfirma... Mademoiselle Batillard wird im nächsten Monat Éric Cornal heiraten, von der Keksfabrik Cornal, den sie hier kennengelernt hat... Dieses Verzeichnis könnte als das Adreßbuch der mondänen Jugend betrachtet werden...

Einige studieren, und wir sehen sie zur Zeit selten, denn gegenwärtig finden die Prüfungen statt... Andere arbeiten... Wir haben auch Ehepaare.«

Alle Adressen waren das, was man gute Adressen nennt, solche, die eine Persönlichkeit verraten.

Maigret ließ seinen Finger über die Seite gleiten, wobei er die Lippen bewegte. Dann hielt sein Zeigefinger bei einem Namen an:

François Mélan, 38 Jahre, Facharzt für Kieferheilkunde, Rue des Acacias 32 bis.

»Ist das nicht der Zahnarzt, der sich in einer kleinen Villa niedergelassen hat?«

»Ich muß gestehen, daß ich nie meinen Fuß in seine Wohnung gesetzt habe. Er kommt oft, obwohl er kaum tanzt. Er scheint ein Mann von bemerkenswerter Intelligenz zu sein.«

Der Finger wanderte weiter und macht erneut halt, und Maigret bemühte sich, sein Interesse nicht deutlich werden zu lassen.

Nicole Prieur, 17 Jahre, Boulevard de Courcelles 42...

Das Interessanteste aber stand in der Spalte, die den Bürgen vorbehalten war. Für Nicole waren es niemand anderes als Dr. François Mélan und Martine Bouet.

»Ist Mademoiselle Bouet nicht eine große Blondine?«

»Ich ersehe daraus, daß Sie sie kennen. Sie ist eine der besten Tänzerinnen des Klubs... Mit Mademoiselle Prieur eng befreundet...«

»Kommt Mademoiselle Prieur oft her?«

Landry trommelte mit den Fingern auf den Tisch. Vielleicht hatte er sich nichts vorzuwerfen, aber bei dem nicht definierbaren Beruf, den er sich gewählt hatte, und bei seinem Ehrgeiz, war es unklug, es mit der Polizei zu verderben.

Die Anweisungen des Polizeipräfekten waren noch nicht bis zur Avenue de la Grande-Armée durchgedrungen. Madame Maigret sah ihrem Mann interessiert bei der Arbeit zu. Es war das erste Mal, daß sie Gelegenheit dazu hatte, und sie gab sich alle Mühe, herauszufinden, was sich hinter den scheinbar nichtssagenden Worten verbarg, die die beiden Männer wechselten.

»Mademoiselle Prieur ist eine unserer Treuesten... Man sieht sie mindestens zwei- oder dreimal in der Woche hier.«

»Allein?«

»Allein oder mit einer Gruppe.«

»Sie bleibt bis zum Schluß?«

»Oft genug.«

»Um wieviel Uhr schließen Sie?«

»Das hängt von der Stimmung ab. Die Mitglieder bringen manchmal einen Theater- oder Filmstar mit, einen Sänger, eine Sängerin, irgendeine Berühmtheit... Es ist schon vorgekommen, daß wir erst morgens um sechs das Licht ausgemacht haben; aber meistens ist um zwei, drei Uhr niemand mehr da.«

»War Mademoiselle Prieur einmal in Begleitung ihres Onkels hier?«

»Einmal zu Anfang. Bei den meisten jungen Mädchen ist das nahezu Tradition. Am ersten Abend wollen die Eltern sich selbst überzeugen... Monsieur Prieur hat uns alle überrascht... Man erwartete, eine feierliche Persönlichkeit zu sehen... Kennen Sie ihn?«

»Nein.«

»Er ist Berichterstatter beim Staatsrat, man behauptet, er sei einer unserer besten Juristen. Und nun stellen Sie sich einen fünfzig- oder fünfundfünfzigjährigen Mann mit breiten Schultern vor, mit einem Gesicht, das die kantigen Züge eines Bauern trägt, mit einem kurzen, dichten Bart, der Wangen und Kinn bedeckt, und mit buschigen Augenbrauen... Ein gutmütiger Eber... Er hat einen doppelten Whisky bestellt. Keine Viertelstunde später war er auf der Tanzfläche und tanzte mit seiner Nichte. Er ist zwei Stunden geblieben, und als er ging, hat er mich beglückwünscht und hinzugefügt, wenn er nicht gewohnt sei, morgens sehr früh aufzustehen, wäre er noch länger geblieben.«

»Man macht sich falsche Vorstellungen von den Leuten. Ist er einmal wiedergekommen?«

»Nein.«

»Letzte Nacht auch nicht?«

»Bestimmt nicht.«

»Mit wem war Mademoiselle Prieur letzte Nacht zusammen?«

»Letzte Nacht? Warten Sie... Ich muß mir die Tischordnung in Erinnerung rufen... Letzte Nacht habe ich sie nicht gesehen...«

»Ihre Freundin auch nicht?«

»Meinen Sie Martine Bouet? Nein... Sie kann ich ebenfalls nicht unterbringen...«

»Ich danke Ihnen.«

»Möchten Sie immer noch Ihre Kandidatur aufrechterhalten? Haben Sie auf der Liste mögliche Bürgen entdeckt...?«

»Mehr als genug... Ich werde es mir überlegen... Ich sehe, daß Ihre Gäste langsam eintreffen.«

»Es ist tatsächlich Zeit, hinunterzugehen.«

»Übrigens, kennen Sie Manuel?«

»Den Schauspieler?«

»Manuel Palmari...«

»Was macht er?«

»Nichts.«

»Ich wüßte nicht... Nein... Müßte ich ihn kennen?«

»Besser nicht... Nochmals besten Dank, Monsieur Landry.«

»Wollen Sie nicht mitkommen und einen Blick hineinwerfen? Sie auch nicht, Madame? Nun, dann gestatten Sie...«

Madame Maigret wartete geduldig, bis ihr Mann die Rechnung bezahlt hatte und sie draußen waren, ehe sie ihn fragte:

»Hast du erfahren, was du wissen wolltest?«

»Ich habe viele Dinge erfahren, bin mir aber über ihre Bedeutung nicht klar... Laß uns doch, da wir einmal in diesem Stadtviertel sind, durch die Rue des Acacias gehen...«

Unterwegs seufzte er:

»Vorausgesetzt, daß Nicole Prieur keine Lust hat, heute abend im Klub zu tanzen.«

»Glaubst du, er wird was erzählen?«

»Er wird sie bestimmt informieren und ihr sagen, daß ich ihn ausführlich über ihre Person ausgefragt habe… Wenn sie das ihrem Onkel berichtet, können wir morgen unsere Koffer packen…«

Er sagte das in so leichtem Ton, daß sie seinen Arm stärker drückte und bemerkte:

»Bist du traurig? Versuchst du, es mir zu verbergen?«

»Nein. An dem Punkt, wo ich angekommen bin, frage ich mich, was ich vorziehen soll: zu gehen oder weiterzumachen…«

»War der Schlag heute morgen sehr hart?«

»Ziemlich… Ich stand zum erstenmal in meinem Leben auf der schlechten Seite der Schranke… Ich frage mich, ob ich noch den Mut habe, bestimmte Verhöre durchzuführen…«

»Warum hast du dich nicht verteidigt?«

»Weil mir das nicht weitergeholfen hätte und weil ich riskiert hätte, einen Wutanfall zu bekommen…«

»Glaubst du, daß dieses Mädchen…?«

»Die zählt nicht… Sie ist nur eine Schachfigur… Es ist alles zu gut ausgeklügelt, einschließlich des zeitlichen Ablaufs und der beiden möglichen Zeugen… Zuerst Martine Bouet… Die Telefonmünze, eine einzige. Dann Désiré… Vor ihm hat sie bestimmt nicht geschwankt und nicht wie eine Betrunkene zu ihm geredet. Mit mir sprach sie halblaut, und das konnte er nicht verstehen… Die Bars, in denen ich sie angeblich zum Trinken angeregt habe…

Die Beschreibung, die sie von ihnen liefert, paßt auf fünfzig Bars und Keller in Saint-Germain-des-Prés, und in mindestens einem Dutzend dieser Lokale herrscht ein solches Gedränge, daß wir leicht unbemerkt bleiben konnten...

Schließlich das Hotel, wo ich tatsächlich mit ihr in die zweite Etage hinaufgestiegen bin und wo sie es recht geschickt verstanden hat, mich gut zehn Minuten in ihrem Zimmer festzuhalten...«

»Hast du eine Idee?«

»Ansätze zu Ideen... Viele Ansätze. Leider ist nur einer der richtige, und es kommt darauf an, ihn herauszufinden...«

Die Rue des Acacias war fast menschenleer. Einige Fenster waren noch erleuchtet, zwei davon im Hause des Zahnarztes. Maigret trat auf das Schild zu, das er bei seinem Besuch bei Manuel nur von weitem gesehen hatte. »Dr. François Mélan, Facharzt für Kieferheilkunde. Sprechstunden von 10–12 Uhr und nach Vereinbarung.«

»Warum steht da Facharzt für Kieferheilkunde?«

»Weil das vornehmer klingt als Zahnarzt.«

Er schaute zu Manuels Fenster hinauf und bemerkte Aline, die, auf eine Fensterbank gestützt, eine Zigarette rauchte.

Ein paar Meter weiter murmelte ein Mann, der unter einem Mauervorsprung stand: »Gute Nacht, Herr Kommissar...« als die Maigrets vorübergingen.

Es war Jaquemain, einer seiner Inspektoren, der in dieser Nacht die Straße überwachte.

»Gute Nacht, Alter...«

Bei den Ternes nahm das Ehepaar die Metro. Der Tag war deprimierend gewesen, endete aber dank Madame Maigrets Gegenwart in relativer Gelöstheit. Am Boulevard Richard-Lenoir schaute ein dicker, rosa gefärbter Mond zu, wie sie Arm in Arm ihrem Haus zuschritten.

Ein Verkehrsunfall hatte den Autobus aufgehalten, in dem er saß, so daß er erst zehn Minuten nach neun am Quai des Orfèvres ankam.

»Hat jemand nach mir gefragt?«

»Nein, Herr Kommissar... Nur Inspektor Lourtie...«

»Ich werde ihn nach dem Rapport sehen...«

Er nahm die Akten von seinem Schreibtisch und eilte zum Büro des Direktors, wo die anderen Abteilungsleiter sich bereits versammelt hatten.

»Entschuldigen Sie, Herr Direktor...«

»Was sagten Sie, Bernard?«

Der Chef des Glücksspieldezernats setzte mit monotoner Stimme seinen Bericht fort.

»Gut... Und Sie, Maigret? Dieser Juwelenraub gestern wieder...«

Maigret war auf eine peinliche Sitzung gefaßt gewesen, auf ausweichende und vorwurfsvolle Blicke, aber es schien nichts von dem durchgesickert zu sein, was sich tags zuvor beim Polizeipräfekten ereignet hatte.

Die allmorgendliche Routine. Die Fenster geöffnet. Zwitschernde Vögel. Ein Clochard am Ufer der Seine, der emsig seine Wäsche wusch.

Eine Viertelstunde später huschte Barnacle, immer noch schwarz gekleidet, in Maigrets Büro.

»Ich habe drei«, verkündete er und legte die Vergrößerungen vor, »aber ich weiß nicht, welche die richtige ist...«

Er wollte sagen, das richtige junge Mädchen, das heißt, Nicole Prieur. Die erste, eine pausbäckige Person mit naivem Blick, ähnelte ihr überhaupt nicht. Die zweite war kaum sechzehn Jahre alt, was darauf schließen ließ, daß der arme Barnacle im Hinblick auf junge Mädchen nur über kümmerliche Kenntnisse verfügte.

Die dritte war wirklich Nicole, sie trug ein helles Kleid und hatte eine weiße Handtasche unter dem Arm.

»Ich habe noch ein anderes Foto von ihr, in ganzer Größe...«

Der Inspektor zog es wie ein Zauberer aus einer Tasche seiner zu weiten Jacke. Es war vor dem Gitter des Parks Monceau aufgenommen worden, wo das junge Mädchen einen Dackel an der Leine führte, der gerade ein Bein hob.

»Entspricht das Ihren Wünschen?«

»Vollkommen, Monsieur Barnacle.«

»Wollen Sie noch weitere Abzüge haben?«

»Wenn es geht, ja. Drei oder vier...«

Das war jetzt schon von geringerer Bedeutung. Ohne Oscar, den Cousin zweiten Grades von Lucas oder vielmehr von Madame Lucas, hätten diese Fotos eine größere Rolle gespielt. Sie würden vielleicht auch noch eine spielen, obwohl der Kommissar glaubte, einen Ansatz gefunden zu haben.

»Brauchen Sie die Abzüge gleich?«

Maigret vergaß beinahe, daß der Inspektor seine Stellung riskiert hatte, um unbemerkt diese Bilder zu machen.

»Ist es schwer gewesen?«

»Nicht allzu sehr... Wissen Sie, auf der Straße falle ich nicht auf. Ich verschmelze mit der Umgebung. Auf den Plätzen und in den Parks findet man fast immer einen oder zwei Typen meiner Art und achtet nicht weiter auf sie.«

Er sprach von sich ohne Bitterkeit und ohne Ironie.

»Sie hat nichts gemerkt, war ganz mit ihrem Hund beschäftigt, der die Straße nicht überqueren wollte, so daß sie ihn auf den Arm nehmen mußte. Ich habe eine Aufnahme von ihr mit dem Hund auf dem Arm, aber die ist verwackelt, und so habe ich keinen Abzug davon gemacht...«

»Vielen Dank, Monsieur Barnacle. Sie sind ein prima Kerl.«

»Nein, Sie sind immer prima mir gegenüber gewesen.«

Nachdem Barnacle gegangen war, kam Janvier.

»Ist das das fragliche Mädchen?«

»Ja. Ich möchte, daß du dich in die Rue Fontaine begibst.«

»In den Clou Doré?«

»Ja. Zeig den Kellnern das Foto. Versuch, herauszukriegen, ob die sie schon im Restaurant gesehen haben. Du kannst auch noch einen Abstecher in die Umgebung machen...«

»Gehen Sie nicht weg, Chef?«

»Doch. Ich gehe in die Rue des Acacias.«

»Soll ich Sie nicht hinfahren?«

»Ich möchte lieber, daß du zum Montmartre gehst, ehe dort Hochbetrieb herrscht. Sag Lucas, er soll unten mit einem Wagen auf mich warten...«

Es lag bereits ein heißer Dunst über der Luft, wie man

ihn über dem Meer beobachten kann, und die Champs-Elysées gleisten in goldenem Licht.

»Besten Dank für den Cousin, mein alter Lucas.«

»Gern geschehen, Chef. Mir hat es allerdings einen dicken Kopf eingebracht. Er war so stolz, Sie kennengelernt und mit Ihnen einen getrunken zu haben, daß er einen Anis nach dem anderen spendiert hat. In Zukunft wird er von seinem Freund Maigret sprechen, als sei er mit Ihnen zur Schule gegangen... Wo soll ich Sie hinfahren?... Zu Manuel?«

Das war schon eine Gewohnheit geworden.

»Wenn du willst. Ich gehe in das Haus gegenüber.«

»Soll ich auf Sie warten?«

»Ja. Möglicherweise geht es sehr schnell.«

Er klingelte an der Tür. Eine Frau mit länglichem Gesicht, die wie eine Spanierin aussah, musterte ihn unfreundlich und fragte:

»Sie wünschen?«

»Ich möchte zum Doktor.«

»Sind Sie angemeldet?«

»Ja.«

»Dann gehen Sie hinauf... Die rechte Tür...«

Sie folgte ihm mit den Augen, während er die alte Eichentreppe hinaufstieg, die teilweise mit einem grünlichen, fleckigen Läufer belegt war. Auch die Schürze des Mädchens war nicht ganz sauber. Madame Maigret hätte das Haus als ungepflegt bezeichnet.

6

Er beeilte sich nicht, er machte sich ein Vergnügen daraus, das Dienstmädchen unten im Flur lange warten zu lassen. Und während er hinaufstieg, versuchte er den Geruch zu definieren, der in dem Haus herrschte, einen Geruch, den er kannte, der nicht ohne Reiz war und der bis in seine Kindheit zurückreichte: es roch nach alten Häusern und feuchtem Holz mit einem Beigeschmack von Humus.

Zu der kleinen Villa mußte hinten ein Garten gehören, wie man das immer noch in Paris findet, mit einem Baum, der dem Geruch zufolge nach Maigrets fester Überzeugung eine Linde sein mußte.

Er war sich nie so als Eindringling vorgekommen wie jetzt, denn er hatte keinerlei Berechtigung, hier zu sein, und wenn sich der Zahnarzt auch nur im geringsten beschwerte, ging es dem Kommissar an den Kragen, und er würde sich zu rechtfertigen haben.

Man würde ihm vorwerfen, absichtlich die Fehler zu häufen, die ihm der Präfekt zur Last legte. Kaum hatte man seine Vorliebe für Spitzel getadelt, war er zu Manuel geeilt, der einer war.

Man hatte ihm untersagt, von Nicole zu sprechen, und er war in ein Bistro gegangen, um ihretwegen einen Angestellten der Sorbonne auszufragen.

Die kleinste Anspielung auf diese Affäre bei der Kriminalpolizei war verboten, und er unterrichtete Janvier davon und dann Lucas und ließ das Fräulein von dem armen Barnacle heimlich fotografieren.

Schließlich ließ er sich unter einem so durchsichtigen Vorwand, daß Marcel Landry es sofort merken mußte, das Mitgliederverzeichnis eines privaten Klubs zeigen, dem die Nichte des Berichterstatters beim Staatsrat angehörte.

Und all diese Vergehen an einem einzigen Tag! Nachdem er sich so weit vorgewagt hatte, sah er keinen Grund mehr, halt zu machen. Entweder hatte er Erfolg oder er scheiterte, und seine Laufbahn nahm vor aller Augen ein klägliches Ende.

Hatte er überhaupt etwas entdeckt? Ja. Er konnte den Wert der Information zwar noch nicht ermessen, aber er hatte eine Verbindung zwischen zwei Frauen herausgefunden, die voneinander so verschieden waren und in so entgegengesetzten Milieus lebten wie Nicole Prieur und Aline, die Geliebte von Manuel. Nicole hatte Dr. Mélan als Bürgen im Club des Cent Clefs angegeben. Zumindest einmal war Aline zu diesem Arzt gegangen, um ihre Zähne behandeln zu lassen.

All das ging ihm in wenigen Sekunden durch den Kopf, und als er den ersten Stock erreicht hatte, wendete er sich nicht der rechten Tür zu, wie ihm die Spanierin gesagt hatte, sondern der linken. Er sah gern, wie die Leute wohnten, mit denen er sich beschäftigte, insbesondere die Zimmer, in die man ihn nicht hineinbat.

Die Tür war verschlossen oder verriegelt, und von unten rief eine Stimme:

»Wissen Sie nicht, wo rechts ist?«

Das Hausmädchen war ein paar Stufen hinaufgestiegen. Ihre großen schwarzen Augen waren nicht viel ausdrucksvoller als die einer Kuh auf der Weide, dennoch war sie ein prächtiges Weibsbild.

Auf einem Emailschild standen die Worte: Klingeln und eintreten.

Er klingelte, drehte den Türgriff und trat in ein Wartezimmer, das einem Salon in der Provinz glich und in dem nur eine Person saß, eine noch jüngere Frau, die offenbar starke Schmerzen und Angst zu haben schien.

Sie bediente sich nicht des Stapels von Zeitschriften, der auf einem vergoldeten Tischchen lag, sondern rührte sich nicht, hielt mit beiden Händen ihre Handtasche fest und starrte auf den Teppich mit dem Blumenmuster. Sie warf dem Kommissar lediglich einen gleichgültigen Blick zu, ehe sie wieder in ihre melancholische Betrachtung versank.

Auf der ihm gegenüberliegenden Seite öffnete sich eine Tür, und die Assistentin oder Sprechstundenhilfe mit der langen Nase, von der Manuel gesprochen hatte, fragte ihn unfreundlich, was er wünsche. Ihre Stimme war trocken, ihr Blick hart. Sie war eine dieser häßlichen Frauen, die zu häßlich waren, um eine Jugend oder Jungmädchenzeit gekannt zu haben, und nun die ganze Welt dafür verantwortlich machten.

»Sie wünschen?«

»Ich möchte zu Herrn Doktor Mélan.«

»Wegen einer Behandlung?«

»Ja.«

»Sind Sie angemeldet?«

»Nein.«

»Herr Doktor empfängt nur auf Anmeldung.«

»Auf dem Schild rechts von der Tür steht doch aber,

daß er von zehn bis zwölf Uhr Sprechstunden hat und nur am Nachmittag nach Vereinbarung.«

»Das ist ein altes Schild.«

»Ich habe in der letzten Nacht fürchterliche Zahnschmerzen bekommen, und Aspirin hilft nicht mehr. Ich möchte, daß der Doktor...«

»Waren Sie schon einmal hier?«

»Nein.«

»Wohnen Sie in diesem Viertel?«

»Auch nicht.«

»Wie kommt es dann, daß Sie sich gerade Doktor Mélan ausgesucht haben?«

»Ich ging durch die Straße, und da habe ich sein Schild gesehen...«

»Folgen Sie mir bitte...«

Sie führte ihn in ein kleines Büro mit weißen Wänden, doch das Weiß war so schmuddelig wie das ganze Haus. Sie setzte sich an den Schreibtisch.

»Nehmen Sie Platz... Ich kann Ihnen nicht versprechen, daß der Doktor Sie zwischen zwei Patienten drannehmen kann, aber ich werde für alle Fälle eine Karteikarte für Sie anlegen. Ihr Name?«

»Maigret... Jules Maigret...«

»Beruf?«

»Beamter.«

»Alter, Adresse...«

»Zweiundfünfzig Jahre, Boulevard Richard-Lenoir...«

Sie zuckte nicht mit der Wimper. Allerdings hielt sie den Kopf über die Karteikarte gebeugt, so daß er ihre Augen nicht sah.

»An welchem Zahn haben Sie Schmerzen?«

»An einem rechten Backenzahn, ich weiß nicht, aber ich glaube, am zweiten...«

»Warten Sie nebenan... Ich kann Ihnen nichts versprechen... Wenn es Ihnen eilt, rate ich Ihnen, einen anderen Zahnarzt aufzusuchen...«

»Ich werde warten...«

Das Fenster des Wartezimmers wies tatsächlich auf einen Garten, und er sah in der Mitte des Rasens, der unter der Hitze litt, eine Linde, wie er es vermutet hatte.

Er erblickte auch vor einer recht hohen Mauer ein verfallenes Winterbeet, Gartengeräte und verwilderte Blumenbeete.

Dahinter erhob sich ein sechs- oder siebengeschossiges Haus. Es war die Rückseite, die man von hier aus sehen konnte, und vor mehreren Fenstern trocknete Wäsche auf den Leinen.

Er setzte sich und fingerte an der Pfeife in seiner Tasche. Er hätte sie vielleicht angezündet, wenn nicht ihm gegenüber die junge Frau mit dem traurigen Blick gesessen hätte. Das Ticken einer marmornen Stutzuhr, wie es sie in den Büros am Quai des Orfèvres gab. Sie zeigte zwanzig Minuten nach zehn. Er fragte sich, ob er hier noch warten würde, wenn sie Mittag anzeigte.

Er gab sich Mühe, nicht nachzudenken, keine Hypothesen aufzustellen, einen klaren Kopf zu behalten, und um sich die Zeit zu vertreiben, registrierte er die verschiedensten Einzelheiten, den Spiegel über dem Kamin, auf dem die Fliegen seit Jahren ihre kleinen braunen Tupfen hinterlassen hatten, den Feuerbock aus dem zweiten Kaiserreich, die nicht zueinanderpassenden Sessel. Nichts war für sich genommen häßlich. Auch das

Haus nicht, das zwischen 1870 und 1880 erbaut worden sein mußte, als es die Mietshäuser in der Straße noch nicht gab.

Sicher würde es auch bald verschwinden. Man spürte das nahe Ende, und vielleicht scheute man deshalb die Kosten für eine Renovierung.

Ferner merkte man, daß es in dem Haus keine Frau und keine Kinder gab.

Die dritte Tür des Zimmers war gepolstert, wie bei alten Notaren oder bei einigen Behörden. Man vernahm nichts von dem, was dahinter vorging.

Stille herrschte übrigens im ganzen Haus, und da das Fenster geschlossen war, drang auch kaum das Gezwitscher der Vögel in der Linde herein.

Draußen war es heiß. Hier war es richtig kühl.

»Der Doktor bittet Sie, sich noch ein wenig zu gedulden, Mademoiselle... Sie kommen in ein paar Minuten dran...«

Die junge Patientin antwortete der Arzthelferin mit einem resignierten Blick.

»Folgen Sie mir bitte, Monsieur Maigret...«

Sie öffnete die gepolsterte Tür, dann die graugestrichene Tür, die sich dahinter befand. Sie traten plötzlich aus dem Dunkel ins Sonnenlicht. Ein weißgekleideter Mann saß an seinem Louis-Philippe-Schreibtisch und hielt die Karteikarte in der Hand, die kurz zuvor für den Kommissar angelegt worden war.

Die Helferin war verschwunden. François Mélan nahm sich die Zeit, die Karte genau zu studieren, während Maigret zwei oder drei Schritte näher zu ihm herantrat.

»Nehmen Sie Platz...«

Er machte einen ganz anderen Eindruck, als man nach Marcel Landrys Schilderung hätte haben können, und man konnte sich ihn noch schlechter in dem von Musik schwingenden Kellergeschoß des Club des Cent Clefs vorstellen als den Onkel von Nicole. Er war ein wirklicher Rotschopf, einer jener leuchtend Rothaarigen, die schon in ihrer Kindheit von ihren Gespielen Rotkohl genannt werden. Als er den Kopf hob, erblickte man eine dicke, randlose Brille, hinter der blaßblaue Augen schimmerten.

Er wirkte sehr jung, und trotz seiner achtunddreißig Jahre hätte man ihn für einen Studenten halten können.

»Haben Sie diese heftigen Zahnschmerzen plötzlich bekommen?«

Er machte keinerlei Anspielung auf Maigrets Beruf, und sein Blick verriet keine Neugier.

»Ja, gestern abend, als ich ins Bett ging...«

»Haben Sie vorher schon Schmerzen gehabt? In den letzten Wochen?«

»Nein, ich habe an sich sehr gute Zähne. Ich bin in meinem Leben nicht mehr als zehnmal beim Zahnarzt gewesen...«

»Schauen wir uns das mal an...«

Er stand auf, und Maigret machte eine neue Entdeckung: Mélan war riesengroß und überragte ihn fast um einen Kopf. Sein Kittel, der kaum sauberer war als der seiner Sprechstundenhilfe, bedeckte nicht die Knie, und seine Hose hatte das Bügeln nötig.

Der Behandlungsstuhl stand in der Mitte des Raumes, und darüber ragte die übliche Scheibe einer Lampe auf, die die Farbe des Vollmonds hatte. Zwischen dem Gestühl und dem Fenster lagen auf einem schmalen Tisch die Instrumente aufgereiht.

Maigret nahm zögernd Platz. Man legte ihm ein Kettchen hinten um den Hals und befestigte eine Serviette daran. Mit einem Fußdruck auf das Pedal stellte der Zahnarzt den Sessel langsam höher.

Das alles war banal. Die gleiche Szene spielte sich mit den gleichen Bewegungen im selben Augenblick bei Hunderten von Pariser Zahnärzten ab.

»Legen Sie den Kopf zurück... Gut... Öffnen Sie den Mund...«

Hier war es nicht so still wie im übrigen Haus. Das Sprechzimmer lag zur Straße hinaus. Die Fenster hatten keine Mattglasscheiben, sondern Tüllgardinen, durch die man die cremefarbene Fassade des gegenüberliegenden Hauses sah, offene Fenster, eine Frau, die in ihrer Küche hin und her ging.

Die Geräusche der Straße drangen herauf, ein dumpfes Grollen, von dem sich einige hellere Laute abhoben.

Mélan hielt gleichmütig einen kleinen Spiegel über eine Flamme und griff nach einem glitzernden Instrument.

»Noch weiter auf, bitte...«

Als er sich über ihn beugte, sah Maigret sein Gesicht ganz nah, wie durch ein Vergrößerungsglas. Die Haut war fettig und rötlich, wie bei vielen Rothaarigen, körnig und von einigen Sommersprossen durchsetzt.

Der Zahnarzt sagte kein Wort. Seit der Kommissar eingetreten war, hatte er nur das Nötigste geredet, und als er sich erhoben hatte, war es mit der Unbeholfenheit eines Schüchternen geschehen.

Mit einem spitzen Instrument kratzte er an der Oberfläche der Backenzähne.

»Spüren Sie etwas?«

»Nein…« versuchte Maigret mit offenem Mund zu antworten.

»Und jetzt?«

»Nein…«

»Hier?«

Immer noch nicht. Das stimmte. Maigret hatte fast nie Zahnschmerzen gehabt. Der Arzt wechselte sein Instrument gegen einen kleinen Hammer aus.

»Tu' ich Ihnen weh?«

»Es ist unangenehm…«

»Aber kein heftiger Schmerz?«

Warum nahm sich der Kommissar plötzlich vor, sich auf keinen Fall eine Spritze geben zu lassen? Er bekam Angst. Keine panische Angst. Eine vage, unbestimmte Angst. Er lag fast auf dem Stuhl, den Kopf zurückgelehnt, mit offenem Mund, und kam sich nahezu als Gefangener vor.

Warum hatte er dieses Haus betreten? Weil er den Mann suchte, der ihn bösartig angegriffen hatte. So lautete das Wort, das Pardon gebraucht hatte, als er ihm die grundsätzliche Frage stellte:

Sind Sie in Ihrer ganzen Laufbahn jemals einem wirklich bösen Verbrecher begegnet…, der aus purer Bösartigkeit handelt…

Er suchte jemanden, der sich, um ihn loszuwerden oder weil er ihn haßte, vorgenommen hatte, ihn zu entehren, indem er einen komplizierten, bis ins letzte ausgeklügelten Plan entwarf und ein junges Mädchen aus guter Familie als Werkzeug benutzte. Warum sagte man eigentlich aus guter Familie? Weil die anderen aus schlechten Familien stammen?

Wenn er also hier war, dann gab es Gründe, mochten sie auch noch so unbestimmt sein, den rothaarigen Kieferheilkundler zu verdächtigen.

In den blauen Augen, die durch die Brillengläser vergrößert wurden, konnte er nichts lesen. Die Gesichtszüge waren so starr wie Beton, und der Atem roch nach kalter Zigarette.

Jeder Mensch kann zum Mörder werden, wenn er dafür ausreichende Motive hat.

Maigret hatte diesen Satz eines Tages ausgesprochen, um eine Frage Pardons oder eines Journalisten zu beantworten.

Nun, es hatte jemand versucht, ihn zu kompromittieren, ihn von einem Tag zum anderen von seinem Posten zu entfernen.

Angenommen, es war Mélan... Noch nicht vierundzwanzig Stunden waren seit der Unterredung mit dem Polizeipräfekten verstrichen, und der Kommissar war nicht nur in seinem Amt geblieben, sondern tauchte sogar bei dem Zahnarzt auf...

Doch das war keine vernünftige Überlegung... Verworrene Gedanken... Wenn... Und wenn...

Aber wenn Mélan, denn bei ihm befand Maigret sich im Augenblick, hinreichende Gründe hatte, um diesen Anschlag ins Werk zu setzen, bei dem er Nicole als Instrument benutzte, hatte er dann nicht ebenso viele, um sich auf andere Weise des Kommissars zu entledigen?

»Bitte ausspülen.«

Maigret gehorchte unter dem Blick des Arztes, der unbeweglich und immer noch unbeirrt neben ihm stand.

»Ihre Zähne sind völlig gesund und können Ihnen keine Schmerzen verursacht haben... Wenn Sie in der letzten Nacht gelitten haben, wenn Sie wirklich in der rechten Kieferpartie schmerzhafte Stiche verspürt haben, dann könnte das eine beginnende Kieferhöhlenvereiterung sein...«

»Kann man da nichts unternehmen?«

»Das ist Sache Ihres Hausarztes...«

Um seine Instrumente zu ordnen, dreht er Maigret den Rücken zu, der sich mühsam aus dem Behandlungsstuhl befreite, den man zu senken vergessen hatte. Dann machte er einen Schritt vorwärts, so daß er zwei Meter vom Fenster entfernt stand, und erblickte durch die Tüllgardine Aline im Négligé, die eine Zigarette rauchte und auf die Straße schaute.

Er kannte die Raumaufteilung in der Wohnung gegenüber. Das Fenster, an dem Manuels Freundin stand, gehörte zu dem kleinen Zimmer, in dem der Behinderte den größten Teil des Tages verbrachte.

Er erblaßte ein wenig, denn diese Entdeckung jagte ihm im nachhinein Angst ein, eine Angst, die viel konkreter war als vorhin.

»Was schulde ich Ihnen?« murmelte er.

»Erledigen Sie das bei meiner Assistentin...«

Anscheinend immer noch ruhig, immer noch linkisch, mit unbeweglichem Gesicht und ausdruckslosen Augen, öffnete der Arzt die Tür zu dem kleinen Büro, in dem Maigrets Karteikarte ausgefüllt worden war.

Wortlos schloß der Zahnarzt die Tür hinter ihm. Die Assistentin wies auf den Stuhl, auf dem Maigret zuvor gesessen hatte.

»Nehmen Sie einen Augenblick Platz...«

Sicher führte sie jetzt die Patientin mit dem traurigen Gesicht ins Sprechzimmer.

Auf dem Schreibtisch stand ein langer, schmaler Holzkasten, in dem die Karteikarten so angeordnet waren wie die Spielkarten des Bankhalters beim Baccara. Die Versuchung war groß. Aber vielleicht war es eine Falle. Maigret ließ die Finger davon.

»Sind Sie in einer Krankenversicherung? Geben Sie mir bitte Ihre Karte...«

Er suchte sie in seiner stets mit überflüssigen Papieren vollgestopften Brieftasche und reichte sie der häßlichen Frau. Sie notierte die Nummer.

»Das macht zwanzig Franken für die Behandlung... Ihre Kasse wird Ihnen achtzig Prozent ersetzen...«

Sie gab ihm die Karte zurück. Auch sie bemühte sich nicht gerade um Höflichkeit. Sie ließ ihn zur Tür gehen und drückte auf einen Knopf, der ein leises Klingeln im Erdgeschoß auslöste.

»Sie können hinuntergehen...«

»Ich danke Ihnen...«

Da war wieder die Treppe mit ihrem Geruch. Unten an den Stufen wartete die Spanierin auf ihn und folgte ihm bis zur Haustür, die sie hinter ihm schloß. Lucas hatte wie durch ein Wunder einen Platz im Schatten gefunden und las hinter seinem Steuer eine Zeitung.

Maigret schaute hinauf, sah Aline nicht mehr am Fenster und betrat das Wohnhaus gegenüber.

Er klingelte im dritten Stock, hörte das Surren des Staubsaugers und wurde von der alten Putzfrau empfangen, die er schon bei früheren Besuchen gesehen hatte.

»Möchten Sie zu Monsieur Palmari?«

»Und zu Mademoiselle Aline.«

»Ich glaube, Madame ist im Bad. Treten Sie ein...«

Er ging in den Salon. Die Tür zu dem kleinen Zimmer stand offen, und Manuel saß in einem seidenen Pyjama in seinem Sessel und hörte Radio, das er unwillig ausschaltete.

»Schon wieder!«

Maigret trat näher, und der Staubsauger begann hinter ihm wieder auf den Teppichen des Salons zu surren.

»Ich möchte vor allem mit Aline sprechen.«

»Vor wenigen Minuten war sie noch da.«

»Ich weiß. Ich habe sie am Fenster gesehen«.

»Sie badet wohl gerade... Was wollen Sie von ihr?«

»Um ehrlich zu sein, ich weiß es noch nicht...«

»Hören Sie, Herr Kommissar... Ich habe mich Ihnen gegenüber immer korrekt verhalten... Ich habe Ihnen gelegentlich kleine Dienste erwiesen, die mir noch mehr Kugeln eingebracht hätten als jene vor drei Jahren, wenn das damals herausgekommen wäre. Aber jetzt übertreiben Sie, und ich habe es satt, mir alle Gaunereien in die Schuhe schieben zu lassen, die in Paris ausgekocht werden... Würden Sie es sich gefallen lassen, daß man Sie immer argwöhnisch beobachtet und Ihnen dumme Fragen stellt, ohne auch nur zu sagen, worum es sich handelt?«

»Geht es mir im Augenblick nicht ebenso?«

»Ein Grund mehr, die anderen nicht zu belästigen. Aline hat Sie eben gesehen, wie Sie aus dem Wagen gestiegen sind und bei dem Zahnarzt geklingelt haben... Und das nur, weil sie Ihnen gestern gesagt hat, daß sie dort in Behandlung war...«

»Nein.«

»Warum dann? Ich verstehe das nicht mehr. Sie wollen mir doch wohl nicht erzählen, daß das auch Ihr Zahnarzt ist...«

»Ich warte auf Aline... Dann brauche ich mich nicht zu wiederholen.«

Er trat ans Fenster und schaute, die Hände in den Hosentaschen, hinaus und insbesondere zu dem Fenster mit den Tüllgardinen hinüber, hinter denen Dr. Mélan seine Patientin behandelte.

Man konnte nicht hineinsehen. Man konnte nur hellere Flecken wahrnehmen, vor allem den Kittel des Zahnarztes, wenn er sich dem Fenster näherte, um ein Instrument zu holen.

»Wie oft war ich schon in dieser Woche hier, Manuel?«

»Dreimal... Sie nehmen soviel Platz ein, daß ich am liebsten zehnmal sagen würde. Als ich noch in der Rue Fontaine war, fiel das nicht so auf. In einer Bar kommen und gehen die Leute. Jeder hat das Recht, etwas zu trinken, und viele Gäste möchten sich unterhalten. Der Wirt muß es hinnehmen, wenn man ihn stört. Das ist sein Beruf...

Hier sind wir in unserer Wohnung, die Aline und mir gehört. Die Wohnung eines Menschen ist geheiligt, nicht wahr? Selbst die Polizei darf ohne schriftlichen Befehl sie nicht betreten... Habe ich recht?«

Maigret hatte nicht zugehört und antwortete mit einer unverbindlichen Geste.

»Wie oft«, fragte er, »habe ich vor diesem Fenster gestanden, während ich mich mit Ihnen unterhielt?«

Manuel zuckte mit den Schultern. Die Frage erschien ihm idiotisch.

»Ich weiß nur, daß Sie nie lange sitzen bleiben...«

In seinem Büro wie auch am Boulevard Richard-Lenoir hatte Maigret die Angewohnheit, ans Fenster zu treten und dort stehen zu bleiben, um irgend etwas zu betrachten, die Fenster gegenüber, die Bäume, die Seine oder die Passanten. Vielleicht war das ein Zeichen von Klaustrophobie? Überall suchte er instinktiv einen Kontakt mit der Außenwelt.

Aline kam in einem kanariengelben Bademantel herein, in ihrem ungekämmten Haar glänzten noch Wassertropfen.

»Was habe ich gestern gesagt? Hat er seinen Pyjama mitgebracht?«

Aber als sie sah, daß Maigret ernster war als sonst, hörte sie mit ihrem Spott auf.

»Hören Sie, Aline, ich bin nicht hier, um Sie zu ärgern, und ich gebe Ihnen mein Wort, daß die Untersuchung, die ich führe, weder Sie noch Manuel betrifft, jedenfalls im gegenwärtigen Ermittlungsstand noch nicht...«

Sie sah ihn von der Seite und immer noch argwöhnisch an.

»Antworten Sie mir offen. Das wird für alle besser sein, glauben Sie mir. War es gestern wirklich das erste Mal, daß Sie das Haus gegenüber betreten haben?«

»Natürlich. Ich habe zum erstenmal in meinem Leben Zahnschmerzen gehabt...«

»Ich habe Sie vorhin gesehen, als Sie im Fenster lehnten und eine Zigarette rauchten...«

»Waren Sie dort?«

Sie zeigte auf das Fenster mit der Tüllgardine.

»Auf demselben Stuhl, auf dem Sie gesessen haben. Sie lehnen wohl oft am Fenster?«

»Wie alle Leute... Man muß doch Luft schöpfen...«

»Kennen Sie einen der Bewohner dieser Villa?«

»Sind da viele? Ich dachte...«

»Was dachten Sie?«

»Daß dort nur der Zahnarzt, Carola und die Assistentin wohnen.«

»Carola ist das Dienstmädchen?«

»Dienstmädchen, Köchin, Putzfrau, Concierge, alles, was man will... Sie muß den Laden allein in Ordnung halten. Ich treffe sie manchmal in den Geschäften hier in der Gegend. Wegen ihres Akzents habe ich sie gefragt, ob sie Spanierin sei, und sie hat mir geantwortet, ja... Sie ist nicht sehr gesprächig, trotzdem sagen wir uns guten Tag.«

»Und die Assistentin?«

»Mademoiselle Motte...«

»Carola hat Ihnen den Namen genannt?«

»Ja. Sie schläft nicht in dem Haus. Mittags ißt sie in einem kleinen Restaurant am Ende der Straße, und um zwei Uhr nimmt sie ihren Dienst wieder auf. Abends ist das unregelmäßiger... Es kommt vor, daß sie länger bleibt, bis sieben oder acht Uhr...«

»Sie wissen nicht, wo sie wohnt?«

»Das habe ich mich nie gefragt. Von nahem jagt sie einem noch mehr Angst ein als aus der Ferne.«

»Hat sie Ihre Karteikarte ausgefüllt?«

»Wie einen Paß.«

»Sie hat Ihnen keine indiskreten Fragen gestellt?«

»Sie hat mich gefragt, wer mir die Adresse des Zahnarztes gegeben hat. Ich habe ihr gesagt, daß ich gegenüber wohne. Übrigens, doch, sie hat mir eine merkwürdige Frage gestellt: ›In welchem Stock?‹ «

»Ist das alles?«

Aline überlegte.

»Ungefähr… Ich wüßte nicht… Es sei denn… Ich stand vor ihr… Sie hat mich von Kopf bis Fuß mit ihren harten und bösen Augen gemustert…

›Haben Sie nicht auch noch andere Leiden?‹ hat sie mich gefragt.

Ich habe gesagt: nein. Und sie hat nicht darauf bestanden. Man bringt ja keinen Impfpaß mit, wenn man zum Zahnarzt geht, oder?«

Manuel kannte Maigret gut genug, um zu begreifen, daß er einer noch nicht faßbaren Wahrheit nahe war. Man spürte, wie er nach allen Seiten witterte, nach rechts und nach links… Er zeigte Aline das Foto von Nicole Prieur.

»Haben Sie sie nie in der Rue Fontaine gesehen?«

»Ist das das Mädchen, von dem Sie gestern gesprochen haben?«

Er nickte.

»In der Rue Fontaine nicht… Aber ich habe sie auf dieser Straße gesehen, auf dem gegenüberliegenden Bürgersteig…«

»Ging sie zu dem Zahnarzt?«

»Genau. Aber das war nie während der Sprechstunden...«

»Spät abends?«

»Nicht sonderlich spät... Um neun, halb zehn...«

»Brannte im Sprechzimmer Licht?«

»An den Tagen nicht...«

»Sie wollen damit sagen, daß dort an anderen Abenden Licht brannte?«

»Ja, ziemlich oft.«

»Konnten Sie durch die Tüllgardinen etwas sehen?«

»Nein. Man läßt die Jalousien herunter. Man sieht nur den Lichtschein durch die Ritzen.«

»Wenn ich richtig sehe, sucht Nicole Prieur Doktor Mélan nicht als Patientin auf.«

Er wußte das schon seit dem Abend vorher.

»Empfängt der Arzt noch andere Personen außerhalb seiner Sprechstunden... Männer? Frauen?«

Aline riß die Augen auf.

»Warten Sie, da fällt mir was ein! Hin und wieder sehe ich, wie tagsüber Männer hineingehen, allerdings weniger als Frauen...«

»Junge?«

»Junge und weniger junge... Wissen Sie, ich bin keine Concierge und verbringe meine Zeit nicht damit, die Leute zu belauern, die hineingehen und herauskommen... Aber ich steh' oft am Fenster...«

»Das habe ich ihr immer wieder vorgeworfen«, brummte Manuel. »Ich habe mich gefragt, ob sie nicht nach einem Liebhaber Ausschau hält oder ob sie sich mit mir zu langweilen beginnt...«

»Ach, du bist ja dumm!«

»Dumm oder nicht dumm, ich weiß, wie alt ich bin, und das verdammte Bein macht es nicht besser.«

»Viele der Jungen, wie du sagst, können dir nicht das Wasser reichen.«

Die Anspielung war deutlich, und Manuels Lächeln verriet seinen Stolz. Sie schienen wirklich ineinander verliebt zu sein.

»Kommen abends auch Männer?«

»Was haben Sie für Hintergedanken?«

»Noch keine bestimmten. Ich taste...«

»Mir scheint, Sie tasten an merkwürdigen Orten...«

»Was wollen Sie damit sagen?«

»In bezug auf die Frauen abends... Meinen Sie, daß sie vielleicht nicht kommen, um sich die Zähne behandeln zu lassen? Aber da er sie in seinem Sprechzimmer empfängt, kann er es auch nicht mit ihnen treiben. Es gibt in dem Haus bestimmt bequemere Räume für diese Spiele, und der Doktor hat keine eifersüchtige Frau, die ihm Szenen machen könnte... Schließen Sie daraus, daß sie etwas anderes behandeln lassen als ihre Zähne?«

»Sind Sie schon einmal schwanger gewesen?«

Sie schaute Manuel an, der die Schultern zuckte.

»Sicher, wie alle!«

»Sie haben keine Kinder?«

»Reden Sie nicht davon! Die Welt ist schlecht eingerichtet. Wenn man keine haben will, bekommt man schon einen dicken Bauch, wenn man einen Mann nur ansieht... Und dann, wenn man wie jetzt gerne so ein Balg im Hause haben würde... Nicht wahr, Papa? Aus! Nichts mehr zu machen...«

»Hat Ihnen ein Arzt geholfen?«

»Damals hätte ich mir keinen leisten können. Die so etwas tun, verlangen wegen des Risikos unverschämte Preise. Also bin ich zu einer Madame Pipi gegangen.«

»Einer Toilettenfrau?«

»Erzählen Sie mir nicht, daß Sie das nicht wissen. Es gibt mindestens zehn in Montmartre, die immer bereit sind, für wenig Geld den jungen Mädchen in ihrer Not zu helfen.«

Sie starrte ins Leere; sie schien an etwas zu denken.

»Sagen Sie, wenn Sie recht haben, verstehe ich jetzt, warum mich die alte Elster von oben bis unten und von unten bis oben gemustert hat, als wollte sie meine Anatomie studieren. Das erklärt auch, warum sie mich gefragt hat, ob ich nicht an etwas anderem leide als an den Zähnen...«

»Der Zahnarzt hat Ihnen nichts Besonderes gesagt?«

»Der hat kaum den Mund aufgemacht. Von nahem besehen, könnte man glauben, die Augen würden ihm aus dem Orangenkopf springen. ›*Öffnen Sie den Mund. Spülen... Ausspucken... Öffnen...*‹«

»Müssen Sie wieder hin?«

»Morgen vormittag... Er hat mir eine Einlage gemacht, die mir den Geschmack verdirbt und mir die Zigaretten verleidet.«

»Wenn ich Sie bitten würde...«

Doch Manuel griff ein.

»Nichts da, Herr Kommissar. Man erweist Ihnen kleine Gefälligkeiten, schön... Was Sie übrigens nicht daran hindert, den Versuch zu machen, mich in eine neue Sache zu verwickeln... Sie brauchen nicht zu protestieren. Ich weiß, was ich weiß... Aber diese Geschichte da ist wie Alines Einlage: sie stinkt! Und ich, ich habe auch noch ein Wort mitzureden, und ich sage: nein! Ich verbiete ihr sogar, dieses Haus noch einmal zu betreten. Einlage oder keine Einlage, sie wird zu einem anderen Zahnarzt gehen.«

7

Um halb zwölf betrat Maigret sein Büro und warf seinen Hut auf einen Stuhl. Er hatte nicht die Zeit gehabt, sich eine frische Pfeife auszusuchen, als es schon an die Tür klopfte und der alte Joseph hereinkam.

»Der Herr Direktor möchte Sie sprechen, Herr Kommissar... Er schickt mich bereits zum drittenmal...«

Übrigens, der traurige Barnacle mit den empfindlichen Füßen war nicht der Dienstälteste im Hause, sondern das war der Amtsdiener mit der Silberkette, der eine elfenbeinerne Gesichtsfarbe angenommen hatte, weil er in einem Vorzimmer saß, in das kein Tageslicht hineindrang.

Der Kommissar folgte ihm, betrat zum zweitenmal an diesem Morgen das Direktionszimmer, dessen Schwelle er schon an die zehntausend Male überschritten hatte.

»Setzen Sie sich, Maigret...«

Man wies ihm einen Sessel an der Grenze zwischen Sonne und Schatten zu. Durch die drei Fenster drangen alle Geräusche von draußen herein, und als wollte er dieser Unterhaltung einen etwas vertraulicheren Charakter geben, stand der Direktor auf, um sie zu schließen.

Er schien mehr als verlegen. Er hieß Roland Blutet. Seit seinem Amtsantritt schien er sich in seinen Funktionen nicht wohlzufühlen, denn damals standen den einzelnen Abteilungen noch mehrere Veteranen wie Maigret vor.

Er hatte sich bemüht, sich dem Ton des Hauses, der Kripo, anzupassen, diesem schwer zu beschreibenden Ton, der mürrisch und vertraut zugleich war, ohne überflüssige Höflichkeiten, und der einfach auf gegenseitigem Vertrauen beruhte.

Vor nicht so langer Zeit leitete man eine Abteilung noch ohne viel Diplome, aber dafür hatte man im Bereich des Menschlichen nahezu alles kennengelernt. Nichts wunderte einen. Und nichts empörte einen.

Man hatte vor den schlimmsten Verbrechern gestanden, und oft hatte man sie weinen sehen. Man hatte auch Männer erlebt, die ihr Leben aufs Spiel setzten, um einen anderen zu verhaften, den die Gerichte dann wieder auf freien Fuß setzten, so daß er von neuem beginnen konnte.

»Ich habe Sie heute morgen bereits dreimal rufen lassen, Maigret...«

»Man hat es mir gesagt.«

»Sie waren nicht in Ihrem Büro...«

Der Direktor wußte nicht, wo er hinblicken sollte, und seine Hand zitterte, als er sich eine Zigarette anzündete.

»Ich glaubte, Ihre Leute befaßten sich vornehmlich mit den Juwelendieben und ihrem letzten Raubüberfall in der Avenue Victor-Hugo.«

»Das stimmt.«

»Es ist jetzt halb zwölf...«

Er trug eine Weste und eine flache Uhr an einer Kette in der Westentasche...

»Gestatten Sie die Frage, wo Sie den ganzen Vormittag verbracht haben...«

Es war härter als beim Polizeipräfekten. Vor allem befand man sich am Quai des Orfèvres und nicht an einem Ort, der für Maigret nahezu anonym war. In dieses Büro war er schon in Hemdsärmeln gekommen, um mit den Direktoren zu sprechen, die ehemalige Kollegen oder Freunde waren.

Blutet spielte außerdem seine Rolle schlecht.

»Ich bin beim Zahnarzt gewesen...«

»Ich nehme an, Sie haben einen in Ihrem Viertel gewählt?«

»Muß ich Ihnen darauf antworten, Herr Direktor? Bis jetzt habe ich, mit Ausnahme von gestern, zahlreiche Verhöre durchgeführt, bin aber keinem unterzogen worden. Ich wußte nicht, daß wir den Namen und die Adresse unseres Zahnarztes, unseres Arztes und vielleicht auch unseres Schneiders hier anzugeben haben...«

»Ich verstehe Sie...«

»Wirklich?« entgegnete er ironisch.

»Ich kann mich in Ihre Lage versetzen, glauben Sie mir... Und meine ist mir im Augenblick sehr peinlich... Ich handle nur auf die Anweisungen, die ich von höherer Stelle bekommen habe... Was würden Sie antworten, wenn ich von Ihnen verlangte, mir zu sagen, was Sie seit gestern nachmittag, Stunde für Stunde, getan haben?«

»Ich würde meinen Dienst quittieren...«

»Versuchen Sie, meine Situation zu verstehen... Sie können sich den Lärm nicht vorstellen, den die Presse um diese Juwelendiebstähle schlägt, die sich seit zwei Monaten mit der gleichen Unverschämtheit wiederholen...«

»Mehr als die Hälfte sind an der Côte d'Azur und in Deauville verübt worden, also außerhalb unseres Zuständigkeitsbereichs.«

»Von derselben Bande! Jedenfalls mit den gleichen Methoden. Der letzte Diebstahl hat gestern morgen stattgefunden... Sind Sie nach alter Gewohnheit am Tatort gewesen?«

»Nein.«

»Haben Sie die Berichte Ihrer Inspektoren gelesen?«

»Nein.«

»Verfolgen Sie eine Spur?«

»Ich verfolge dieselbe Spur, seit diese Überfälle wieder angefangen haben.«

»Ohne Erfolg?«

»Ich habe tatsächlich noch keinen Beweis. Ich warte auf eine Unvorsichtigkeit, einen Fehler, eine scheinbar unbedeutende Kleinigkeit, die mir zu handeln erlaubt...«

»Heute morgen sind Sie nicht zu Ihrem Zahnarzt gegangen, sondern in Wirklichkeit zu einem Kieferheilkundler in der Rue des Acacias, und Ihre Zähne sind völlig gesund... Verdächtigen Sie diesen Zahnarzt, irgendwie mit diesen Juwelendiebstählen zu tun zu haben?«

»Nein.«

»Ihr zweiter Besuch galt dem Haus gegenüber...«

»In dem einer meiner Spitzel wohnt.«

»Haben Sie mit ihm über den Juwelenraub gesprochen?«

»Nein.«

»Hören Sie mir gut zu, Maigret. Sie wissen, daß ich für Sie, als ich hier eingetreten bin, als Menschen und Polizeibeamten die größte Bewunderung hegte. Daran hat sich nichts geändert. Heute sehe ich mich verpflichtet, wie ich Ihnen gesagt habe, eine Rolle zu spielen, die mir nicht gefällt...

Gestern sind Sie zum Polizeipräfekten gerufen worden. Er hat mit Ihnen über eine Affäre gesprochen, die mich nichts angeht und die ich nur in groben Zügen kenne und kennen darf... Bevor Sie ihn verließen, hat er Sie dringend gebeten, sich mit dieser Angelegenheit weder direkt noch indirekt zu befassen und mit niemandem darüber zu reden, auch nicht mit Ihren Kollegen und Ihren Inspektoren... Stimmt das?«

»Ja, das stimmt.«

Der Direktor warf einen Blick auf ein vor ihm liegendes Schriftstück.

»Gestern haben Sie sich also nach diesem Gespräch bis etwa drei Uhr in Ihrem Büro eingeschlossen. Dann haben Sie sich in ein kleines Lokal in der Rue de Seine begeben, es heißt Chez Désiré. Etwas später findet man Sie in einem Hotel in der Rue des Écoles, wo Sie sich ein paar Minuten mit der Inhaberin unterhalten haben. Haben diese beiden Orte etwas mit der Affäre zu tun, mit der Sie sich nicht befassen sollen?«

»Ja.«

»Darauf sind Sie, zusammen mit Inspektor Janvier, in die Rue des Acacias gefahren, wo Sie längere Zeit bei einer suspekten Person namens Manuel Palmari verbracht haben, den Sie manchmal als Spitzel benutzen.«

»Ich nehme an, ich bin von dem verfolgt worden, was die Zeitungen Parallelpolizei nennen, Herr Direktor.«

Er sagte nicht Chef wie gewöhnlich. Das alles widerte ihn an. Außerdem saß er nun voll in der Sonne, und sein Gesicht war schweißgebadet.

Roland Blutet tat, als habe er nichts gehört.

»Als Sie wieder am Quai waren, haben Sie einen alten Inspektor namens Barnacle in Ihr Büro rufen lassen, den Sie mit einem Auftrag betraut haben ... Es handelte sich darum, eine bestimmte Person heimlich zu fotografieren, eine Person, die der Polizeipräfekt ...«

»... von mir nicht behelligt wissen möchte.«

»Kurze Zeit später befinden Sie sich in einer kleinen Bar in der Rue Monsieur-le-Prince in Begleitung von Oberinspektor Lucas und einem Pförtner der Sorbonne. War da von Raubüberfällen die Rede?«

»Nein.«

»Von dem jungen Mädchen, das ich gerade erwähnte?«

»Ja.«

»War es Zufall, daß Sie Ihre Frau zum Abendessen in ein Restaurant in der Avenue de la Grande-Armée geführt haben?«

»Nein.«

»Und daß Sie sich das Mitgliederverzeichnis eines Klubs zeigen ließen, als Sie einen gewissen Landry ausfragten?«

»Das stimmt alles, Herr Direktor. Ich gebe zu, daß ich nicht daran gedacht habe, mich zu vergewissern, ob mir jemand folgen würde... Bis jetzt habe ich auf der anderen Seite der Schranke gestanden...«

»Wenn es Sie interessiert, kann ich Ihnen versichern, daß ich mit dieser Beschattung nichts zu tun habe und erst heute morgen das wenige erfuhr, das ich von dieser Affäre weiß. Man scheint ihr an höherer Stelle eine große Bedeutung beizumessen. Ich bin Beamter... Ich muß den Auftrag durchführen, den man mir erteilt hat...«

»Wünschen Sie ein schriftliches Geständnis?«

»Machen Sie mir meine Aufgabe nicht noch schwerer, Maigret... Ich bin nicht stolz darauf, glauben Sie mir das.«

»Ich glaube es gerne...«

»Ferner haben Sie vierundzwanzig Stunden lang zumindest drei Inspektoren Ihrer Abteilung für Aufgaben abgestellt, die sie nicht zu übernehmen hatten, mit anderen Worten für Ihre persönlichen Angelegenheiten... Ich denke nicht, daß Disziplinarverfahren gegen sie eingeleitet werden, denn diese Männer wußten ja nichts von Ihrem Gespräch mit dem Polizeipräfekten... Bleibt mir nur...«

Dem Direktor war es ebenfalls heiß, und er wischte sich den Schweiß ab.

»Bleibt mir nur, Ihnen zu sagen, welche Lösung mir vorgeschlagen worden ist... Sie brauchen Ruhe. Sie haben in der letzten Zeit viel gearbeitet, ohne einen Tag Urlaub zu nehmen... Sie beantragen bei uns einen Erholungsurlaub, der so lange dauern wird, bis die Sie betreffende amtliche Untersuchung abgeschlossen ist...«

Er hatte das nur mit Mühe vorgebracht. Er wagte den vor ihm sitzenden Mann nicht mehr anzublicken. Ihm war zumute, als stünde er vor einem Tier, das man erlegen wollte, aber nur verletzt hat.

»Das wird wahrscheinlich nicht mehr als ein paar Tage in Anspruch nehmen. Nach den Vorschriften wird man Ihnen Zeit gewähren, sich zu verteidigen... Ich glaube zu wissen, daß Sie Ihre Version der Geschehnisse bereits vorgelegt haben...«

Maigret erhob sich schwerfällig.

»Ich danke Ihnen, Herr Direktor.«

Dann ging er zum großen Erstaunen seines Vorgesetzten zu dem ersten Fenster.

»Ich denke, man kann sie jetzt wieder öffnen.«

Er machte eins nach dem anderen auf und ließ sich Zeit, die einströmende heiße Luft einzuatmen und die menschlichen Wesen zu betrachten, die sich in der alten Kulisse von Paris bewegten.

»Ihr Urlaub beginnt sofort, ist das klar?«

Er nickte und ging hinaus. Der Leiter der Kriminalpolizei reichte ihm nicht die Hand, hielt sie jedoch ein wenig vorgestreckt, um die des Kommissars ergreifen zu können, falls der eine entsprechende Geste machte.

Maigret tat es nicht. Er ließ sich auch nicht, wie am Tage zuvor, in seinen Bürosessel fallen, sondern begab sich umgehend in das Zimmer der Inspektoren.

»Lucas! Janvier!«

Barnacle sah er nicht.

»Kommt rein, Kinder... Ihr werdet jetzt einige Zeit ohne mich arbeiten...«

Janvier erblaßte und preßte die Zähne zusammen, denn er hatte begriffen und würde kein einziges Wort herausbringen.

»Ich bin erschöpft, vielleicht krank... Die Bürokratie, die gütige Mutter, sorgt sich um meine Gesundheit und erlaubt mir, mich auszuruhen...«

Er ging auf und ab, um seine engsten Mitarbeiter nicht merken zu lassen, daß seine Augen feucht waren.

»Ihr befaßt euch weiter mit der Juwelenaffäre... Euch ist beiden nicht unbekannt, was ich davon halte... Und ihr wißt, daß ich hartnäckig bin...«

Er legte seine kalte Pfeife in den großen gläsernen Aschenbecher und stopfte sich eine andere.

»Es ist höheren Orts bekannt, was ihr seit gestern unternommen habt... Und natürlich weiß man das auch von mir... Man muß Barnacle davon unterrichten, sobald er zurück ist.

Es ist damit zu rechnen, daß ihr beide beschattet werdet, wie man es bei mir gemacht hat und weiterhin tun wird. Es würde mir nichts nutzen, im Gegenteil, wenn Disziplinarmaßnahmen gegen euch ergriffen würden. Also vergeßt, was ihr von dieser Geschichte wißt.«

Er lächelte ihnen zu.

»So! Das wär's. Es ist für mich nicht so schwer gewesen wie eben für den Direktor...«

Er ging zu dem Stuhl, auf den er seinen Hut geworfen hatte.

»Auf Wiedersehen, Kinder...«

Janvier fand als erster die Sprache wieder.

»Wissen Sie, Chef...«

»Ja?«

»Ich war im Clou Doré... Ich habe das Foto gezeigt... Niemand dort kennt sie...«

»Das ist nicht mehr wichtig...«

»Geben Sie auf?«

Er blickte sie nacheinander an.

»Kennt ihr mich so schlecht?«

»Wollen Sie damit sagen, daß Sie allein weitermachen, ohne Hilfsmittel und auf Schritt und Tritt bewacht?«

»Ich will es versuchen...«

Jetzt lächelten sie beide gerührt und wußten nicht mehr, was sie tun und wie sie sich ausdrücken sollten.

»Weiter... Keine Sentimentalität... Bis demnächst...«

Er drückte ihnen kurz die Hand, ging zur Tür, und wenige Augenblicke später stieg er die große Treppe der Kripo hinunter. Als er die Toreinfahrt durchschritt, grüßten ihn die beiden Polizisten, und er erwiderte ihren Gruß mit einer ironischen Spitze. Es war komisch, die Welt plötzlich mit anderen Augen zu sehen, mit den Augen eines freien Mannes.

Er hatte nichts zu tun und keinen Grund, lieber rechts als links einzubiegen.

Vielleicht war es einer der Angler am Ufer, der seine Angelrute liegen lassen würde, um ihm zu folgen. Oder der Chauffeur eines grauen Wagens, der hundert Meter entfernt parkte.

Er beschloß, nach rechts abzubiegen. Es war wie an den anderen Tagen, wenn er die Brasserie Dauphine betrat, wo der Wirt auf ihn zukam und ihm wie immer die Hand drückte.

»Wie geht's, Kommissar?«

»Ausgezeichnet!«

»Was darf ich Ihnen bringen?«

»Das frage ich mich auch...«

Er wollte etwas anderes trinken, nicht den gewöhnlichen Aperitif. Eine Erinnerung aus seinen Anfängen in Paris kam ihm in den Sinn. Damals war ein neues Getränk herausgekommen, das ein oder zwei Jahre lang sein Lieblingsaperitif gewesen war.

»Gibt es noch den Mandarinen-Curaçao?«

»Aber ja. Er wird zwar nicht oft verlangt, und die jungen Leute wissen nicht, was das ist, aber wir haben immer noch eine Flasche im Regal... Mit Zitronenschale?«

Er trank zwei davon, doch den Geschmack von einst fand er nur teilweise wieder. Dann ging er langsam zum Châtelet und wartete auf seinen Autobus. Er hatte es nicht eilig.

»Bist du sehr traurig?« fragte ihn seine Frau, während sie den Tisch deckte, denn sie war überrascht, daß ihr Mann so früh nach Hause kam.

»Nein. Es war im Augenblick ein harter Schlag, härter als der beim Präfekten, ich weiß übrigens nicht, warum, weil es doch im eigenen Hause geschah... Jetzt fühle ich mich frei, und das ist eher eine Erleichterung...«

»Hast du keine Angst?«

»Ich habe nur mit einer Disziplinarmaßnahme zu rechnen, und das Schlimmste wäre meine vorzeitige Pensionierung...«

»Davon rede ich nicht... Ich meine die Leute, die du entlarven willst...«

»Was mich betrifft, können die nichts mehr machen, ohne mir recht zu geben... Der Chef hat heute vormittag ein Wort zuviel von sich gegeben... Er hat zu mir gesagt:

›Ihre Zähne sind völlig gesund.‹

Ohne das hätte ich annehmen müssen, daß er seine Informationen von den Männern hat, die mich beschatten sollen. Sie haben mir nicht in den Mund schauen können... Selbst Ajoupa, unser Zahnarzt, könnte nicht versichern, daß ich heute morgen gesunde Zähne hatte, denn er hat mich seit mehr als einem Jahr nicht gesehen...

Das bedeutet, daß Doktor Mélan, gleich nachdem ich gegangen war, telefoniert hat, zweifellos mit Nicole Prieur. Sie hat sich wieder einmal bei ihrem Onkel beschwert. Der gleiche Zirkus wie gestern morgen: Innenminister, Polizeipräfekt und schließlich Leiter der Kriminalpolizei... Wenn man die Dinge unbeteiligt betrachtet, ist das ganz amüsant...«

»Was wirst du nun mit deiner Zeit anfangen?«

»Weitermachen.«

»Allein?«

»Man ist nie ganz allein... Schau! Zu Anfang rufe ich den guten Pardon an... Er muß jetzt von den Hausbesuchen zurück sein...«

Kurz darauf sagte Dr. Pardon:

»Ich bin eben heimgekommen und habe mich zu Tisch gesetzt...«

»Hören Sie, Pardon, ich brauche Sie wieder einmal...«

Tatsächlich war es wiederholt vorgekommen, daß er sich wegen einer medizinischen Auskunft oder einer

Information über einen Arztkollegen an Pardon gewandt hat.

Ohne sich persönlich zu kennen, ist es für die Ärzte recht leicht, sich über einander zu unterrichten. Da sie dieselben Schulen besucht haben, kennen sie immer jemanden, der mit dem oder dem studiert hat, einen Professor, einen ehemaligen Assistenzarzt an einem Krankenhaus.

Es ist ein verhältnismäßig geschlossener Kreis, und überdies trifft man sich auf Kongressen.

»Diesmal handelt es sich um einen Zahnarzt oder vielmehr, wie auf dem Messingschild steht, einen Kieferheilkundler...«

»Ich selbst kenne nicht viele...«

»Es geht um einen gewissen François Mélan, 38 Jahre, er wohnt in einer Villa in der Rue des Acacias, wo er auch seine Praxis hat...«

Am anderen Ende der Leitung herrschte Schweigen.

»Kennen Sie ihn?«

»Nein... Ich habe nachgerechnet... Immer die Altersfrage... Achtunddreißig, das ist schon eine andere Generation... Ich werde wahrscheinlich eher unter den Professoren jemanden finden, der ihn kennt...«

»Könnte das schnell gehen?«

»Wenn ich Glück habe. Ich werde ein paar Telefongespräche führen. Der Richtige kann der erste, aber auch der letzte sein. Ich muß in meinem Adreßbuch nachsehen. Ist die Sache wichtig?«

»Sehr. Für mich persönlich... Haben Sie heute abend etwas vor?«

Er hörte, wie er seine Frau fragte:

»Hast du heute abend etwas vor?«

Er hörte sogar, daß sie im Hintergrund antwortete:

»Du hast gestern davon gesprochen, mit mir ins Kino zu gehen...«

»Nein, wir haben noch nichts vor«, sagte Pardon ins Telefon.

»Und das Kino?«

»Sie haben das gehört? Ich mache mir nicht viel daraus...«

»Wollen Sie mit Ihrer Frau zu uns zum Essen kommen? Oder zu dritt, wenn Ihre Tochter noch bei Ihnen ist...«

»Nein, die ist wieder bei ihrem Mann...«

»Bis heute abend also?«

»Bis heute abend... Wenn ich die Auskunft früher erhalte, rufe ich Sie in Ihrem Büro an.«

»Ich habe kein Büro mehr...«

»Wie bitte? Ist das Ihr Ernst?«

»Nehmen wir an, ich sei bis auf entgegengesetzte Anweisung wieder ein schlichter Bürger, ohne Privilegien und Verantwortungen...«

Für ihn war es wie an einem Sonntagnachmittag, allerdings mit dem Unterschied, daß um ihn herum Paris sein Alltagsleben lebte, daß die Geräusche, die Gerüche, das Licht nichts Sonntägliches hatten.

Nach dem Mittagessen schlief er in seinem Sessel ein, ohne es zu merken, und als er die Augen aufschlug, sah er zu seiner Überraschung, daß es bereits halb vier war.

»Ich habe tatsächlich geschlafen...« stellte er mit belegter Stimme fest.

»Du hast sogar geschnarcht. Möchtest du eine Tasse Kaffee?«

»Ja, gerne.«

Er mußte seine Gedanken wieder ordnen, aber er weigerte sich, an die Affäre zu denken, und fand es richtiger, sie erst einmal auf sich beruhen zu lassen.

Was könnte er versuchen? Nahezu nichts. Aller Wahrscheinlichkeit nach stand jemand am Boulevard Richard-Lenoir Wache, bereit, ihm zu folgen, wohin er auch gehen würde.

Es war undenkbar, sich zum Boulevard de Courcelles zu begeben oder gar auf Nicole Prieur vor der Sorbonne zu warten. Sie war imstande, um Hilfe zu rufen, und dann wäre er in einer lächerlichen Lage.

Würde man ihm überhaupt erlauben, noch einmal bei Dr. Mélan zu klingeln? Wahrscheinlich nicht. Und er war sich nicht sicher, ob man ihn wenigstens zu Manuel gehen lassen würde. Auch ihn anzurufen, war unmöglich, da er ja selber angeordnet hatte, den Besitzer des Clou Doré abzuhören.

»Ich habe schon Zucker hineingetan... Vorsicht, er ist heiß.«

Sie blickte ihren Mann etwas beunruhigt an, und er lächelte ihr gutmütig zu.

»Mach dir keine Sorgen, Madame Maigret... Dein guter Alter wird mit der Sache schon fertig...«

In unbeschwerten Momenten nannte er sie Madame Maigret, und sie war überrascht, daß er es jetzt tat.

»Du wirkst sehr ruhig.«

»Ich bin es.«

»Wenn man dich so sieht, würde man nicht glauben, daß du Probleme hast...«

»Weil sie sich unvermeidlich lösen werden...«

»Du gehst aus?«

»Ich will ein bißchen spazierengehen...«

»Bist du sicher, daß das nicht gefährlich ist?«

»Ein Autobus oder ein Personenwagen, wer setzt sich nicht der Gefahr aus...«

Dennoch spürte man, daß er innerlich erregt war. Er trank seinen Kaffee in kleinen Schlucken.

»Soll ich fürs Abendessen etwas besorgen?«

»Ich habe angerufen... Es ist bereits alles geliefert worden... Willst du wissen, was es gibt?«

»Ich lasse mich lieber überraschen...«

Er war noch keine hundert Meter weit gegangen, als er sich umdrehte und seine Verfolger erspähte. Denn es waren zwei, und sie taten plötzlich, als seien sie in eine erregte Diskussion verwickelt und gestikulierten beim Reden mit den Armen.

Maigret kannte sie nicht. Sie mußten einer Abteilung angehören, die direkt dem Innenministerium unterstellt war.

So marschierte er bis zur Bastille, überlegte, ob er die beiden Männer abschütteln sollte, einfach zum Spaß oder um ihnen einen Streich zu spielen, aber am Ende zuckte er mit den Schultern und verzichtete darauf.

Fast eine Stunde saß er wie ein Rentner auf einer Terrasse und las die Abendzeitungen, die er an einem Kiosk gekauft hatte.

Über den Boulevard Beaumarchais und die Rue du Chemin-Vert kehrte er nach Hause zurück. Da ihm noch Zeit blieb, duschte er und machte sich schön.

Pardon hatte nicht angerufen. Das Ehepaar kam um acht Uhr, und man setzte sich gleich zu Tisch, denn es gab als Vorspeise einen Auflauf und danach Hähnchen in Weinsoße.

»Es hat eine ganze Weile gedauert, bis ich das Glück hatte, jemanden zu finden, der Ihren Zahnarzt kennt... Wir sprechen nachher darüber...«

»Erinnern Sie sich an unser Gespräch nach dem gemeinsamen letzten Abendessen bei Ihnen? Das bösartige Verbrechen... Das Böse um des Bösen willen... Ich habe Ihnen geantwortet, ich hätte keinen Grund, daran zu glauben... Heute abend frage ich mich, ob ich mich nicht geirrt habe...«

Er wollte bei Tisch nicht länger davon sprechen. Der Kaffee wurde im Salon serviert, und die beiden Herren nahmen ihre Tassen in das kleine Arbeitszimmer mit, das Maigret sich eingerichtet hatte.

»Sie gestatten doch, meine Damen?«

»Möchtet ihr Zwetschgenwasser oder Himbeergeist?«

Gleichsam für sie beide antwortete Pardon:

»Weder noch, danke schön...«

Das Fenster stand offen, und draußen begann es dunkel zu werden, wie bei ihrem letzten Gespräch, allerdings mit dem Unterschied, daß es windstill war und der Himmel klar, ohne drohendes Gewitter.

»Erst bei meinem fünften oder sechsten Anruf hat mich einer der Befragten an einen Mann erinnert, den ich damals recht gut gekannt habe, vor allem aber dessen Schwester. Ich glaube sogar, mit achtzehn Jahren war ich nahe daran, sie zu heiraten...

Ich hatte beide völlig aus den Augen verloren... Dabei wohnt dieser Vivier ganz in meiner Nähe, am Boulevard Voltaire... Ich konnte ihn zwischen zwei Krankenbesuchen kurz aufsuchen. Er ist Professor für Kieferheilkunde und kennt François Mélan ziemlich gut, den er den jungen Mélan nennt und der sein Schüler gewesen ist.«

Pardon blickte Maigret lange an, ehe er ihn fragte:

»Interessieren Sie sich sehr für ihn? Handelt es sich um einen Kriminalfall?«

Und der Kommissar antwortete bedächtig:

»Entweder täusche ich mich und muß in einer Woche als Pensionär nach Meung-sur-Loire ziehen, oder aber ich habe recht und stehe vor dem seltsamsten Fall meiner Laufbahn...«

»Ist Mélan eine Schlüsselfigur dieses Falls?«

»Ja...«

»Das ist merkwürdig...«

»Warum?«

»Weil einige Ähnlichkeiten zwischen dem bestehen, was Sie eben sagten, und der Meinung Viviers. Sind Sie bei Mélan gewesen?«

»Heute morgen, unter dem Vorwand, starke Zahnschmerzen zu haben.«

»Ist er groß, rothaarig, sehr kurzsichtig, blauäugig, und hat er lange Arme?«

»Mir ist die Länge seiner Arme nicht aufgefallen.«

»Was hat er Ihnen gesagt?«

»Daß ich gesunde Zähne habe.«

»Man muß vor allem wissen, daß er aus sehr einfachen, sehr ärmlichen Verhältnissen stammt. Sein Vater war Tagelöhner in einem Dorf an der Somme. Die Familie war nahezu die ärmste dort, und obendrein betrank sich der Vater jeden Samstag. Er hatte fünf Kinder. François

Mélan hatte und hat wohl auch noch eine Schwester, die zwei oder drei Jahre älter ist als er. Das alles hat Vivier erst viel später erfahren, nachdem François sein Schüler geworden war...

Zwei Jahre lang hat er fast nichts von ihm gewußt. Mélan gehört nicht zu den mitteilsamen Menschen. Er hatte keine Freunde. Es war keinerlei Beziehung zu einer Frau bekannt... Man wußte in der Fakultät nicht, daß er nachts arbeitete, um sich sein Studium zu verdienen, und Vivier fragt sich heute noch, wo und unter welchen Bedingungen er sein Abitur gemacht hat. Ich will versuchen, einige seiner Sätze wörtlich zu wiederholen:

›Ein begabter Junge, eine ungewöhnliche Intelligenz, ein verschlossener Charakter, zweifellos verstört...‹ «

Maigret hörte zu, als wolle er sich jedes Wort in sein Gedächtnis einprägen.

»Vivier hatte ihn schließlich zu seinem Assistenten gemacht, nicht nur, um ihm entgegenzukommen, sondern weil er der beste seiner Schüler war.

›Zu Anfang habe ich unter ihm gelitten‹, gestand er mir. ›Es ist nicht leicht, einen Assistenten zu haben, der über Berufliches hinaus kein Wort sagt und von dessen persönlichem Leben man nichts weiß... Eines Abends habe ich ihn zu mir eingeladen, und ich mußte ihm zureden, um ihn dazu zu bewegen. Nach dem Essen habe ich ihn in mein Arbeitszimmer geführt, und ich habe mir alle Mühe gegeben, ihn zum Sprechen zu bringen. Wir haben Wein getrunken. Ich habe ihm Cognac eingeschenkt. Er hat nur widerwillig daran genippt. Allmählich ist er jedoch aus sich herausgegangen, und ich habe ein paar Brocken aus seiner Vergangenheit erfahren.‹ «

Pardon steckte sich eine Zigarre an und beobachtete Maigret von neuem.

»Paßt das immer noch in das Persönlichkeitsbild hinein?«

»Ich brenne darauf, die Fortsetzung zu hören.«

»Sie ist einfach und dramatisch zugleich... In der Fakultät hatten ihn seine Kommilitonen den Unberührten getauft. Es ging sogar das Gerücht um, er habe homosexuelle Neigungen...

Die Geschichte, die er Vivier anvertraut hat, erklärt sein Verhalten. Als die Deutschen in Frankreich einrückten, war er vierzehn Jahre, wenn ich mich nicht irre. Seine Familie war zu arm, um flüchten zu können wie so viele andere...

Eines Abends standen Mélan und seine Schwester am Straßenrand, als zwei Motorradfahrer erschienen. Es waren die ersten deutschen Soldaten, die sie sahen. Sie haben angehalten, um sich nach irgendeinem Dorf zu erkundigen. Dann haben sie lachend miteinander gesprochen.

Schließlich haben sie dem jungen Mädchen durch Zeichen bedeutet, sich auf die Böschung zu legen, und als sie zögerte, haben sie sie gewaltsam zu Boden geworfen. Alle beide haben sie mißbraucht, ehe sie weiterfuhren und über den Jungen spotteten, der sich nicht von der Stelle gerührt hatte...

Diese Erfahrung mit dem Sexualakt unter derartigen Umständen kann bei einem sensiblen Kind natürlich zu einem Trauma führen...

›Sieht man Sie aufgrund dieses Erlebnisses nie mit jungen Mädchen zusammen?‹ hatte Vivier gefragt.

Und sein Assistent hat verlegen geantwortet:

›Ich weiß es nicht... Vielleicht werde ich eines Tages heiraten wie jeder andere... Ich frage mich nur, ob ich es wagen kann, ob ich fähig bin, eine Frau glücklich zu machen...‹«

Es folgte ein kurzes Schweigen. Maigret war so ernst, daß Pardon zuerst das Wort ergriff.

»Glauben Sie, daß er ein Verbrechen begangen hat?«

Der Kommissar antwortete nicht gleich.

»Bisher glaubte ich nicht an ein wirkliches Verbrechen. Jetzt bin ich fast sicher... Hat Ihnen der Professor noch etwas anderes eröffnet?«

»Nicht über Mélan. Über seine Assistentin, die eine Zeitlang für Vivier gearbeitet hat. Haben Sie sie auch gesehen?«

»Ja.«

»Stimmt es, daß sie so häßlich ist?«

»Noch häßlicher.«

»Man sagt, sie sei eine Giftnudel, das ist das Wort, das Vivier gebraucht hat. In Wirklichkeit ist sie das empfindsamste und ergebenste Mädchen, und in ihrem Stadtviertel klingelt man bei ihr, wenn jemand krank ist oder bei einem Sterbenden gewacht werden muß...«

»In welchem Viertel wohnt sie?«

»Danach habe ich nicht gefragt. Ich kann aber Vivier anrufen und mich nach ihrer Adresse erkundigen...«

8

Maigret war bemerkenswert ruhig. Äußerlich war ihm nichts von dem anzumerken, was ihn innerlich bewegte. Er wirkte höchstens gewichtiger und gefaßter. Pardon sah ihn zum erstenmal in dem Augenblick, da sich die Fäden einer Untersuchung zu verknüpfen begannen und eine Wahrheit allmählich Form annahm, und er beobachtete seinen Freund, als wolle er hinter diesem verschlossenen und ausdruckslosen Gesicht die tätigen Mechanismen entdecken.

»Was für ein Mensch ist Vivier? Ist er großzügig?«

»Ja, es sei denn, es ist vom Eingreifen des Staates in medizinische Belange die Rede. Er gehört zu den leidenschaftlichsten Widerspruchsgeistern und ist ein eingefleischter Individualist.«

Der Kommissar zog bedächtig an seiner Pfeife, schwieg häufig, machte aber nicht den Eindruck, daß er nachdachte. Er schien eher unaufmerksam, und man wunderte sich, wenn er das Gespräch genau an der Stelle wieder aufnahm, wo es unterbrochen worden war.

»Besteht die Aussicht, ihn zu Hause anzutreffen?«

»Er arbeitet an einer großen Abhandlung über Kieferheilkunde, die ein Lebenswerk werden soll, und sitzt oft auch in der Nacht noch daran.«

»Würden Sie ihn bitte anrufen und ihn fragen, ob ich ein paar Worte mit ihm wechseln darf?«

Wenige Minuten später hatte der Arzt Vivier an der Leitung.

»Hier Pardon... Ich rufe Sie aus der Wohnung meines Freundes Maigret an und bitte um Entschuldigung, wenn ich Sie bei Ihrer Arbeit störe... Der Kommissar möchte Sie gern einen Augenblick sprechen...«

Die Antwort mußte drollig sein, denn Pardon lächelte.

»Aber ja... Ich gebe ihn Ihnen...«

Er reichte Maigret den Hörer hin.

»Ich bitte Sie ebenfalls um Entschuldigung, Herr Professor... Wenn Sie mir zwei oder drei Fragen beantworten könnten, würden Sie mir meine Aufgabe ungeheuer erleichtern... Ja, Pardon hat mir von seinem Gespräch mit Ihnen berichtet, das für mich von außerordentlichem Interesse ist...

Ich möchte betonen, daß ich mich ganz privat an Sie wende... Ich habe für unbestimmte Zeit einen Erholungsurlaub angetreten... Nein... Ich bin nicht krank, oder wenn ich es bin, dann ist es sehr ernst, denn mein Freund Pardon, der mein Hausarzt ist, versichert mir, daß ich völlig gesund sei...

Die Wahrheit ist, daß ich mich im Verlauf einer Ermittlung mit Leuten beschäftigen mußte, die einen langen Arm haben, und da ich es gewohnt bin, zu Ende zu führen, was ich einmal angefangen habe, hat man mir dringend geraten, mich ein paar Tage auszuruhen...

Nun zu meiner ersten Frage, Herr Professor: Würde es Sie sehr überraschen, wenn Sie erführen, daß Ihr ehemaliger Assistent Dr. Mélan eine oder mehrere Straftaten begangen hat?«

Am anderen Ende der Leitung vernahm man eine Art Bellen, das man für ein Lachen halten konnte. Als Viviers Stimme wieder erklang, hatte sie den ernsten Ton eines Mannes, der seine Überzeugungen hat und sie mit Nachdruck vertritt.

»Es würde mich kaum erstaunen, mein lieber Kommissar, wenn man das gleiche über mich, Sie oder meine Concierge sagen würde… Unter einem entsprechenden äußeren oder inneren Druck ist jeder fähig, Taten zu begehen, die das Gesetz und die Moral verurteilen…«

»Würden Sie in seinem Fall eher an einen inneren oder an einen äußeren Druck denken?«

»Haben Sie ihn gesehen?«

»Heute morgen, wenige Minuten.«

»Hat Ihnen Pardon erzählt, was ich ihm über Mélan gesagt habe?«

»Ja, das hat er eben getan.«

»Und was ist Ihre Meinung?«

»Ich möchte lieber Ihre kennenlernen.«

»Ein innerer Druck, ohne Frage! Mélan ist der klassische Typ des Introvertierten, der seinen Gefühlen nicht erlaubt, nach außen zu dringen. Bis auf ein oder zwei Gespräche, in denen ich ihn nicht ohne Mühe dazu bewegen konnte, über sich zu sprechen, hat er sich wahrscheinlich nie jemandem anvertraut.«

»Angenommen, er habe ein Verbrechen begangen, irgendeines, würden Sie ihm dann verminderte Zurechnungsfähigkeit zubilligen?«

»Fragen Sie das den Arzt oder den Menschen? Als Mediziner bin ich dafür nicht zuständig. Ich würde es den Psychiatern überlassen, sich dazu zu äußern, und deren Ansicht würde von den Umständen abhängen…« Und ironisch fügte er hinzu: »Auch vom Alter der Psychiater und der Schule, der sie angehören…«

»Und was sagen Sie als Mensch?«

»Persönlich, wie ich ihn kenne, würde ich gern als Entlastungszeuge auftreten...«

»Meine zweite Frage ist schwerer zu formulieren, und ich fürchte, Sie werden überrascht sein... Würde ein Mann wie Mélan, wenn er sich in die Enge getrieben sieht, einfach oder kompliziert reagieren?«

»Sagen Sie, Herr Maigret, Sie scheinen ihn ja fast genauso gut zu kennen wie ich... Kompliziert natürlich! Und das Wort kompliziert ist noch nicht stark genug... Als er bei mir arbeitete, hat Mélan immer wieder, selbst wenn es um die Beantwortung einer Examensfrage ging, den kompliziertesten Weg gewählt... Er ist genau das Gegenteil von dem, was ich einen eingleisigen Geist nennen würde... Er ergreift alle Möglichkeiten, alle denkbaren Verzweigungen eines Themas und ist verbissen bemüht, nichts im Dunkeln zu lassen.«

»Ich danke Ihnen. Abschließend möchte ich Sie um eine Gefälligkeit bitten, vorausgesetzt, daß Sie glauben, sie mir erweisen zu können, und daß Sie mir Ihr Vertrauen schenken... Es ist möglich, daß ich mich irre, daß die Hypothesen, die ich gegenwärtig aufstelle, sich noch in dieser Nacht als falsch herausstellen. Wenn sich die Tatsachen jedoch bestätigen, geraten mehrere Menschen in große Gefahr... Ein Gespräch mit Mademoiselle Motte würde sicher ausreichen, um diesen Punkt zu klären. Ich nehme an, sie hat ein Telefon... Wenn Sie erreichen, daß sie bereit ist, noch heute abend bei ihr zu Hause oder woanders mit mir zusammenzutreffen, werden sich neue Dramen wahrscheinlich verhindern lassen...«

»Jagt Ihnen die arme Motte auch Angst ein? Dabei könnte ich mir vorstellen, daß die ganze Welt sie als einen Engel betrachten würde, wenn sie dieses abstoßende Äußere nicht hätte! Ich rufe sie an... Und unter welcher Nummer sind Sie zu erreichen?«

Maigret erhob sich und ging in den Salon, wo sich die beiden Damen flüsternd unterhielten, um niemanden zu stören.

»Ich werde trotzdem einen Schluck Zwetschgenwasser trinken... Falls mir Pardon nicht das Glas aus der Hand nimmt.«

Pardon tat es nicht. Er beobachtete seinen Freund noch immer mit bewunderndem Interesse, das nicht ganz frei von Furcht war.

Er fragte sich, wovon Maigret ausgegangen war, um seine Hypothesen aufzustellen, und gerne hätte er seinen Gedankengang rekonstruiert.

»Hallo... Ja, ich bin's, Herr Professor... Ist sie bereit, mich gleich zu empfangen?... War es nicht zu schwierig gewesen? Ein bißchen? Darf ich Sie um ihre Adresse bitten? Rue des Francs-Bourgeois, ja... Ja... Ja... Ich kenne das Haus... Ich habe eine Zeitlang ganz in der Nähe gewohnt, Place des Vosges... Ich bin Ihnen sehr dankbar... Ja... Auch ich würde mich sehr freuen, Sie persönlich kennenzulernen...«

Als er wieder aufstand, war er immer noch so ruhig, aber man bemerkte in seinen Augen ein leichtes Funkeln, das vorher nicht zu sehen war.

»Sie nehmen es mir doch nicht übel, Pardon, wenn ich Sie mit den Damen allein lasse? Übrigens besteht die Möglichkeit, daß mein Gespräch abgehört worden ist...

Ich frage mich, ob die Leute, die sich für mein Tun interessieren, nicht vor mir dort sein werden... Unten dürften ein oder zwei Inspektoren einer Sonderabteilung auf und ab gehen...«

»Soll ich Sie nicht hinfahren? Ich habe meinen Wagen da. Ich werde in wenigen Minuten zurück sein...«

Sie gingen in den Salon.

»Du willst fort? Lange?«

»Ich habe keine Ahnung, wann ich wiederkomme...«

»Ist das nicht gefährlich?«

»Nicht mehr an dem Punkt, den ich erreicht habe. Pardon fährt mich hin und kehrt dann gleich zurück.«

Unterwegs sprach er kein einziges Wort. Kein Wagen folgte ihm. Hatte man die Überwachung gelockert, als man ihn mit den Pardons zusammen wußte?

In der Rue des Francs-Bourgeois, im Stadtviertel Marais, standen noch einige historische Gebäude, in denen jetzt eine Menge einfacher Leute wohnte, meist kleinere Handwerker, von denen viele aus Polen, Ungarn und dem ehemaligen Litauen stammten.

»Gute Nacht, Pardon... Besten Dank... Wenn ich Erfolg habe, verdanke ich das zum großen Teil Ihnen.«

»Viel Glück.«

Maigret klingelte. Die unsichtbare Concierge öffnete eine kleine Tür, die in das Portal eingelassen war, und er überquerte das, was einst der Ehrenhof irgendeines großen Herrn gewesen war.

»Ich möchte zu Mademoiselle Motte...«

Durch ein Fensterchen antwortete eine Stimme:

»Zweiter Stock links... Erste Tür...«

Als er das Treppenhaus betrat, ging die Flurbeleuchtung an, und er erblickte die Assistentin von Dr. Mélan, die sich über das Treppengeländer beugte. Oben angekommen, hörte er sie murmeln:

»Ich dachte schon, Sie würden vielleicht den Weg nicht finden... Das Haus ist recht kompliziert gebaut...«

In ihrem dunklen Kleid wirkte sie anders als in ihrer Schwesterntracht, irgendwie verletzbarer. In ihren tief in den Höhlen liegenden Augen spiegelte sich Unruhe. Die Erregung hatte rote Flecken auf der zu weißen Haut hervorgerufen.

»Hier entlang... Beeilen Sie sich... Das Licht geht gleich aus...«

Sie führte ihn in ein sehr sauberes, fast heiteres Zimmer, das zugleich Salon und Eßraum war und dem die provinziellen Möbel, denen man das Alter ansah, eine friedliche und beruhigende Note verliehen.

»Nehmen Sie Platz... Sie können ruhig rauchen...«

»Hoffentlich hat der Professor Sie nicht aufgeweckt...«

»Ich schlafe wenig...«

Weder ein Radio noch ein Fernsehapparat waren zu sehen, dafür aber viele Bücher in den Regalen; ein aufgeschlagenes lag neben einem Sessel.

»Haben Sie Ihre Pfeife vergessen?«

Sie versuchte nicht, ihn freundlich anzulächeln oder ihre Besorgnis zu verbergen.

»Ich habe schon gemerkt, als ich Sie heute im Wartesaal sah, daß etwas schief gehen wird... Mich überrascht nur, daß Sie hier hergekommen sind...«

»Wie ich bereits Professor Vivier gesagt habe, bin ich als Privatmann hier. Ich habe keinerlei Recht, Sie zu belästigen... Meine Vorgesetzten haben mich in Erholungsurlaub geschickt, um einflußreichen Leuten Unannehmlichkeiten zu ersparen...

Sie könnten mir durchaus die Tür vor der Nase zuschlagen, ich habe deshalb Professor Vivier um seine Vermittlung gebeten, dem Sie vertrauen können. Auch haben Sie das Recht, meine Fragen nicht zu beantworten.«

Er sprach langsam und gedämpft, und man hätte denken können, er zweifle an sich.

»Vorgestern bin ich der Gegenstand einer sorgfältig eingefädelten Machenschaft geworden, man hat mir eine listige Falle gestellt, in die ich fast mit Sicherheit stolpern mußte...«

Kaum zwei Tage! Alles, was seither geschehen war, ging Maigret noch einmal durch den Kopf, die wichtigen wechselten mit den weniger wichtigen Einzelheiten ab, Manuels Rollstuhl und die Flecken an der Mauer der gegenüberliegenden Villa, die schwarzen Haare des Dienstmädchens bei Dr. Mélan und dessen blaue Augen, die nur wenige Zentimeter vom Gesicht des Kommissars entfernt durch die Brillengläser maßlos vergrößert waren...

Jedes Detail würde im gegebenen Augenblick seinen Platz und damit seine Bedeutung und seinen Sinn innerhalb des Ganzen finden.

›Es gibt immer nur eine Wahrheit‹, behauptete Maigret gern. ›Das Schwierige ist, sie zu erkennen und herauszufinden, wo sie steckt...‹

»Möchten Sie eine Tasse Kaffee?«

»Nein, danke... Sie brennen natürlich darauf, den

eigentlichen Zweck meines Besuchs zu erfahren. Ich weiß inzwischen so viel über Dr. Mélan, daß ich mir sein Verhalten erklären kann...«

Sie hielt die Hände über dem Schoß gefaltet und blickte ihn noch aufmerksamer an als Pardon vorhin.

»Die Person, die mir diese Falle gestellt hat, befand sich in einer Klemme... Er neigt dazu, angesichts eines Problems die ausgeklügeltste und komplizierteste Lösung zu suchen...

Merkwürdigerweise hat es eines nahezu übernatürlichen Zusammentreffens von Umständen bedurft, daß ich mich für sein Tun und Lassen interessierte...«

Mit weit aufgerissenen Augen stammelte sie überrascht:

»Sie haben den Doktor nicht seit mehreren Wochen überwachen lassen?«

»Nein, Mademoiselle... Ich ließ einen Gauner beschatten, der im Haus gegenüber wohnt, und die Männer, die Sie auf der Straße bemerkt haben, hatten den Auftrag, zu beobachten, wer ihn besuchte, und seiner Geliebten zu folgen, wenn sie ausging...«

»Ich kann einfach nicht...«

»... mir glauben. Dennoch ist es die Wahrheit. Ich selbst bin in der letzten Zeit wiederholt zu dieser Person gegangen, einem Manuel Palmari, und aus alter Gewohnheit habe ich mich zuweilen ans Fenster gestellt...«

»Sie waren also nicht dort, um...«

»... um Doktor Mélan zu überwachen? Ich kannte bis dahin nicht einmal seinen Namen, und wenn ich mich für seine Villa zu interessieren schien, dann allein, weil ich eine Schwäche für alte Häuser habe...

Ich bin, wie ich schon sagte, das Opfer einer Machenschaft geworden... Jemand versuchte, mich zu beseitigen... Jemand, der einen komplizierten, fast teuflischen Plan ausgeheckt hat, der ohne Fehler war; anstatt gewaltsam vorzugehen...

Da ich Manuel einiger Straftaten verdächtigte und seit langem ein Auge auf ihn habe, dachte ich zunächst an ihn und habe ihn mehrmals aufgesucht...

Von anderer Seite habe ich erfahren, daß Mademoiselle Prieur, die eine wichtige Rolle in der Sache gespielt hat, einem Klub in der Avenue de la Grande-Armée angehört. Im Mitgliederverzeichnis des Klubs habe ich den Namen Ihres Chefs in der Spalte der Bürgen für das junge Mädchen gefunden, und so bekam ich Lust, ihn mir einmal genauer anzusehen...«

»Das ist undenkbar...«

Sie zog nicht Maigrets Worte in Zweifel, sondern war verblüfft über die unerforschlichen Wege des Schicksals.

»Doktor Mélan hätte das Spiel mitspielen und mir einen Zahn ziehen oder plombieren können, der völlig gesund war. Statt dessen hat er mir ehrlich erklärt, daß ich gesunde Zähne habe, und er hat mich wortlos und ohne Fragen zur Tür begleitet.«

»Er war von Angst gepackt... Seit Wochen lebt er in einer ständigen Panik...«

»Hat er mit Ihnen darüber gesprochen?«

»Nein, aber ich kenne ihn gut genug, um es zu wissen... Carola auch...«

»Das Dienstmädchen? Ist sie seine Geliebte?«

»Er hat keine Geliebte... Carola schläft hinten im

Haus unterm Dach, obwohl es genügend unbenutzte Zimmer gibt.«

»Verstehen Sie, Mademoiselle, warum ich hier bin?«

»Um mich zu verhören.«

»Nicht unbedingt, denn ich weiß nicht einmal, welche Fragen ich Ihnen stellen sollte. Ich möchte Ihnen gegenüber ganz offen sein. Wie ich schon sagte, besitze ich gegenwärtig keinerlei Vollmacht. Auch habe ich keinerlei Gewißheit, und meine Hypothesen sind noch recht vage.

Niemand hat den Anschlag, dessen Gegenstand ich gewesen bin, ins Werk setzen können, ohne ein wesentliches Interesse daran zu haben, es sei denn, er haßt mich persönlich.

Doktor Mélan indessen kennt mich vielleicht dem Namen nach, aber bis heute vormittag bin ich ihm nie begegnet...

Mein Auftauchen im Haus gegenüber und dann das Erscheinen meiner Inspektoren auf der Straße haben ihn in Schrecken versetzt... Warum? Und welches recht große Interesse hatte er, mich zu entwaffnen?

Davon bin ich ausgegangen. Was hätte ich entdecken können, das schwer genug wog, um sein Verhalten zu erklären?

Auch hier hat der Zufall mitgespielt. Aline, Manuels Geliebte, hatte zum erstenmal in ihrem Leben Zahnschmerzen, und natürlich hat sie sich an den Zahnarzt gegenüber gewandt.

Sie ist vielleicht nicht intelligent, aber sie verfügt über eine außergewöhnliche Intuitionsgabe. Sie ist ein Weibchen im wahrsten Sinne des Wortes.

Mélan hat ihr zwei kleine Fragen zuviel gestellt, oder vielmehr Sie haben sie zuerst gestellt, wenn ich mich recht erinnere:

›Wer hat Sie hier hergeschickt?‹

Das ist eine Frage, die ein Zahnarzt oder seine Sekretärin selten an eine Patientin richten.

Die zweite:

›Haben Sie nicht auch noch andere Leiden?‹

Unter dem Eindruck der Atmosphäre dieses Hauses hat Aline darüber nachgedacht. Sie hat sich an das Licht erinnert, das sie oft abends im Sprechzimmer sah. Als ich sie danach gefragt habe, hat sie mir geantwortet, daß nach Einbruch der Dunkelheit keine Männer, sondern nur Frauen an der Tür klingelten...«

»Abends war ich nicht da.«

»Ich weiß. Aber Sie müssen doch von diesen Besuchen gewußt haben...«

»Hören Sie, Herr Kommissar. Ich habe mich bereit erklärt, Sie Professor Vivier zuliebe zu empfangen. Trotzdem sage ich Ihnen, daß ich alles Erdenkliche tun werde, damit Doktor Mélan nichts geschieht. Er ist ein Mensch, der sein Leben lang gelitten hat, der mehr als je leidet und der immer leiden wird... Er hat eine besonders schwere Kindheit gehabt...«

»Ich weiß, auf welches Erlebnis Sie anspielen.«

»Ein Erlebnis? Er hat mir nie von einem Erlebnis erzählt... Er vertraut sich niemandem an...«

»Seine Schwester, zu Anfang des Krieges...«

»Ich wußte nicht, daß er eine Schwester hat.«

Maigret erzählte ihr die Geschichte von der Vergewaltigung, und wieder riß sie die Augen auf.

»Das erklärt vielleicht manches.«

»Ich kann Ihnen sagen, daß nach den Worten von Professor Vivier die Psychiater ihm in jedem Fall verminderte Zurechnungsfähigkeit zubilligen werden... Vivier ist von vornherein bereit, als Entlastungszeuge aufzutreten... Und vielleicht werde ich auf seiner Seite stehen...«

»Sie?«

»Ich. Aber ich brauche Ihre Hilfe. Sie haben gemerkt, daß er in ständiger Angst lebt. Ein großer Teil der Verbrechen wird unter dem Druck der Angst begangen...«

»Man wird ihn trotzdem einsperren. Und er ist nicht der Mann, der ein Gefängnis ertragen könnte...«

»Das habe ich von allen gehört, die ich verhaftet habe... Sie wissen genauso gut wie ich, daß der Doktor Abtreibungen vornahm, nicht wahr?«

»Ich habe es an dem Tag begriffen, als ich in einer Schublade eine Sonde und andere Instrumente sah, die er als Zahnarzt nicht brauchte.«

»Kein anderes Indiz?«

»Ich kann ihn unmöglich belasten.«

»Wollen Sie meine Meinung hören, Mademoiselle? Aber sagen Sie mir zuvor, ob Mélan christlich ist...«

»Er gehört keiner Religion an.«

»In diesem Fall ist die Abtreibung für ihn nicht unbedingt eine schwere Sünde. Es ist eine Frage der Moral, die je nach Breitengrad und Land variiert. Manche lassen sie zu, andere verurteilen sie. Sehen Sie, wenn es nur das wäre, glaube ich nicht, daß Ihr Chef soviel Angst hätte, um zu handeln, wie er seit einigen Tagen handelt... Ist Ihnen dieser Gedanke nicht gekommen?«

»Doch ...«

»Warum?«

Sie wendete ihr Gesicht ab, und nach recht langem Schweigen stammelte sie:

»Das, was Sie von mir verlangen, ist schrecklich ... Er hat nur mich ...«

»Was wollen Sie damit sagen?«

»Daß er immer allein gewesen ist ... Völlig allein ... Ich weiß wohl, daß er ausgeht, daß er den Klub besucht, von dem Sie gesprochen haben ... Das tut er zur Beruhigung, vielleicht auch, um ...«

»... um Patientinnen anzuwerben?«

»Ich habe daran gedacht.«

»Und Nicole Prieur?«

»Ich vermute, sie ist das erste Mal aus dem gleichen Grund gekommen wie die anderen ...«

»Wie die anderen Besucherinnen am Abend?«

»Ja ... Ich habe keine Karteikarte von ihr ... Sie ist eine kleine Hysterikerin, die sich ihm an den Hals geworfen hat, und ich bin sicher, daß sie es ist, die ihn verfolgt ...«

»Ist sie seine Geliebte?«

Erneutes Schweigen.

»Soll ich die Frage für Sie beantworten?« schlug Maigret vor. »Sie sind davon überzeugt, daß Mélan nie eine Geliebte gehabt hat, jetzt ebensowenig wie zu seiner Studentenzeit, als seine Kommilitonen ihn den Unberührten nannten.«

»Ich kannte diesen Spitznamen nicht.«

»Habe ich recht?«

»Das habe ich mir so gedacht.«

»Und dann haben Sie, wie ich, etwas anderes vermutet...«

Sie erhob sich und schritt nervös im Zimmer auf und ab.

»Sie spannen mich auf die Folter.«

»Ist es Ihnen lieber, wenn neue Verbrechen begangen werden?«

Sie blickte ihm plötzlich bestürzt in die Augen.

»Wie haben Sie das alles erfahren? Hat Carola was gesagt?«

»Carola weiß davon?«

»Schön. Ich muß also bis zum bitteren Ende gehen. Ich kann dieses Geheimnis nicht länger für mich behalten. Seit meinem Eintritt bei Doktor Mélan hat es mich gewundert, daß ich nicht das Sprechzimmer betreten durfte, wenn er eine Patientin empfing...«

»Sie sprechen von den Tagesbesuchern?«

»Natürlich, denn abends war ich ja nicht da.«

»Bei keiner Patientin?«

»Doch, bei einigen schon, es waren allerdings nicht viele, bei denen spielte ich die normale Rolle einer Assistentin, die dem Doktor die Instrumente reicht, die er braucht, die die Röntgenaufnahmen vorbereitet undsoweiter.«

»Aber bei bestimmten Patientinnen schickte man Sie in Ihr Büro?«

»Ja.«

»Ohne Erklärungen?«

»Doktor Mélan gab nie Erklärungen.«

»Haben Sie einen Verdacht gehegt?«

»Aufgrund eines Zeitungsartikels... In den Vereinigten Staaten, in Connecticut, glaube ich, hat ein Zahnarzt, wenn ihm eine Patientin begehrenswert erschien, nicht gezögert, Betäubungsmittel anzuwenden...«

»Auch ein Schüchterner wahrscheinlich, nicht wahr? Der weder eine Frau noch eine Geliebte hatte...«

»Ja...«

»Was hat sich vor kurzem ereignet, so daß Sie es mit Sicherheit annehmen konnten?«

»Eine Patientin ist hineingegangen und nicht wieder herausgekommen... Ich habe mich darüber gewundert, denn sie ging immer durch mein Büro... Er hat mir gesagt, er habe sie die Hintertreppe hinuntergeführt...«

»Carola behauptet das Gegenteil?«

»Ja. Ihre Küche liegt an dieser Treppe, und die Tür steht immer offen... Außerdem...«

»Ja?...«

»Nichts... Ich kann nicht...«

»Ich werde Ihnen wieder helfen... Hat der Doktor einen Gärtner?«

»Nein...«

»Er pflegt selber den Garten?«

»Sehr selten... Man sieht da mehr Unkraut als Blumen...«

»Haben Sie Carola gefragt, ob in jener Nacht...«

»Nein... Sie hat von selbst darüber gesprochen.«

»Und Sie haben niemandem etwas davon gesagt?«

»Nein... Er ist allein... Er hält sich für häßlich...«

Sie war allein. Sie war häßlich.

»Ist das der einzige Fall?«

»Meines Wissens...«

»Aber Sie sind doch nicht da, wenn er abends seine Patientinnen empfängt. Ist dann Carola im Haus?«

»Sie geht manchmal ins Kino ...«

»Also haben sich weitere Fälle ereignen können.«

»Das ist nicht unmöglich.«

»Und können noch vorkommen.«

»Was wollen Sie von mir?«

»Daß Sie mir helfen. Ich habe nicht das Recht, in die Rue des Acacias zu gehen, wo mir die Polizei den Zugang verwehren würde. Außerdem ist es nicht ausgeschlossen, wenn ich mich dort hinbegäbe, daß Mélan sich eine Kugel in den Kopf schießt. Besitzt er eine Waffe?«

»Ja ... Einen alten Armeerevolver ...«

»Rufen Sie ihn an und sagen Sie ihm, daß Sie ihm etwas Ernstes und Dringendes mitzuteilen hätten, das Sie ihm vorsichtigerweise nicht am Telefon verraten könnten. Sie bitten ihn, hierher zu kommen. Er wird ja seinen Wagen haben. Er hat Vertrauen zu Ihnen.«

»Und wenn er seinen Revolver mitbringt?«

»Nicht, wenn er zu Ihnen kommt.«

»So wird ihm niemand mehr bleiben, nicht einmal ich ...«

»Denken Sie an diejenige oder diejenigen, deren Reste man wahrscheinlich im Garten finden wird.«

»Ich verstehe ... Trotzdem ist es hart ... Warum muß ausgerechnet ich das tun? Wenn Sie Katholik sind, erinnert Sie das an etwas, nicht wahr?«

Und da er den Kopf schüttelte, murmelte sie:

»Judas!«

Langsam begab sie sich zum Telefon. Ihre mageren Finger betätigten die Wählscheibe. Die roten Flecken auf ihrem Gesicht waren verschwunden, und sie hielt die Augen halb geschlossen.

»Sind Sie es, Doktor? Hier ist Motte...«

Nachdem sie aufgelegt hatte, sprach sie kein einziges Wort mehr. Auch Maigret nicht. Sie saßen einander gegenüber, ohne sich anzublicken, und warteten. Zweimal zündete der Kommissar seine Pfeife wieder an, denn er vergaß, an ihr zu ziehen.

Beide mußten sich zusammenreißen, um nicht vor Ungeduld im Zimmer auf und ab zu gehen.

Hin und wieder schaute Maigret auf seine Uhr. Mademoiselle Motte sah über den Kopf des Kommissars hinweg auf die Pendeluhr, deren Ticken er vernahm.

Die Zeit wurde ihnen lang. Würde Mélan kommen? Wenn er begriffen hatte, daß für ihn alles aus war, hatte er sich vielleicht schon eine Kugel in den Kopf geschossen. Aber Carola würde das sicher gehört haben, und dann wäre ihre erste Reaktion, die Assistentin anzurufen, bevor sie die Polizei benachrichtigte, die sie nicht sonderlich zu mögen schien.

Vielleicht war Carola im Kino. Und wenn Nicole Prieur heute abend...

Mademoiselle Motte mußte sich ihrerseits ähnliche Fragen stellen.

Durch das halbgeöffnete Fenster vernahm man die wenigen Straßengeräusche, das Vorbeirollen eines Autos, einen vorübergehenden Passanten, ein Pärchen, dessen Stimmen man hörte...

Es kam ihnen wie eine Ewigkeit vor, während in Wirklichkeit nur zwanzig Minuten vergingen, zwanzig Minuten des Schweigens und der Unbeweglichkeit.

Ein Wagen hielt vor dem Haus. Ein leichtes Quietschen der Bremsen. Schritte auf dem Bürgersteig, dann ein fernes gedämpftes Klingeln. Die kleine Pforte schloß sich in dem großen Tor. Schritte auf dem ungleichmäßigen Pflaster des Hofes, die Glastür, die sich nun öffnete, die Treppe...

Mademoiselle Motte legte die Hand auf ihre Brust und stammelte vor sich hin:

»Ich kann es nicht...«

Als er sah, wie sie aufstand, dachte er, sie würde in die Küche eilen, sich verstecken, vielleicht über eine andere Treppe flüchten. Aber sie blieb stehen, und er erhob sich ebenfalls, genauso gebannt wie sie.

Es war so still, daß man das leise Klicken des Minutenlichts im Hausflur vernahm. Das Licht erlosch. Eine Hand tastete nach der Tür, und die Assistentin ging hin, um zu öffnen.

Mélan trug einen grauen Anzug und hielt seinen Hut in der Hand. Er trat einen Meter näher, drehte sich um, ohne Maigret gesehen zu haben, starrte Mademoiselle Motte an, machte den Mund auf, dann wendete er sich wieder um und entdeckte den Kommissar.

Er sagte zunächst nichts. Er versuchte auch nicht, davonzulaufen. Trotz seiner Überraschung und seiner Erregung spürte man, daß er das Ganze zu verstehen suchte, daß es in seinem Kopf fieberhaft arbeitete.

Das Problem mußte ihm schwer lösbar erscheinen. Nach einer Weile schüttelte er den Kopf, als habe er eine Gleichung an der Wandtafel gelöscht, um wieder bei Null anzufangen. Seine Aufmerksamkeit war bis zum Zerreißen gespannt.

Jetzt blickte er mit gerunzelter Stirn einen nach dem anderen an, dann schaute er auf die Sessel, in denen sie vorher gesessen hatten, und auf die Pfeife im Aschenbecher, in Reichweite des Kommissars.

»Sind Sie schon lange hier?« fragte er schließlich mit fast ruhiger Stimme.

»Ziemlich lange...«

Seine blauen Augen ruhten auf dem schmerzvollen Gesicht seiner Assistentin. Sie drückten weder Zorn noch Ungehaltenheit aus. Überraschung, gewiß, vor allem aber eine Frage... eine Frage... eine Frage...

Er mußte es verstehen... Er wollte begreifen... Er besaß eine außergewöhnliche Intelligenz... Das hatte man ihm immer wieder bestätigt... Er hatte es bewiesen... Er hatte ganz unten angefangen... ganz unten... und er...

»Nicht sie, Doktor«, sagte Maigret, um der peinlichen Szene ein Ende zu setzen. »Als ich hierherkam, wußte ich bereits alles oder fast alles... Ich brauchte nur noch eine Bestätigung...«

Kein Haß in den Augen Mélans, die den Kommissar anstarrten. Was hatte Pardon ihn bei ihrem letzten Abendessen in der Rue Popincourt gefragt? Ein bösartiges Verbrechen, bewußt verübt... Das Böse um des Bösen willen...

Einen Augenblick hatte Maigret geglaubt, ihm zum erstenmal in seiner Laufbahn zu begegnen...

Mélan haßte ihn nicht. Mélan haßte niemanden. Er

hatte Angst. Vielleicht hat er sein Leben lang Angst gehabt...

»Ich habe mit Professor Vivier telefoniert...«

Die Verblüffung des Zahnarztes wuchs noch, aber er sagte kein Wort, und nur seine Augen drückten, vergrößert hinter den Brillengläsern, aus, was er empfand.

»Er wird als Entlastungszeuge auftreten... Vielleicht tue ich das auch...«

Epilog

Zwanzig Minuten später hielt Mélans Auto vor dem Hauptkommissariat des dritten Arrondissements in der Rue Perrée, und Maigret stieg als erster aus.

Als sie den Flur betraten, ging der Zahnarzt voraus.

»Noch weiter... Die zweite Tür links...«

Einer der Inspektoren hatte seine Füße auf den Tisch gelegt, las die Zeitung und rauchte seine Pfeife; ein anderer tippte einen Bericht in eine klapprige Schreibmaschine.

Beide erhoben sich, als sie den Kommissar erkannten.

»Guten Abend, meine Herren... Entschuldigen Sie, daß ich Sie störe... Ich bin nicht im Dienst... Ich begleite nur Herrn Doktor Mélan, der eine Aussage zu Protokoll geben möchte... Ich nehme an, du wirst sie tippen, Bassin...«

Er kannte ihn seit zwanzig Jahren.

»Es ist möglich, daß Sie nach der Unterzeichnung des Schriftstücks den Doktor ins Untersuchungsgefängnis bringen müssen. Höflich... Ohne Brutalität... Guten Abend, Doktor.«

Als Maigret heimkam, waren die Pardons schon gegangen. Madame Maigret lag noch nicht im Bett.

»Nun?«

»Er ist im Begriff zu gestehen...«

»Was?«

»Alles. Alles, was er auf dem Herzen hat... Wir werden es morgen aus den Zeitungen erfahren... In den Nachmittagsausgaben, denn für die Morgenzeitungen ist es zu spät.«

»Ist es der, der dir diese Ungelegenheiten bereitet hat?«

»Er hatte Angst, weil er mich an einem Fenster gesehen hat, denn er hat geglaubt, ich überwache ihn.«

»Was willst du nun machen?«

»Warten...«

Die Vorladung traf am nächsten Morgen um zehn Uhr ein; ein Beamter mit einem Fahrrad brachte sie. Er wurde nicht zum Polizeipräfekten bestellt, sondern zum Leiter der Kriminalpolizei.

»Herein.«

Er stieß die Tür auf und betrat das Büro mit der Pfeife im Mund, wie er es seit Jahren jeden Morgen getan hatte, wer auch hier residiert haben mochte.

»Ach, Sie sind's, Maigret... Nehmen Sie Platz... Was soll ich Ihnen sagen?«

»Nichts, Herr Direktor.«

»Herr Direktor?«

»Chef, wenn Sie das lieber hören.«

»Ich höre es lieber... Sind Sie mir böse?«

»Nein.«

»Ich habe mit dem Polizeipräfekten telefoniert, der den Innenminister angerufen hat.«

»Der dann mit seinem Freund Jean-Baptiste Prieur gesprochen hat...«

»Wahrscheinlich... Janvier erwartet Sie in Ihrem Büro... Er hatte heute nacht Dienst... Er ist vom dritten Arrondissement benachrichtigt worden...

Er hat sich heute in aller Frühe mit einem Erdarbeiter in die Rue des Acacias begeben, wo man die Überreste von drei Frauen ans Tageslicht befördert hat.

Die erste ist vor etwa fünf Jahren dort verscharrt worden. Bei der zweiten ist sich der Gerichtsmediziner noch nicht sicher, ob es zwei oder drei Jahre her ist. Die dritte ist vor knapp einem Monat gestorben ...«

Auch der Direktor stellte sich eine Frage. Wie hatte Maigret... Aber er wagte nicht, sie laut zu äußern.

»Natürlich führen Sie die Untersuchung weiter ...«

Und dann galt es zu beweisen, daß Manuel der Mann war, der die Fäden bei den Juwelendiebstählen in der Hand hatte.

Man sollte ihn noch oft in der Rue des Acacias sehen.

Épalinges, den 28. Juli 1964

Georges Simenon
Maigret-Romane
im Diogenes Verlag

Maigrets erste Untersuchung
Roman. Deutsch von Roswitha Plancherel
detebe 155/1

Maigret und Pietr der Lette
Roman. Deutsch von Wolfram Schäfer
detebe 155/2

Maigret und die alte Dame
Roman. Deutsch von Renate Nickel
detebe 155/3

Maigret und der Mann auf der Bank
Roman. Deutsch von Annerose Melter
detebe 155/4

Maigret und der Minister
Roman. Deutsch von Annerose Melter
detebe 155/5

Mein Freund Maigret
Roman. Deutsch von Annerose Melter
detebe 155/6

Maigrets Memoiren
Roman. Deutsch von Roswitha Plancherel
detebe 155/7

Maigret und die junge Tote
Roman. Deutsch von Raymond Regh
detebe 155/8

Maigret amüsiert sich
Roman. Deutsch von Renate Nickel
detebe 155/9

Hier irrt Maigret
Roman. Deutsch von Elfriede Riegler
detebe 155/10

Maigret und der gelbe Hund
Roman. Deutsch von Raymond Regh
detebe 155/11

Maigret vor dem Schwurgericht
Roman. Deutsch von Wolfram Schäfer
detebe 155/12

Maigret und das Verbrechen in Holland
Roman. Deutsch von Renate Nickel
detebe 155/13

Madame Maigrets Freundin
Roman. Deutsch von Roswitha Plancherel
detebe 155/14

Maigret kämpft um den Kopf eines Mannes
Roman. Deutsch von Roswitha Plancherel
detebe 155/15

Maigret hat Angst/Maigret erlebt eine Niederlage
Zwei Maigret-Romane in einem Band
Deutsch von Elfriede Riegler